KB052165

POIROT INVESTIGATES

AGATHA CHRISTIE COMPLETE COLLECTION

POIROT INVESTIGATES

푸아로 사건집 애거서 크리스티 단편집 | 김윤정 옮김

황금가지

POIROT INVESTIGATES
by Agatha Christie

정식 한국어 판 출간에 부쳐

나는 한국에서 우리 할머니의 작품을 정식으로 출간한다는 소식을 듣고 무척 기뻤다. 할머니가 1920년부터 1970년 무렵까지 오랜 세월에 걸쳐 집필한 작품들은 21세기인 지금 읽어도 신선하고 재미있다. 등장 인물들이 워낙 자연스러워서 요즘 사람들과 다를 바 없고 이들이 등장하는 상황과 장소가 전 세계 사람들의 애정과 향수를 자극하기 때문이다. 한국 독자들은 이번에 새로 나온 정식 한국어 판을 통해 그동안 접하지 못했던 애거서 크리스티의 일부 작품들을 읽을 수 있을 것이다. 덕분에 한국에 새로운 세대의 애거서 크리스티 팬들이 탄생할지도 모르겠다는 생각을 하면 가슴이 벅차다.

애거서 크리스티는 대표적인 두 명의 주인공으로 기억되는 작가이다. 14권의 작품에 등장하는 마플 양은 영국의 작은 시골 마을에서 평온한 나날을 보내며 뜨개질과 수다로 소일하는 미혼의 할머니이지만, 놀라운 기억력과 날카로운 두뇌 회전으로 주변에서 벌어진 살인 사건을 해결한다.

그리고 마플 양과 상반되는 성격을 지닌 에르퀼 푸아로는 자신만만하고 콧수염을 포함한 자신의 외모와 벨기에라는 국적에 대한 자부심이 상당하다. 그는 이집트와 이라크를 비롯한 세계 각지에서 수수께끼를 해결하며 『오리엔트 특급 살인 *Murder On The Orient Express*』, 『나일 강의 죽음 *Death On The Nile*』, 『애크로이드 살인 사건 *The Murder Of Roger Ackroyd*』 등 애거서 크리스티의 여러 대표작에 모습을 드러낸다.

황금가지의 대담하고 참신한 표지와 전반적인 디자인 덕분에 작품의 성격이 잘 살아난 것 같아 기쁘다. 또한 한국 독자들이 할머니의 원작이 지닌 참된 묘미를 느낄 수 있도록 충실한 번역을 위해 애써 준 점도 높이 사고 싶다.

할머니의 작품이 20세기의 그 어떤 작가들보다 많이 팔리고 있는 이유는 나이와 국적에 상관없이 읽을 수 있는 재미와 감동을 갖추었기 때문이다. 모쪼록 한국 독자들도 황금가지에서 선보이는 애거서 크리스티 작품들을 즐겁게 감상하기를 바란다.

매튜 프리처드
애거서 크리스티의 손자
ACL 이사장

차례

정식 한국어 판 출간에 부쳐 ——————— 5

'서방의 별'의 모험 ——————— 9

마스던 장원의 비극 ——————— 49

싸구려 아파트의 모험 ——————— 72

사냥꾼 오두막의 미스터리 ——————— 97

100만 달러 채권 도난 사건 ——————— 118

이집트 무덤의 모험 ——————— 135

그랜드 메트로폴리탄 호텔의 보석 도난 사건 ——— 161

납치된 총리 ——————— 189

대번하임 씨의 실종 ——————— 221

이탈리아 귀족의 모험 ——————— 245

사라진 유언장 사건 ——————— 263

'서방의 별'의 모험

I

나는 푸아로의 방 창가에 서서 한가롭게 거리를 내려다보고 있었다.

"그것참 이상하네요."

숨을 참다가 문득 내뱉듯이 한 말이었다.

"뭐가 말이지, 몬 아미(친구)?"

안락의자에 몸을 파묻은 푸아로가 차분하게 물었다.

"추리를 한번 해 봐요, 푸아로. 다음과 같은 사실들에서 말이죠! 저기 비싼 옷을 차려입은 젊은 숙녀 한 명이 있군요. 세련된 모자를 쓰고 요란한 털옷을 입고 있어요. 고개를 들어 집을 쳐다보면서 천천히 걸어오고 있네요. 그런데 그녀 몰래 남자 세 명과 중년 여인 하나가 그녀를 뒤따르고 있습니다. 심부름꾼 소년 하나가 그녀를 가리키는 것을 신호로 사람들이 지금 막 모여든 거예요. 어떤 일이 벌어지고 있는 걸까요? 저 아가씨는 범죄자이고, 뒤쫓던 탐정들이 그녀를 체포하려는 것일까요? 아니면 한 떼의 악당이 죄 없는 희생자를 공격하려고 하는 것일까요? 위대한 탐정은 어떤 결론을 내리시겠습니까?"

"위대한 탐정은, 몬 아미, 언제나와 마찬가지로 가장 간단한 방법을 택하겠네. 직접 일어나서 보는 것 말이야."

그러더니 푸아로는 창가로 와서 내 곁에 섰다. 잠시 뒤에 그는 즐거운 듯 낄낄거렸다.

"언제나처럼 자네 머릿속은 구제 불능의 낭만주의로 가득 차 있군. 저 여자는 영화 배우 메리 마벨 양이야. 그녀를 알아본 열렬한 팬들이 뒤따르고 있는 거라고. 그리고 앙 파상(말이 나온 김에), 친애하는 헤이스팅스, 그녀는 그 사실을 아주 잘 알고 있다네!"

나는 웃었다.

"그렇다면 모든 게 설명되는군요! 하지만 이걸로 당신이 이겼다고 생각진 말아요, 푸아로. 그저 그녀를 미리 알고 있었는가에 대한 문제이니까요."

"앙 베리테(하긴 그렇군)! 그런데 영화에서 메리 마벨을 몇 번이나 봤나, 몽 셰르(자네)?"

나는 생각해 보았다.

"아마 열두 번쯤 되겠죠."

"나는…… 단 한 번이야! 그런데도 난 그녀를 알아보았어. 자네는 그러지 못했고."

"워낙 달라 보이던데요."

나는 조금 기어드는 목소리로 대답했다.

"아, 사크레(맙소사)! 자넨 그녀가 영화 속 아일랜드 처녀처럼 카우보이 모자를 쓰거나, 맨발에 머리를 곱슬곱슬 말고서 런던 거리를 활보하길 기대했나? 자네는 늘 본질을 볼 줄 몰라! 댄서 발레리 세인트클레어 사건(『빅토리 무도회 사건』에 수록된 「클로버 킹」— 옮긴이)을 기억해 보게!"

푸아로의 외침에 나는 좀 머쓱해져서 어깨를 으쓱했다.

"뭐 낙심하진 말게, 몬 아미. 모두가 에르퀼 푸아로일 순 없지! 난 그 점을 잘 아네."

푸아로가 날 진정시키며 말했다.

"당신은 내가 여태껏 알아 온 사람 중에서도 가장 자아도취가 심한 사람입니다!"

난 짜증과 재미를 반씩 담아 외쳤다.

"자넨 어떨 것 같나? 특별한 사람은 자기 자신을 알아! 그리고 다른 사람들도 그렇게 생각한다네. 내 생각이 틀리지 않았다면, 메리 마벨 양도 마찬가지일 거야."

"뭐라고요?"

"의심할 여지가 없어. 그녀의 목적지는 이곳이라고."

"어떻게 그런 생각을 하게 되었죠?"

"지극히 간단해. 이 거리는 전혀 귀족 취향이 아니야, 몬 아미! 유명한 의사라든가 유명한 치과의도 없어. 더군다나 유명한 여성용

모자 상점도 없지! 그렇지만 유명한 명탐정은 확실히 있다네. 위(그래), 친구, 그건 사실일세. 난 유행이 되고 있다네, 그것도 최신 유행 말일세! 어떤 사람이 다른 사람에게 이렇게 말하지. '코멍(뭐라고요)? 금으로 된 필통을 잃어버리셨다고요? 그 작은 벨기에인을 찾아가세요. 대단한 사람이에요! 전부 그 사람을 찾는다니까요. 쿠헤(뛰어가세요)!' 그렇게들 오는 거야! 떼를 지어 말이야, 몬 아미. 천하의 덜떨어진 문제들을 갖고 말일세!"

밑에서 벨 울리는 소리가 났다.

"내가 뭐랬나? 저건 마벨 양이야."

언제나처럼 푸아로가 옳았다. 잠시 뒤에 미국의 배우가 안내를 받아 들어오자, 우리는 자리에서 벌떡 일어섰다.

메리 마벨은 의심의 여지 없이 영화계에서 가장 인기 있는 배우 중 하나이다. 그녀는 역시 영화 배우인 남편 그레고리 B. 롤프와 함께 최근 영국에 도착했다. 약 1년 전에 미국에서 결혼한 후 처음으로 행하는 영국 방문이었다. 그들은 열렬한 환대를 받았다. 모든 사람들이 마벨 양의 멋진 옷, 멋진 모피, 멋진 보석에 열광할 만반의 준비를 갖추고 있었지만, 그중에서도 주인과 어울리게 '서방의 별'이라는 별명이 붙은 커다란 다이아몬드에 쏠린 관심은 대단했다. 진실인지 거짓인지는 몰라도 많은 매체에서 이 이름난 보석의 가치는 5만 파운드에 상당한다는 기사를 실었다.

푸아로와 내가 곁으로 다가서며 우리의 매력적인 의뢰인과 인사를 나누려 할 즈음, 이 모든 세세한 이야기들이 내 마음속을 훑고 지나갔다.

마벨 양은 자그마하고 날씬한 인상이었다. 흰 피부와 금발 머리, 소녀다운 모습을 간직한 그녀는 아이같이 크고 순수한 푸른 눈을 갖고 있었다.

푸아로가 의자를 내주자 그녀는 거리낌 없이 말을 꺼냈다.

"어쩌면 저를 굉장히 어리석다고 생각하실지도 몰라요, 무슈 푸아로. 그렇지만 어젯밤 크론셔 경이 자기 조카의 죽음에 관한 의문을 선생님이 얼마나 멋지게 해결해 주셨는지 모른다고 얘기를 꺼내지 뭐예요. 그때 전 바로 선생님께 도움을 구해야겠다고 결심했어요. 그냥 실없는 장난에 불과할 수도 있겠지만(그레고리는 그렇게 말했죠.), 전 걱정이 돼서 죽을 지경이랍니다."

그녀는 숨을 쉬느라 잠시 말을 끊었다. 푸아로가 그녀의 기운을 북돋워 주었다.

"계속하세요, 부인. 아시겠지만 전 아직 무슨 얘기인지 도통 모르고 있으니까요."

"이게 그 편지들이에요."

마벨 양이 핸드백을 열더니 봉투 세 개를 꺼내어 푸아로에게 건넸다.

푸아로는 봉투들을 유심히 살폈다.

"싸구려 종이로군요. 이름과 주소는 정성 들여 인쇄되어 있지만요. 어디 안쪽을 볼까요."

그는 내용물을 꺼냈다.

나는 그에게 다가가서 어깨 너머로 들여다보았다. 내용은 단 한 줄이었는데 봉투와 마찬가지로 꼼꼼히 인쇄되어 있었다. 그 내용은 다음과 같다.

그 위대한 다이아몬드는 신의 왼쪽 눈이오. 즉시 제자리로 되돌려 보내시오.

두 번째 편지에도 정확히 똑같은 말이 박혀 있었으나, 세 번째는 좀 더 명확했다.

이미 경고했음에도 당신은 따르지 않더군. 이제 다이아몬드를 당신에게서 빼앗아 갈 차례요. 보름날에 신의 왼쪽과 오른쪽 눈인 두 개의 다이아몬드가 제자리로 돌아갈 것이니, 그 사실을 여기에 밝히는 바이오.

마벨 양이 설명했다.
"첫 번째 편지는 농담쯤으로 생각했어요. 두 번째에선 좀 의아했고요. 세 번째 편지는 어제 받았는데, 그걸 보자 상황이 제가 생각했던 것보다 훨씬 심각한 게 아닌가 하는 생각이 들었죠."
"이 편지들은 우편으로 부친 것이 아니군요."
"그래요. 직접 전달된 것이에요. 중국인을 시켜서요. 그 점이 저로서는 놀라웠어요."

"왜요?"

"왜냐하면, 그 보석은 그레고리가 3년 전에 샌프란시스코에서, 역시 어떤 중국인에게서 산 것이거든요."

"그렇습니까? 부인, 그러니까 이 편지들에서 언급된 다이아몬드는……."

"'서방의 별'인 거죠."

마벨 양이 말을 완성했다.

"그레고리 말이 보석에 따라다니는 어떤 일화가 있다고 하더군요. 하지만 그 중국인은 그것에 대해서 전혀 일러 주지 않았대요. 그레고리 눈엔 그가 죽을 듯이 부들부들 떨면서 오직 그것을 팔아 치우는 데만 혈안이 된 것 같았다나요. 그 사람은 제값의 10분의 1만 달라고까지 했죠. 그게 그레고리가 제게 준 결혼 선물이었어요."

푸아로가 깊이 생각하며 머리를 끄덕였다.

"그 이야기는 믿을 수 없을 만큼 낭만적으로 들리는데요. 그러니 누가 알겠습니까? 부탁인데, 헤이스팅스, 『연감』좀 갖다 주게."

나는 그의 요구에 응했다.

푸아로가 책장을 넘기며 말을 이었다.

"부아이옹(어디 봅시다)! 보름날이 며칠인가? 아, 이번 금요일이군. 사흘 남았어. 에 비엥(좋아요), 부인이 제 도움을 바라시니 기꺼이 도움을 드리기로 하죠. 그 아름다운 이야기는 허풍일 수도 있어요. 아니, 그렇지 않을지도 모르죠! 그럴 때를 대비해서 다이아몬드를 오는 금요일까지 제가 보관했으면 합니다. 그러고 나서야 앞으로의 진행 방향을 정할 수 있을 것 같네요."

가벼운 먹구름이 여배우의 얼굴을 스쳐 지나가는 듯했다. 마침내 그녀가 마지못해 대답했다.

"안타깝지만 그럴 수가 없어요."

"지금 가지고 계시잖습니까, 예?"

푸아로는 그녀를 찬찬히 뜯어보았다.

여자는 잠시 주저하다가 손을 겉옷의 가슴께로 밀어 넣더니 가늘고 긴 줄을 꺼냈다. 그녀는 손을 모아 쥐고 몸을 앞으로 기울였다. 그 손바닥에는 백금으로 정교하게 장식된 보석이 장중한 빛을 뿜으며 우리에게 윙크를 보내고 있었다.

푸아로는 긴 탄성을 터뜨리며 숨을 죽였다.

"에파탕(멋지군요)!"

그러고는 작은 목소리로 허락을 구했다.

"괜찮으시겠지요, 부인?"

푸아로는 보석을 자기 손에 가져다가 세밀하게 관찰하고 나서 허리를 약간 굽혀 인사하더니, 그것을 그녀에게 도로 건네주었다.

"화려한 보석이로군요. 흠이 하나도 없어요. 아, 말로 다 형언할 수가 없군요! 그런데 부인은 항상 몸에 이것을 지니고 계시나 보군요, 콤 사(이렇게요)!"

"아뇨, 아뇨. 실제로는 얼마나 조심을 하는데요, 무슈 푸아로. 평소에 전 이것을 보석 상자에 넣어 열쇠를 채워 놓고, 외출할 때는 호텔의 안전 금고에다 맡겨 놓죠. 우린 매그니피센트 호텔에 머무르고 있어요. 오늘은 그냥 선생님께 보여 드리려고 특별히 가지고 온 거예요."

"그렇다면 그걸 제게 맡기시면 되겠는데요, 네 스 파(그렇지 않습니까)? 이 파파 푸아로의 충고에 따르시겠죠?"

"무슈 푸아로, 사실 우리는 금요일에 야들리 사냥터에 가서 야들리 경 부처와 며칠을 보내려 하고 있어요."

그녀의 말이 내 마음속에서 희미한 메아리로 울려 퍼졌다. 어떤 소문이 돈 적이 있는데…… 그게 뭐였더라? 몇 년 전에 야들리 경 부처가 미국을 방문한 적이 있다. 아마도 그때 야들리 경이 거기서 몇몇 여자들과 좀 놀아났다는 것이 소문의 내용이었던 것 같다. 물론 거기엔 또 다른 속편이 있는데, 이번엔 부인 쪽인 레이디 야들리의 이름이 캘리포니아의 어떤 '영화 배우'와 함께 오르내린 것이다. 상대 남자의 이름이 번개같이 스쳐 지나갔다. 그가 그레고리 B. 롤프였음이 틀림없었다!

마벨 양이 설명을 이어 나갔다.

"비밀을 좀 털어놓아야겠군요, 무슈 푸아로. 우리 부부는 야들리 경과 거래를 좀 하려 해요. 유서 깊은 그 장소에서 영화를 찍을 수 있는 가능성을 타진해 보려고요."

"야들리 사냥터 말입니까? 역시…… 거긴 영국의 명승지라고 할 만하니까요!"

내가 흥미를 보이며 외치자 마벨 양이 머리를 끄덕였다.

"거긴 중세 분위기를 나타내는 데 적격이니까요. 그렇지만 그 사람이 터무니없는 가격을 부르는 바람에 그 거래가 이루어질지 아직은 미지수예요. 그레고리와 저는 언제나 일을 기분 좋게 끝내고 싶어 하는데 말이죠."

"그렇지만…… 제가 멍청한 거라면 용서하십시오, 부인, 다이아몬드를 여기 두고 가는 것과 야들리 사냥터에 가는 것은 별개가 아닙니까?"

마벨 양은 나를 냉정하고 약삭빠른 눈길로 바라보았다. 그 표정은 조금 전 순진무구하던 모습과는 어울리지 않았다. 그녀는 별안간 훨씬 나이 들어 보였다.

"전 거기에 그 보석을 차고 가고 싶어요."

"틀림없이 야들리가(家)에는 유명한 보석이 수집되어 있을 겁니다. 그중엔 커다란 다이아몬드도 있지요?"

"그래요."

푸아로가 조그맣게 중얼거리는 소리가 들렸다.

"아, 세 콤 사(그렇게 된 거군)!"

푸아로는 늘 핵심을 찌르는 자신의 초인적인 행운(그는 그것에다 심리학이라는 이름을 갖다 붙였다.)을 과시하며 크게 말했다.

"그러시다면 의심할 것도 없이 부인은 진작부터 레이디 야들리를 알고 계셨군요. 아니면 남편 쪽이었나요?"

"3년 전 레이디 야들리가 미국 서부로 왔을 때 그레고리가 그녀를 알게 되었죠."

마벨 양은 잠시 머뭇거리더니 불쑥 덧붙였다.

"두 분 중에 혹시 《소사이어티 가십》이라는 잡지를 보신 분이 있나요?"

우리는 둘 다 유죄를 시인하며 얼굴을 붉혔다.

"제가 그 질문을 한 이유는, 이번 주 호에 유명한 보석에 관한 기사가 실렸거든요. 관심이 동하실 거예요……."

그녀는 말을 중단했다.

나는 일어나서 방 한쪽 끝에 놓여 있는 탁자로 가서 문제의 잡지를 손에 들고 자리로 돌아왔다. 그녀는 내게서 그것을 받아 들더니 그 기사를 찾아 큰 소리로 읽어 나갔다.

……많은 유명한 보석 중에서도 '동방의 별'이라는 것이 있는데, 그 다이아몬드는 야들리가의 소유다. 현 야들리 경의 조상이 중국에서 그것을 들여왔다. 그 보석에는 전설이 있는데, 한때 사원에 모셔진 신의 오른쪽 눈이었다는 것이다. 크기와 모양이 똑같은 또 다른 다이아몬드가 왼쪽 눈에 박혀 있었는데, 이 다른 쪽 보석은 몇 년 후에 도난당했다고 한다.

"다시 만날 때까지 한쪽 눈은 서양에 가고, 한쪽 눈은 동양에 가리라. 그 후 이윽고 승리의 북소리를 울리며 다시 신에게로 돌아가리라."

현재 '서방의 별', 또는 '웨스턴 스타'로 잘 알려진 보석이 존재하고, 또 앞서 언급한 전설과 일치한다는 사실은 묘한 우연이다. '서방의 별'은 유명한 여배우 메리 마벨 양의 소유다. 두 보석을 비교해 보는 것도 흥미로울 것이다.

그녀는 읽기를 중단했다.

"에파탕(멋있군)! 의심할 여지 없이 최고의 다이아몬드에 깃든 로맨스로군요."

푸아로가 속삭이듯 말하고는 메리 마벨에게로 몸을 돌렸다.

"두려우신 건 아니죠, 부인? 미신적인 공포를 느끼는 건 아닌가요? 웬 중국인이 나타나 그것을 홱 낚아채서 중국으로 도로 가져갈까 봐 두려워 이들 샴쌍둥이를 내놓기 주저하시는 건 아니겠지요?"

비꼬는 듯한 말투였지만 난 그 아래 깔린 심각한 어조를 느낄 수 있었다.

"전 레이디 야들리의 다이아몬드가 제 것과 똑같다고 믿지는 않아요. 아무튼 직접 가서 봐야겠어요."

그 순간 문이 벌컥 열리면서 웬 잘생긴 남자가 방으로 성큼 들어섰기 때문에 나는 푸아로의 다음 말을 들을 수 없었다. 곱슬곱슬하게 말려 올라간 검은 머리에서부터 에나멜 가죽구두에 이르기까지 남자는 어느 모로 보나 로맨스의 주인공으로 손색이 없는 인물이었다.

그레고리 롤프가 말했다.

"메리, 당신을 데리러 오겠다고 말했지? 그래서 이리로 왔어. 자, 무슈 푸아로가 우리의 사소한 문제를 놓고 뭐라 말씀하셨지? 나와 마찬가지로 실없는 허풍이라고 하셨나?"

푸아로는 이 덩치 큰 배우를 향해 미소 지었다. 두 사람은 우스꽝스러운 대조를 이루었다.

"허풍이건 허풍이 아니건 간에, 롤프 씨. 전 부인께 금요일 날 야들리 사냥터에 보석을 갖고 가는 일은 피하라고 말씀드렸습니다."

푸아로가 딱딱하게 말했다.

"제 생각도 같습니다, 선생님. 제가 벌써 메리에게 그렇게 말했어요. 그렇지만 그녀는 철저하게 여자다운 여자여서, 다른 여자가 자기보다 더 빛나는 보석을 가질 수 있다는 것을 용납하지 못하는 것 같습니다."

"무슨 터무니없는 소리예요, 그레고리?"

메리 마벨이 앙칼지게 말했다. 그녀는 화가 나서 얼굴을 붉혔다.

푸아로가 어깨를 으쓱했다.

"부인, 저는 충고를 드렸습니다. 더는 어떻게 할 수가 없군요. 세스 피니(이걸로 끝입니다)."

그는 문 앞에서 그들에게 꾸벅 인사를 하고는 돌아서며 말했다.

"아! 라 라(쯧쯧)! 이스투아 데 팜므(여자들이란)! 똑똑한 남편이야, 핵심을 바로 찔렀어. 투드 멤(그렇기는 해도), 그는 노련하질 못해! 전혀 아니지."

나는 푸아로에게 나의 희미한 기억을 얘기해 주었다. 그러자 푸아로는 힘차게 머리를 끄덕였다.

"나도 그렇게 생각했어. 모든 게 그렇듯이, 이 일의 밑바닥엔 이상한 점이 도사리고 있는 것 같아. 자네가 허락해 준다면, 몬 아미, 난 바람 좀 쐬러 나가야겠네. 부탁이니 돌아올 때까지 기다려 주게나. 오래 걸리진 않을 걸세."

하숙집 여주인이 문을 똑똑 두드리며 머리를 들이밀었을 때 나는 반쯤 잠에 취해 있었다.

"무슈 푸아로를 만나려는 또 다른 여자분이 있어요, 무슈 푸아로가 외출하셨다고 말했는데도, 막무가내로 기다리겠다고 하는군요. 아마 멀리서 오신 모양이에요."

"오, 이리로 모시고 오시지요, 머친슨 부인. 제가 도와 드릴 만한 일이 있을지도 모르니까요."

잠시 뒤 그 부인이 안내를 받아 들어왔다. 그녀를 알아보자 내 심장은 쿵쾅쿵쾅 뛰었다. 신문에 하루가 멀다 하고 실리는 레이디 야들리의 얼굴을 어찌 몰라볼 수 있겠는가.

내가 의자를 앞으로 밀어 주며 말했다.

"앉으시죠, 레이디 야들리. 제 친구 무슈 푸아로는 자리를 비웠습니다만, 곧 돌아올 겁니다."

그녀가 감사를 표하며 앉았다. 그녀는 메리 마벨 양과는 전혀 딴판이었다. 키가 크고 검은 머리에 빛나는 눈동자를 갖고 있었고, 창백하면서도 자신에 차 있는 얼굴이었다. 입가의 곡선은 어떤 생각에 잠긴 듯했다.

나는 이번 사건에 대한 의욕이 불타오르는 것을 느꼈다. 안 될 것이 뭔가? 푸아로와 함께 있을 때면 나는 위축되는 느낌을 받을 때가 많아 내 능력을 전부 발휘하기가 힘들었지만 나 또한 발군의 추리력을 지니고 있지 않은가. 나는 갑작스러운 충동에 못 이겨 몸을 앞으로 숙였다.

"레이디 야들리, 전 부인이 왜 여기에 오셨는지 압니다. 다이아몬드에 관한 협박 편지를 받으셨지요?"

내가 내리친 못이 정곡을 찔렀다는 건 의심할 여지가 없었다. 입을 딱 벌리고 날 쳐다보는 그녀의 얼굴에서 핏기가 싹 가셨다.

"알고 계셨어요? 어떻게?"

그녀가 숨을 헐떡였다.

나는 다시 미소 지었다.

"지극히 논리적인 추론의 결과입니다. 마벨 양도 협박 편지를 받았거든요."

"마벨 양이라고요? 그녀가 여기 왔나요?"

"방금 다녀갔습니다. 말씀드린 것처럼 쌍둥이 다이아몬드 중 한쪽의 주인인 그녀에게 수수께끼 같은 경고장이 도착했다면, 나머지 한쪽의 주인에게도 똑같은 일이 생길 것은 당연한 일이지요. 놀랍도록 간단하지 않습니까? 제 말이 맞지요? 부인께서도 그 이상한 메시지를 받으신 것이?"

그녀는 나를 믿어야 할지 말아야 할지 고심하는 듯했다. 그녀는 잠시 주저하고 나서, 슬며시 미소를 지어 보이며 고개를 떨구었다.

"그래요."

"부인께 온 편지도 역시 인편으로 전달되었습니까? 중국 남자에게서?"

"아뇨, 우편으로 왔어요. 하지만 말씀해 주세요. 그러니까 마벨 양도 똑같은 일을 겪었다는 거죠?"

나는 아침에 있었던 일을 자세히 이야기해 주었다. 그녀는 귀를 기울이며 경청했다.

"모든 것이 들어맞는군요. 제 편지도 그녀의 것과 똑같아요. 우편으로 오긴 했지만, 그 편지지에 이상한 냄새가 스며 있었어요. 향냄새 비슷한 냄새가요. 즉시 동양이 연상되었죠. 그게 도대체 어떤 의미일까요?"

나는 머리를 흔들었다.

"그게 바로 우리가 밝혀내야 할 문제입니다. 편지를 갖고 계시죠? 소인이 찍힌 걸 보면 뭐 좀 알아낼 만한 게 있을지도 모릅니다."

"애석하게도 찢어 버렸어요. 이해하시리라 믿습니다만, 당시 저는 그것을 실없는 장난 정도로 여겼거든요. 중국인 악당이 그 다이아몬드를 되찾으려 한다? 그게 사실일 리가 있겠어요? 도저히 믿어지지가 않아요."

우리는 그 사실을 놓고 몇 번이나 검토했으나, 수수께끼의 해결에는 더 이상 진전이 없었다. 마침내 레이디 야들리가 일어섰다.

"굳이 무슈 푸아로를 기다릴 필요는 없을 것 같군요. 이 얘기를 그분께 전해 주실 수 있겠죠? 대단히 감사합니다. 성함이……?"

머뭇거리는 그녀의 손이 다가왔다.

"헤이스팅스 대위입니다."

"옳아! 내 정신 좀 봐. 캐번디시 집안 사람들과 친구 되시죠, 아닌가요? 무슈 푸아로를 찾아가 보라고 권해 준 사람이 바로 메리 캐번디시(『스타일스 저택의 괴사건』에 나오는 등장 인물 — 옮긴이)예요."

내 친구가 돌아오자, 나는 그가 집을 비운 동안 무슨 일이 있었는지를 신나게 떠들어 댔다. 이야기가 우리가 나누었던 대화의 세부 사항에 이르자 푸아로는 내게 날카로운 시선을 보내며 비난하는 눈치였다. 그는 때맞춰 자리를 비운 것을 영 아쉬워하는 듯했다. 나는 급기야 이 나이 많은 친구가 나를 질투하는 것이 아닌가 하는 몽상에 빠져들었다. 그는 내 능력을 철저히 과소평가해 왔던 탓에, 조금 전 일에서 나를 비평할 아무런 꼬투리를 찾지 못한 것에 대해 원통해하는 것 같았다. 나는 속으로 적지 않은 기쁨을 느꼈지만 그에게 그 사실을 들키고 싶지 않아 감정을 억눌러야 했다. 그 희한한 성격에도 불구하고 나는 이 작고 기묘한 친구를 아꼈던 것이다.

"좋아!"

그가 이상한 표정을 짓더니 말을 장황하게 늘어놓았다.

"갈수록 태산이군. 부탁인데 헤이스팅스, 저기 선반에 있는 『귀족인명록』을 좀 갖다 주게."

그가 책장을 넘겼다.

"아! 여기 있군! '야들리…… 10대 자작, 남아프리카 전쟁에서 수훈을 세움.' 이건 그리 중요한 게 아니지…… '1907년 3월 모드 스토퍼턴과 결혼. 3대 남작 코테릴의 넷째 딸'이라고…… 흠, 두 딸이 각각 1908년, 1910년에 태어났군. 가입한 클럽과 주소는…… 부알라(어때)? 이런 것들은 별 의미가 없어. 하지만 내일 아침 우리는 이 귀족 나리를 만나게 될 거야!"

"뭐라고요?"

"그렇다니까. 내가 그에게 전보를 쳤다네."

"난 당신이 이 일에서 손을 떼려는 줄로 알았는데요?"

"마벨 양이 내 충고를 거절한 순간부터 난 그녀를 위해 일하는 게 아닐세. 지금 내가 하는 것은 순전히 내 자기만족 때문이야. 에르퀼 푸아로의 만족 말일세! 맹세코 나는 이 일을 물고 늘어지겠네."

"그러니까 당신 좋을 대로 하기 위해 쏜살같이 시내로 내달아 야 들리 경에게 전보를 친 거군요. 그가 즐거워하지 않을 텐데요."

"오 콩트래르(그 반대지). 내가 가보인 다이아몬드를 지켜 준다면 그는 나에게 백번 감사할 걸세."

"그렇다면 당신은 진짜로 그것이 도난당하는 일이 생기리라고 생각하는 겁니까?"

내가 진지하게 물었다.

"거의 확실해. 어느 모로 보나 그렇다네."

푸아로가 차분히 대답했다.

"그렇지만 어떻게……?"

푸아로는 손을 휘저으며 내 절박한 질문을 일축했다.

"부탁이니 지금은 그만두세. 마음을 어지럽히지 말자고. 그리고 저 『귀족 인명록』을 좀 봐. 제자리에 갖다 꽂은 게 고작 저건가! 맨 꼭대기 선반에는 제일 큰 책들을 꽂고, 그 아래 선반에는 두 번째로 큰 책들을 꽂게. 그래, 그렇게. 그렇게 해야 비로소 체계를 확립하고 합당한 방법을 강구할 수 있는 거야. 내가 늘 얘기했잖나, 헤이스팅스."

"예, 옳으신 말씀입죠."

나는 혀를 차면서 그 책을 제 위치에 갖다 꽂았다.

II

야들리 경은 쾌활하고 목소리가 큰 스포츠맨이었다. 검붉은 얼굴에 유쾌한 성격이 매우 매력적이어서, 그의 지적인 결핍을 충분히 보충해 주고 있었다.

"이번 일은 아주 희한하군요, 무슈 푸아로. 뭐가 뭔지 도통 알 수가 있어야지요. 내 아내가 이상한 편지를 받은 것 같은데, 마벨 양역시 그런 것을 받았다고요. 이게 어찌 된 영문입니까?"

푸아로는 그에게 《소사이어티 가십》에서 복사한 기사를 내밀었다.

"경, 첫 번째로 전 이 기사가 사실인지부터 물어보고 싶은데요?"

야들리 경이 기사가 실린 종이를 집어 들었다. 읽어 가는 동안 그의 얼굴은 분노로 일그러졌다.

그는 폭발했다.

"빌어먹을, 거짓말도 유분수지! 그 다이아몬드에는 어떤 낭만적인 사연도 들어 있지 않아요. 원래는 인도에서 들여온 걸로 알고 있습니다. 난 중국의 신이 어쨌느니 하는 말은 들어 보지도 못했어요."

"그래도 그 보석은 '동방의 별'로 알려져 있는데요?"

"아니, 뭐라고요?"

격노에 차서 그가 되물었다. 푸아로는 살짝 미소를 지었으나, 곧바로 대답하지는 않았다.

"제가 경께 바라는 것은 일의 처리를 맡겨 달라는 겁니다. 넓은 아량으로 그렇게만 해 주신다면 파국은 막을 수 있을 겁니다."

"그럼, 당신은 이 얼토당토않은 이야기에 실제로 뭔가가 있다고 생각하시는 겁니까?"

"제가 부탁한 대로 하실 겁니까?"

"물론 그래야죠. 하지만……."

"비엥(좋습니다)! 그러면 몇 가지 질문에 대답해 주십시오. 이번 야들리 사냥터 건은 당신과 롤프 씨 간에 이미 결정된 사항입니까?"

"오, 그가 이야기를 한 모양이군요? 아닙니다, 결정된 건 아무것도 없습니다."

머뭇거리는 그의 벽돌색 얼굴이 더욱 붉게 상기되었다.

"숨김없이 털어놓는 것이 좋겠군요. 여러 가지로 내가 스스로 무덤을 판 것 같습니다, 무슈 푸아로. 난 빚더미에 올라앉아 있습니다. 그 빚을 해결하고 싶어요. 난 아이들을 사랑합니다. 그래서 그걸 청산하고 정든 집에서 계속 살고 싶은 거지요. 그레고리 롤프는 내게 엄청난 금액을 제시했어요. 내가 재기할 수 있을 정도로 말입니다. 아무래도 내키진 않지만요. 이 사냥터 주위를 영화 촬영 팀이 소란을 피우며 돌아다니는 것은 생각만 해도 불쾌합니다. 그래도 결국엔 그렇게 해야 할 것 같습니다. 만일 그렇지 않으면……."

그가 말을 갑자기 멈췄다.

푸아로는 날카로운 시선으로 그를 쳐다보았다.

"그렇다면 다른 대안이 있는 겁니까? 추측컨대, '동방의 별'을 파실 생각인가요?"

야들리 경이 고개를 끄덕였다.

"바로 그겁니다. 몇 대에 걸쳐 가보로 전해져 내려왔지만, 우리까지 꼭 지키란 법은 없지요. 하지만 그 보석을 살 사람을 찾는다는 것도 보통 힘든 일이 아니에요. 하턴 가든의 소유주 호프버그가 구매자를 찾는 데 힘을 보태 주겠다고 했습니다만, 그마저도 사겠다는 사람이 금방 나타나지 않으면 난 끝장입니다."

"페르메테(허락하신다면), 한 가지만 더 묻겠습니다. 레이디 야들리께서는 그중 어느 계획을 찬성하십니까?"

"오, 아내는 보석을 파는 것을 결사반대하고 있습니다. 여자들이 어떤지 잘 아시잖습니까. 대신 쌍수를 들고 영화 촬영 팀을 환영하겠죠."

"잘 알겠습니다."

푸아로가 말했다. 그는 잠시 생각에 잠겼다가 기운차게 일어섰다.

"지금 바로 야들리 사냥터로 돌아가려고 하시는 거죠? 비엥(좋습니다)! 아무에게도 말하지 마십시오. 아무에게도요. 명심하세요. 우리가 오늘 오후에 그리로 갈 테니 기다리십시오. 5시 조금 지나 도착하겠습니다."

"알겠습니다. 그렇지만 나는 도무지 영문을 모르……."

"사 나 파 댕포탕스(그건 중요한 게 아닙니다). 그 이유를 곧 알게 되실 테니까요. 전 경을 위해 그 다이아몬드를 지켜 드리려는 겁니다, 네 스 파(아시겠지요)?"

푸아로가 친절하게 대답했다.

"예, 그렇지만……."

"그렇다면 제 말대로 하십시오."

어리둥절해서 방을 나가는 귀족의 모습이 애처로워 보였다.

III

우리가 야들리 사냥터에 도착한 시각은 5시 30분이었다. 근엄한 집사가 우리를 활활 타오르는 통나무가 있는 오래된 나무벽 응접실로 안내했다. 보기 좋은 광경이 우릴 맞았다. 레이디 야들리가 두 아이들의 금발 머리 위로 당당한 검은 머리를 숙이고 있었고, 야들리 경은 그 가까이서 미소 짓고 있었다.

"무슈 푸아로와 헤이스팅스 대위입니다."

집사가 알렸다.

레이디 야들리가 깜짝 놀란 모습으로 쳐다보자, 야들리 경이 푸아로에게 지시를 바라는 듯이 미적거리며 앞으로 나섰다. 내 작은 친구는 이런 경우 노련하게 대처하는 방법을 안다.

"모든 게 제 탓입니다. 전 사실 지금까지도 마벨 양 사건을 조사 중에 있습니다. 마벨 양이 금요일에 두 분을 찾아오기로 했지요? 우선 모든 것이 안전한지부터 좀 살펴봤으면 합니다. 또한, 레이디 야들리께서 협박 편지에 찍힌 소인을 다시 기억해 내셨는지도 묻고 싶고요."

레이디 야들리는 유감스러운 듯이 머리를 흔들었다.

"생각이 안 나는데요. 제가 부주의하긴 했죠. 아시다시피, 저는 결코 그것을 진지하게 생각하지 않았거든요."

"밤에도 여기에 계실 겁니까?"

야들리 경이 푸아로에게 물었다.

"오, 야들리 경, 그런 폐를 끼칠 수야 있습니까. 짐은 여관에다 두었습니다."

야들리 경이 나섰다.

"괜찮습니다. 우리가 그리로 사람을 보내지요. 전혀 폐가 되지 않습니다. 제가 장담합니다."

푸아로는 못 이기는 체 양해를 구하고 나서 레이디 야들리 옆에 앉아 아이들과 놀기 시작했다. 눈 깜짝할 새에 그들은 한데 어울려 뛰어놀았고, 어느새 나까지 어울리게 되었다.

"부 제트 본 메르(당신은 훌륭한 어머니십니다)."

아이들이 엄격한 보모에 의해 억지로 자리를 뜨자, 푸아로가 살짝 고개를 숙이며 한 말이었다.

레이디 야들리는 흐트러진 머리를 쓰다듬었다.

"전 아이들을 정말 사랑해요."

목구멍에 뭔가가 걸린 듯한 목소리였다.

"그리고 아이들도 부인을 사랑하지요……. 물론이지요!"

푸아로가 다시 꾸벅 인사를 했다.

벨이 울렸을 때 집사가 금속제 쟁반에 전보를 담아 가지고 들어와 야들리 경에게 건넸다. 야들리 경은 양해를 구하면서 봉투를 뜯었다. 전보를 읽는 동안 그의 표정이 눈에 띄게 굳어졌다.

신음 소리를 내며 그는 그것을 부인에게 건넸다. 그러고는 내 친구를 바라보았다.

"잠깐만요, 무슈 푸아로, 당신이 이걸 아셔야 할 것 같은 느낌이 드는군요. 호프버그에게서 온 전보입니다. 다이아몬드를 살 고객이 나타난 모양이에요. 미국 사람인데, 내일 배를 타고 본국으로 돌아간다는군요. 그들이 바로 오늘 밤 감정사들을 보내겠답니다. 하지만 세상에, 이 일이 성사된다손 쳐도……."

그는 말을 잇지 못했다.

레이디 야들리는 심기가 불편해 보였다. 그녀는 아직 손에 전보를 들고 있었다.

그녀가 나지막한 목소리로 말했다.

"당신이 그걸 안 팔았으면 해요, 조지. 그토록 오랜 세월 동안 가보로 내려왔는데."

레이디 야들리는 대답을 기다렸으나 아무런 응답이 없자 표정이 굳어 버렸다. 그녀는 어깨를 으쓱했다.

"가서 옷이나 갈아입어야겠어요. '상품'을 제가 직접 보여 드리는 편이 낫겠다는 생각이 드는군요."

그녀는 얼굴을 찡그린 채 푸아로를 향해 몸을 돌렸다.

"세상에서 가장 큰 목걸이 중 하나예요! 조지는 저를 위해 그 보석을 재가공해 주겠다고 늘 말해 왔는데, 영영 틀린 일이 되었군요."

그녀가 방을 나갔다.

30분 뒤에 우리 세 사람은 여주인을 기다리면서 커다란 응접실에 둘러앉았다. 이미 저녁 시간이 몇 분 지난 뒤였다.

갑자기 바스락거리는 소리가 조그맣게 들리면서 레이디 야들리가 예복을 차려입고 문가에 나타났다. 하늘하늘한 흰색 드레스를 길게 늘어뜨려 입은 모습이 보기에도 눈부셨다. 목둘레가 빙 돌아가면서 번쩍거리며 빛나고 있었다. 그녀는 한 손으로 그 목걸이를 만지작거리며 저만치에 서 있었다.

"이 희생물을 똑똑히 보세요."

밝은 목소리로 말했지만 레이디 야들리의 어설픈 유머는 별 반응을 얻지 못했다.

"제가 큰 등을 켜고 들어올 테니, 영국에서 가장 멋진 목걸이를 보시면서 눈의 즐거움으로 삼으시기 바랍니다."

스위치는 문 바깥쪽에 있었다. 그녀가 스위치로 손을 뻗자마자 믿을 수 없는 일이 일어났다. 갑자기 아무런 예고 없이 모든 불이 나간 것이다. 이윽고 문에서 쾅 하는 소리가 나더니, 그 반대편에서 찢어지는 듯한 여자의 비명 소리가 길게 들려왔다.

"세상에, 무슨 일이야? 저건 모드의 목소리인데! 무슨 일이 일어난 거지?"

야들리 경이 외쳤다.

우리는 어둠 속에서 서로 좌충우돌하면서 더듬거리며 문으로 달려갔다. 몇 분 안 되어 상황을 알 수 있었다. 레이디 야들리가 의식을 잃고 대리석 마룻바닥에 누워 있었는데, 목걸이가 걸려 있던 목엔 억지로 떼어 낸 붉은 자국이 보였다.

그녀가 죽었는지 살았는지 살펴보려고 우리가 몸을 굽히자 그녀가 천천히 눈을 뜨며 고통스럽게 속삭였다.

"중국 남자예요. 중국 남자가…… 옆문에."

야들리 경이 씩씩거리며 용수철처럼 벌떡 일어났다. 따라나서는 내 심장도 정신없이 방망이질 쳤다. 또다시 중국인이군! 문제의 옆문은 벽의 한쪽 구석에 나 있었는데, 그 소동이 벌어진 곳으로부터 10미터도 채 되지 않는 지점이었다. 하지만 곧 나는 외마디 비명을 지르고 말았다. 문턱 바로 옆에 목걸이가 빛을 발하며 떨어져 있었던 것이다. 서두르던 도둑이 흥분한 나머지 떨어뜨린 게 틀림없었다. 나는 즐거운 심정으로 그걸 줍기 위해 손을 뻗쳤다. 그 순간 나는 또다시 비명을 지르고 말았고, 뒤이어 야들리 경도 따라 비명을 질렀다. 목걸이는 한가운데가 뻥 뚫려 있었다. '동방의 별'이 사라진 것이다!

"그 말대로군. 이놈들은 예사 도둑이 아니야. 놈들이 노린 건 오로지 이 보석 하나뿐이었어."

나는 한숨을 내쉬었다.

"그런데 그 녀석이 어떻게 들어왔을까요?"

"문을 통해서죠."

"늘 잠가 놓는데."

나는 고개를 흔들고는 문을 당겨 열었다.

"지금은 잠겨 있지 않습니다, 보시죠."

그 와중에 바닥에 펄럭이는 뭔가가 떨어졌다. 집어 들어 살펴보니 자수가 놓여 있는 비단 조각이었다. 중국 남자의 옷에서 찢겨 나온 것 같았다.

내가 설명했다.

"너무 서둘다가 옷자락이 문에 끼었군요. 가 봅시다, 빨리. 그 녀석은 아직 멀리 가지 못했을 겁니다."

우리가 샅샅이 주위를 둘러보았으나 허사였다. 칠흑 같은 밤이라 도망치는 것은 일도 아니었을 것이다. 마지못해 우리가 돌아온 후, 야들리 경은 하인을 시켜 급히 경찰을 부르게 했다.

사실상 이 사건의 주인공인 레이디 야들리는 간호사 뺨치는 푸아로의 간호를 받은 뒤 자초지종을 들려줄 수 있을 만큼 회복되었다.

그녀가 입을 열었다.

"나머지 불을 켜려던 참이었어요. 그런데 뒤에서 어떤 남자가 저를 덮치는 거였어요. 그가 제 목에서 목걸이를 우악스럽게 잡아채는 바람에 바닥에 뒤로 넘어지고 말았죠. 그는 옆문으로 사라져 갔어요. 그때 뒤로 늘어뜨린 변발과 수놓인 옷을 보고 그가 중국 남자라는 걸 알았죠."

그녀는 부들부들 떨면서 말을 멈췄다.

집사가 다시 나타나 나지막한 목소리로 야들리 경에게 말했다.

"호프버그 씨가 사람을 보냈습니다, 주인님. 주인님과 약속이 되었다고 하더군요."

마음이 산란해진 야들리 경이 언성을 높였다.

"빌어먹을! 일단은 만나 봐야겠군. 아니, 여기서 말고. 물링스, 서
재로 안내해 줘."

나는 푸아로의 옆구리를 쿡 찔렀다.

"이보세요, 친구. 우린 이만 런던으로 돌아가는 게 낫지 않을까요?"

"자넨 그렇게 생각하나, 헤이스팅스? 왜?"

내가 살짝 헛기침을 했다.

"그러니까…… 일이 순조롭게 돌아가고 있질 않잖아요? 내 말은,
당신이 야들리 경에게 모든 걸 맡기라면서 큰소리를 쳐 놨는데……
그 후에 다이아몬드가 당신 바로 코앞에서 사라졌지 않습니까!"

"사실일세. 내 위대한 승리의 기록엔 들어갈 수 없을 거야."

푸아로가 의기소침해져서 말했다.

이런 표현 방식에 나는 거의 웃음이 나올 뻔했으나 억지로 참았다.

"그러니까, 이런 표현해서 미안하지만, 일을 더 엉망으로 만드느
니 지금 당장 떠나는 게 더 깔끔하다는 생각이 들어요. 그렇지 않습
니까?"

"아니, 저녁은 틀림없이 진수성찬일 텐데, 야들리 경의 요리사가
준비해 놓은 그 저녁은 어떻게 하고?"

"아니, 이 판국에 저녁이 다 뭡니까!"

나는 참지 못하고 벌컥 역정을 냈다.

푸아로가 반감을 나타내며 손을 쳐들었다.

"몽 디외(이런)! 이 나라에서는 공연히 미식(美食)을 범죄와 연결
시키려 든다니까."

"우리가 되도록 빨리 런던으로 돌아가야 하는 또 다른 이유가 있어요."

"그게 뭔데, 헤이스팅스?"

"나머지 다이아몬드요. 마벨 양의 것 말입니다."

내가 목소리를 죽이며 말했다.

"에 비엥(그래), 그게 뭔데?"

"모르겠어요?"

그답지 않은 둔감함이 나를 놀라게 했다. 평소의 그 날카로운 기지는 다 어디로 갔단 말인가?

"그들이 한쪽을 손에 넣었으니, 이젠 남은 하나를 노릴 것이 아닙니까?"

"티엥(저런)!"

푸아로가 한 발자국 뒤로 물러서면서 존경 어린 눈초리로 나를 쳐다보며 외쳤다.

"놀라운 머리 회전이야! 자네가 생각해 낸 것을 난 미처 생각도 못 하고 있었다니! 그렇지만 시간은 아직 많아. 보름날이라고 했는데 아직 금요일이 안 됐잖나."

나는 믿음이 가지 않아 고개를 흔들었다. 달이 차야 움직일 수 있다니, 무슨 김빠지는 소리인가. 그럼에도 나는 푸아로와 함께하기로 했다. 우리는 사정 설명과 사과의 뜻을 담은 편지를 야들리 경에게 남기고 서둘러 자리를 떴다.

내 의견은 지금 즉시 매그니피센트 호텔로 가서 마벨 양에게 앞으로 일어날 일을 미리 경고하자는 것이었으나, 푸아로는 이를 묵살하고 다음 날 아침에 떠나자고 주장했다. 그때까지는 시간이 충분히 있다는 말이었다. 나는 불평하면서도 거기에 따를 수밖에 없었다.

다음 날 아침에도 푸아로는 부지런히 움직일 생각이 없는 듯했다. 나는 처음부터 일이 틀어진 나머지 그가 의욕을 잃어서 저러는 게 아닌가 하는 의심이 들기 시작했다. 내 설득에 마지못해 응하는 투로 그가 말하길, 아침 신문에 야들리 사냥터 사건에 대한 기사가 자세히 실렸으니 우리가 얘기해 줄 것도 없이 롤프 부부 또한 이미 잘 알고 있으리라는 것이었다. 일이 돌아가는 모양새가 영 마음에 들지 않았다.

사태를 보니 내 육감은 제대로 맞아떨어졌다. 2시경에 푸아로에게 전화가 걸려왔다. 그는 잠시 듣고 있더니 대답했다.

"비엥(좋아요), 제가 그리로 가죠."

그러고는 전화를 끊고 내 쪽으로 몸을 돌렸다.

"어떻게 생각하나, 몬 아미? 마벨 양의 다이아몬드도 도둑맞았다네."

그는 반은 부끄러워하고 반은 흥분한 듯이 보였다.

"뭐라고요? 그렇다면 보름날이라는 예고는 어찌 된 거죠?"

나는 벌떡 일어서며 외쳤다.

푸아로는 고개를 숙일 뿐이었다.

"언제 일어난 일인데요?"

"오늘 아침이라고 들었네."

나는 우울하게 머리를 흔들었다.

"당신이 내 말을 듣기만 했더라도……! 내가 옳았다는 걸 알겠죠?"

"그런 것 같네, 몬 아미. 외양은 허황된 것이라고들 말하지만, 이번 일은 확실히 겉보기대로인 것 같군."

푸아로가 조심스럽게 말했다.

우리가 택시를 잡아타고 서둘러 매그니피센트 호텔로 가는 동안, 나는 그 책략의 숨은 뜻을 파악해 냈다.

"'보름날'이라는 건 교활한 속임수였어요. 놈의 의도는 우리가 금요일만 신경 쓰게 만드는 것이었고, 그러면서 미리 우리가 경계를 늦추게 한 겁니다. 당신이 그 점을 깨닫지 못했다니 유감이에요."

"마 푸아(바로 맞혔네)! 모든 걸 알 수는 없는 노릇이지!"

푸아로는 들떠 보였다. 짧은 굴욕감이 지나가고 바로 태연한 모습으로 돌아간 것 같았다.

나는 그가 불쌍하게 여겨졌다. 그는 어떤 종류의 실패도 용납하지 못하는데 말이다.

"기운을 내세요. 다음번엔 운이 따라 줄 겁니다."

내가 위로하며 말했다.

매그니피센트 호텔에 도착한 우리는 즉시 지배인의 방으로 안내되었다. 그레고리 롤프가 런던 경시청에서 온 두 사람과 함께 거기와 있었다.

롤프가 이쪽을 보고 꾸벅 인사를 했다.

"우리는 사건을 샅샅이 검토해 보고 있는 중입니다. 그런데 도무지 믿어지지가 않아요. 어찌나 대담한 놈인지 두 손 들었습니다."

우리는 곧 그 이유를 알게 되었다. 롤프 씨는 11시 15분에 호텔을 나왔다고 한다. 11시 30분에 외모가 그와 비슷한 어떤 신사가 호텔에 들어와 안전 금고에 맡겨진 보석 상자를 달라고 요청했다. 그는 당당하게 접수증에 서명하면서 아무렇지 않게 말했다.

"서명이 평소와 조금 다르게 보이죠? 택시에서 내리다가 손을 다쳤거든요."

직원이 그저 웃으면서 별로 그렇지도 않다고 하자, 자칭 롤프는 껄껄 웃으면서 말했다.

"그나저나 이번에는 나를 사기꾼으로 몰지 마십시오. 웬 중국인이 내게 협박 편지를 보냈는데, 내가 또 공교롭게도 중국인이랑 좀 닮지 않았습니까. 눈이 닮았다나요."

우리에게 이야기를 들려주던 접수 담당 직원이 말했다.

"전 그를 쳐다봤죠. 즉시 무슨 말인지 알겠더라고요. 동양 사람들처럼 눈꼬리가 위로 살짝 올라갔다는 뜻이었어요. 전에는 몰랐는데 말이에요."

그레고리 롤프가 앞으로 몸을 수그리며 으르렁거렸다.

"빌어먹을, 이봐! 내 눈꼬리가 치켜 올라갔는지 똑똑히 보라고!"

접수 담당 직원이 그를 쳐다보더니 말했다.

"아뇨, 선생님. 그렇다고 말할 수는 없겠는데요."

사실 동양인의 눈과 서양인의 갈색 눈 사이에는 큰 차이는 없는

데 말이다.

경시청 사람들이 투덜거렸다.

"대담한 놈이에요. 눈 생김새를 신경 쓸까 봐 의심을 없애려고 과감히 행동한 겁니다. 그는 당신이 호텔에서 나오는 것을 틀림없이 지켜봤을 거예요. 그 후 당신이 떠난 게 확실해진 다음에 슬쩍 들어온 거죠."

"보석 상자는 어떻게 됐습니까?"

내가 물었다.

"호텔 복도에서 발견되었어요. 딱 한 가지만 없어졌더군요. '서방의 별'요."

우리는 서로를 쳐다보았다. 모든 것이 너무나도 혼란스러웠고 좀처럼 현실 같지 않았다.

푸아로는 기운차게 자리를 박차고 일어서더니, 면목 없다는 듯이 말했다.

"전 별로 도움이 못 된 것 같군요. 부인을 뵐 수 있을까요?"

"쇼크 상태에 빠져 있을 겁니다."

롤프가 설명했다.

"그렇다면 당신과 단둘이서 몇 마디만 나눌 수 있을까요, 무슈?"

"그러시죠."

약 5분쯤 후에 푸아로가 다시 나타나며 명랑하게 말했다.

"자, 친구. 우체국으로 가세. 전보를 쳐야 하니까."

"누구한테요?"

"야들리 경한테."

그는 내게 붙잡힌 팔을 빼내며 더 이상의 질문을 막았다.

"이리 와, 이리 오라고, 몬 아미. 이런 끔찍한 사태로 인해 자네 기분이 어떤지는 잘 알고 있네. 난 조금도 뛰어나지 못했어! 자네가 내 입장에 있었다면 멋지게 해냈을 걸세! 비엥(좋아)! 모든 걸 시인하네. 잊어버리고 점심이나 들자고."

우리가 푸아로의 방으로 갔을 때는 4시경이었다. 창가에 있는 의자에서 한 형체가 일어났다. 야들리 경이었다. 그는 초췌했으며 몹시 동요하고 있는 듯이 보였다.

"보내신 전보를 받고서 즉시 이리로 왔습니다. 아, 글쎄, 호프버그에게 물어보니까, 자기들은 간밤에 전보도, 감정사도 보낸 적이 없다는 겁니다. 당신은 그 점에 대해 어떻게 생각하십……."

푸아로가 손을 쳐들었다.

"절 용서하십시오! 제가 전보를 보냈고, 제가 문제의 그 남자를 고용했거든요."

"아니, 당신이? 하지만 왜요? 무슨 일로?"

귀족은 혼란에 빠져서 앞뒤 없이 마구 떠들어 댔다.

"작은 생각이 머릿속에 떠올랐거든요."

푸아로가 담담하게 설명했다.

"머릿속에 떠올랐다니! 아이고, 하느님!"

"그런데 그 계획이 먹혀 들어간 거죠. 그러니 야들리 경, 저는 이걸 당신에게 돌려 드리게 되어 무척 기쁩니다. 보시죠!"

푸아로가 신이 나서 말하고는 극적인 제스처로 번쩍번쩍 빛나는 물건을 꺼내 보였다. 커다란 다이아몬드였다.

"'동방의 별'이잖아! 그렇지만 이해를 못 하겠는데……."

야들리 경이 숨을 헐떡였다.

"이해 못 하겠다고요? 아무 일도 아닙니다. 믿어 주시지요. 다이아몬드는 꼭 도난당한 것으로 해 둘 필요가 있었습니다. 모두 경을 위해서 그런 것임을 알려 드립니다. 저는 약속을 지켰습니다. 그러니 부디 저의 사소한 비밀은 그냥 지켜 주셨으면 합니다. 아울러, 제가 마음속 깊이 존경하는 레이디 야들리께 보석을 그대로 돌려보낼 수 있게 되어 얼마나 기쁜지 꼭 전해 주시길 부탁드립니다. 보 탕(날씨가 좋군요.), 그렇지 않습니까? 좋은 날입니다, 야들리 경."

푸아로는 웃음을 띠고 얘기하면서 어리둥절해하는 야들리 경을 문으로 안내했다. 그는 손을 비비며 경쾌하게 제자리로 돌아왔다.

"푸아로, 내가 헛것을 보고 있는 건가요?"

"아니, 몬 아미, 자넨 언제나처럼 정신이 뿌연 안개로 둘러싸여 있을 뿐이라네."

"어떻게 그 다이아몬드를 찾았나요?"

"롤프한테서."

"롤프라고요?"

"그렇다니까! 경고장이니, 중국 남자니, 《소사이어티 가십》의 기사니 하는 것은 모두 롤프의 기발한 머리에서 나온 것들이야! 그 두 다이아몬드는 신기하리만큼 똑같아 보였지. 흥! 그런 것들은 원래 존재하지도 않았는데. 다이아몬드는 오로지 하나뿐이었네, 이 친구야! 원래는 야들리 집안의 수집품인데, 3년 동안 롤프가 소유해 왔어. 그가 오늘 오전에 양쪽 눈꼬리에 색칠을 하고서는 보석을 훔친거야! 아, 영화 속에서 그를 봐야 하는 건데, 그는 정말 예술가야, 슬뤼 라(정말로)!"

"그런데 그가 왜 자기 다이아몬드를 훔쳤을까요?"

내가 어리둥절해하며 물었다.

"그럴 이유야 많지. 우선 레이디 야들리를 다루기가 힘들었어."

"레이디 야들리라고요?"

"자넨 그녀가 캘리포니아에 혼자 남았던 걸 알지? 그녀의 남편이 어딘가에서 혼자 즐기는 동안 말일세. 잘생긴 롤프는 여자들로 하여금 연정을 품게 하는 데가 있잖나. 그렇지만 오 퐁(실제로), 그는 굉장히 냉정하고 사무적인 사람이야. 세 무슈(대단한 남자라니까)! 그는 레이디 야들리를 품은 후 그녀를 협박했지. 내가 어젯밤에 부인에게 캐물으니까 그녀도 인정하더군. 그녀는 딱 한 번 정신이 나갔다고 강조했고, 난 그녀를 믿었네. 하지만 롤프는 그녀의 편지를 갖고 있었지. 그 편지로 그는 레이디 야들리에게 이혼을 요구했어. 레이디 야들리는 자식들과 떨어지지 않으려고 그가 원하는 걸 다 들어준 거야. 따로 모아 둔 돈도 없는 그녀는 롤프가 보석을 똑같이 생긴 인조 보석으로 바꿔치기하고 진짜는 주머니에 챙기는 걸 지켜보아야만 했지. '서방의 별'이 나타난 시점이 참 절묘하다는 생각이 즉시 내 머리를 스치고 지나가더군. 모든 것이 착착 맞아떨어진 거야. 야들리 경은 속도 모르고 멀뚱히 있었고. 그런데 다이아몬드를 팔 일이 생기고 만 거네. 하지만 다이아몬드를 팔게 되면 바꿔치기한 것이 발각되지 않겠나. 그래서 그녀는 얼마 전 영국에 도착한 그레고리 롤프에게 기를 쓰고 편지를 띄웠던 것일세.

그는 모든 걸 알아서 하겠다고 약속하면서 그녀를 달랬겠지. 그러면서 이중 도둑질을 시도한 거야. 그렇게 이 협박범은 우선 레이디 야들리가 자기 남편에게 스캔들의 전말을 털어놓지 못하도록 입을 막았네. 그리고 자신은 보험금 5만 파운드를 받고 말이야! (아하, 자넨 보험을 생각지 않았군!) 거기에 다이아몬드는 여전히 수중에 둘 수 있고 말이야! 이 점에 착안해 나는 일을 풀어 갔지. 다이아몬드 감정사가 도착한다는 사실을 주위에 알린 걸세. 그러자 나는 레이디 야들리가 그 즉시 '도난을 준비'할 것이라고 느꼈네. 그리고 예상대로 그 일은 멋지게 벌어졌어!

하지만 에르퀼 푸아로는 사실 이외에는 보지 않는 사람이야. 실제로 무슨 일이 일어난 건지 짐작이 되나? 부인은 불을 끄고 문을 쾅 닫으며, 복도에 목걸이를 패대기치면서 비명을 질렀어. 그 목걸이는 2층에서 이미 렌치로 다이아몬드를 뺀 상태였지."

"아니, 우린 그녀가 목에 두른 목걸이를 봤잖아요!"

내가 반대 의견을 내놓았다.

"미안하게 됐네, 친구. 그녀는 손으로 그 빈 부분을 가리고 있었어. 한편 비단 조각을 미리 떨어뜨려 놓은 건 유치한 애들 장난이라고! 물론 롤프는 그 도둑질에 대한 소식을 듣자마자 직접 유치한 코

미디를 준비했지. 그리고 멋들어지게 연출해 낸 거야!"

"롤프에겐 뭐라 말했죠?"

나는 호기심을 주체할 수가 없어서 물어보았다.

"나는 그에게 레이디 야들리가 자기 남편에게 모든 걸 다 털어놨다고 말했네. 그렇게 나는 보석을 되찾을 권한을 얻었지. 그리고 그에게 작은 거짓말을 몇 개 했을 뿐이야. 완전히 나한테 쩔쩔매던데!"

나는 그 문제를 곰곰이 생각해 보았다.

"메리 마벨에겐 좀 부당한 것 같은데요. 그녀는 아무 잘못 없이 자기 다이아몬드만 날렸잖아요."

푸아로가 퉁명스럽게 콧방귀를 뀌었다.

"흥! 덕분에 그녀는 대대적으로 널리 선전이 되었잖나. 그녀가 노린 건 오로지 그뿐이었어! 하지만 또 다른 여자, 그녀는 달라. 그녀는 본 메르(좋은 어머니)야. 트레 팜므(아주 여성스럽지)!"

항상 여성을 존중하는 푸아로와는 의견이 많이 다른 내가 모호하게 말했다.

"그렇겠군요. 레이디 야들리에게 협박 편지를 보낸 사람도 롤프였나 보지요?"

푸아로가 당당하게 반박했다.

"파 드 투(천만에). 애초에 그녀는 메리 캐번디시의 조언을 받고서 나에게 자신의 개인적 난관을 상담할 심산이었지. 그런데 야들리 부인은 자신의 적이라고 할 수 있는 메리 마벨이 여기에 왔다 갔다는 소리를 듣고 마음을 확 바꾼 거야. 자네가 들려준 이야기에 맞취 행동하기로! 자네가 그녀에게 마벨 양의 편지 얘기를 들려줬다는 말을 듣고 바로 알았지. 편지 이야기는 그녀가 아닌 자네가 먼저 했어. 레이디 야들리는 대뜸 자네 이야기를 이용하기로 한 거야."

"믿어지지가 않아요."

내가 한 대 얻어맞은 듯이 멍하니 외쳤다.

"시 시(그래, 그래), 몬 아미. 자네가 심리학을 공부하지 않은 것이 심히 유감스럽네. 그녀가 자네한테 편지를 찢어 버렸다고 말했다지? 오, 라 라(허, 참)! 여자들이란 편지를 아예 안 받았다면 모를까, 절대로 찢는 법이 없어! 그렇게 하는 것이 훨씬 안전하리라는 것을 뻔히 알면서도 말이야!"

나는 화를 내고 말았다.

"아무튼 좋습니다. 그래도 당신은 날 완전히 바보 취급했어요! 처음부터 끝까지 말입니다! 아니, 마지막에 가서 모든 걸 설명하려는 건 좋아요. 아무리 그래도, 정도가 있는 법이라고요!"

"그래도 자넨 제법 즐겼잖나, 이 친구야. 나는 친구의 달콤한 환상을 깨뜨릴 만큼 강심장이 못 돼."

"그건 아니죠. 이번엔 너무했다고요."

"몽 디외(이런)! 아무것도 아닌 일에 그렇게 화를 낼 것까지는 없잖아, 몬 아미!"

"질렸어요!"

나는 문을 쾅 닫고 나갔다. 푸아로는 날 완전히 웃음거리로 만들었다. 나는 그에게 따끔한 맛을 보여 줘야겠다고 결심했다. 그를 용서하려면 시간이 좀 필요할 것이다. 그는 심지어 내가 스스로 더욱 철저한 바보가 되어 가는 모습을 격려했던 것이다!

마스던 장원의 비극

며칠 동안 도시를 떠나 용무를 마치고 돌아온 길이었다. 푸아로가 조그만 여행 가방을 꾸리고 있었다.

"아 라 본느 에흐(잘 왔네), 헤이스팅스. 자네가 때맞춰 돌아오지 않을까 봐 걱정했다네."

"사건이 생겼나 보죠?"

"맞아. 내가 꼭 해결해야 하는 일인데, 그리 녹록해 보이지가 않는단 말이지. 노던 유니언 보험 회사가 맬트레이버스 씨의 죽음을 조사해 달라고 의뢰했다네. 한데 그는 몇 주 전에 총액 5만 파운드나 되는 생명 보험에 들었거든."

"그래서요?"

나는 몹시 흥미가 생겨서 말했다.

"보험 약관에는 물론 자살에 대한 취급 조항도 들어 있지. 가입자가 1년 내로 자살할 경우 보험료는 지급되지 않아. 맬트레이버스 씨가 그 회사의 지정 의사에게 건강 검진을 받았을 때는 건강 상태가 아주 양호했다는군. 인생의 전성기는 좀 지났다 해도. 그런데 그저께인 지난 수요일 맬트레이버스 씨의 시체가 에식스 마스던 장원(莊園)의 저택 부근에서 발견되었어. 사망 원인은 일종의 내출혈이었다네. 그 자체만 따져 보면 별것 아니지만, 최근 맬트레이버스 씨의 재정 상황에 대한 안 좋은 소문이 퍼진 일이 있다는데, 노던 유니언사(社)의 철저한 조사 결과 그들은 고인이 파산 직전의 상태에 있었다는 결론을 내렸다네. 그렇게 해서 그 사건의 양상은 상당히 바뀌었지. 맬트레이버스에겐 젊고 아름다운 부인이 있다는데, 그가 가능한 모든 현금을 끌어모아 생명 보험에 들어 놓고는 아내를 수취자로 지정한 채 죽어 버린 거야. 흔히 볼 수 없는 일이지.

그래서 노던 유니언사의 의사이자 내 친구인 앨프리드 라이트가 내게 조사를 요청하기에 이른 걸세. 하지만 난 크게 기대하지 말라고 말해 두었네.

만일 사인이 심장 마비였다면 훨씬 간편했을 텐데. 사실 어리숙한 의사가 있는 동네에선 환자의 실제 사인이 뭐였건 간에 심장 마비로 사망했다는 진단이 내려지기 일쑤지만, 내출혈은 그것과는 판이하게 증상이 다르거든. 그래도 우린 필요한 정보를 어느 정도 얻을 수 있을 거야. 5분 내로 짐을 챙기게, 헤이스팅스. 그런 다음 택시를 잡아타고 리버풀가(街)로 가세나."

약 한 시간 뒤 우리는 '마스던 리'라는 조그만 역에 도착해 그레이트이스턴 열차에서 내렸다. 역 직원은 마스턴 장원이 약 1.5킬로미터 떨어진 곳에 있다는 말을 해 주었다. 푸아로가 걸어가는 쪽을 원해서 우리는 대로를 따라 발을 옮겼다.

"앞으로 계획이 어떻게 되죠?"

내가 물었다.

"우선 의사부터 만나 봐야겠어. 마스턴 리에는 의사라곤 딱 한 명, 랠프 버나드 선생밖에 없다는 걸 조사했네. 아, 그의 집이 보이는군."

문제의 집은 썩 훌륭한 별장으로, 도로에서 약간 뒤쪽으로 물러나 있었다. 문의 청동제 푯말에 의사의 이름이 새겨져 있었다. 우리는 집으로 난 작은 길을 따라 걸어가 벨을 눌렀다.

운이 따르는 듯했다. 진료 시간인데도 기다리는 환자가 없었던 것이다. 의사 버나드는 나이가 지긋하고 위로 솟은 어깨가 구부정했지만 사람을 편안하게 해 주는 데가 있는 사람이었다.

푸아로는 자기소개를 하고 우리의 방문 목적을 밝힌 후, 보험 회사에서 이번 일을 철저히 조사하고 싶어 한다는 점을 강조했다.

"물론이죠, 물론입니다. 대단한 부자였나 보군요. 엄청난 액수의 생명 보험에 들었다고요?"

버나드 선생이 애매하게 말했다.

"선생은 그가 부자라고 생각합니까?"

의사는 놀란 것 같았다.

"아닙니까? 차도 두 대나 있었다는데요. 아셨나요? 또 마스턴 장원은 개인이 유지하기엔 너무 넓은 곳입니다. 아무리 싸게 사들였다고 할지라도 말이죠. 또 그가 최근에 큰 손해를 본 일이 있다고 알고 있습니다만."

푸아로는 의사를 면밀히 주시하며 말했다.

의사는 그저 슬픈 듯 고개를 저었다.

"그래요? 거참. 그래도 생명 보험이 있어 부인에게는 다행이군요. 정말 아름답고 매력적인 젊은 여성입니다만 이렇게 슬픈 일을 당했으니 지금 몸 상태가 말이 아닐 겁니다. 정신이 없겠죠. 불쌍하게도…… 그녀를 최대한 보살피려 애썼으나 그래도 충격이 컸을 것은 당연합니다."

"선생님은 최근에 맬트레이버스 씨를 진료하신 적이 있습니까?"

"선생, 나는 한 번도 그를 치료한 적이 없습니다."

"뭐라고요?"

"나는 맬트레이버스 씨가 크리스천 사이언스(1886년 미국의 메리 베이커 에디가 조직한 신흥 종교. 신앙의 힘으로 병을 고칠 수 있다고 믿는 점이 특색임 — 옮긴이)의 신도였다고 알고 있습니다."

"그렇지만 시체를 조사한 것은 선생님이지 않습니까?"

"맞습니다. 보조 정원사가 나를 부르길래 갔지요."

"그럼, 사인은 명백했습니까?"

"내출혈이 틀림없었어요. 입술에 피가 묻어 있긴 했지만, 출혈은 대부분 신체 내부에서 일어났습니다."

"그는 그때까지도 발견된 곳에 그대로 누워 있었습니까?"

"예, 시신을 잘 보존해 놓았더군요. 조그만 숲 가장자리에 누워 있었지요. 그의 옆에 조그만 사냥총이 놓여 있었던 것으로 보아 떼까마귀를 잡으러 밖으로 나가던 참이 틀림없습니다. 의심의 여지 없는 위궤양입니다."

"총에 맞은 것 같지는 않았습니까?"

"세상에, 무슨!"

"그렇다면 죄송합니다. 하지만 제 기억이 잘못되지 않았다면, 최근에 한 살인 사건에서 의사가 심장 마비라고 진단을 내린 후, 담당 경관이 머리를 총알이 관통했다는 사실을 지적하고 나서야 진단을 번복한 일이 있었죠!"

푸아로가 조심스레 양해를 구했는데도 버나드 선생의 말투는 냉담하기만 했다.

"맬트레이버스 씨 시체에서는 어떤 총상도 찾아내지 못할 겁니다. 자, 신사분들, 더 하실 말씀이 없다면……."

우리는 눈치를 챘다.

"안녕히 계십시오. 친절히 답변해 주셔서 정말 감사합니다. 그런데 혹시 검시를 할 필요성은 못 느끼셨습니까?"

의사는 슬슬 혈압이 오르는 기색이었다.

"전혀요. 사인도 명백한 데다, 내 직업상 나는 죽은 환자의 가족들을 이유 없이 괴롭힐 필요를 느끼지 못하겠습니다!"

의사는 몸을 돌리더니 우리 눈앞에서 쿵 소리를 내며 문을 닫았다.

"버나드 선생을 어떻게 생각하나, 헤이스팅스?"

장원으로 향하며 푸아로가 물었다.

"늙다리 당나귀지 뭡니까."

"정답이네. 성격을 판정하는 데는 자네만 한 사람이 없지, 친구."

나는 내심 불안하여 푸아로를 힐긋 쳐다보았으나, 그는 아주 진지해 보였다. 그러던 그가 눈을 빛내며 음흉하게 덧붙였다.

"만고의 진리가 있지. 사건에 아름다운 여자가 끼었다 하면 얘기는 끝난 거라고!"

나는 그를 차갑게 흘겨보았다.

장원에 있는 저택에 도착하자 중년의 가정부가 문을 열어 주었다. 푸아로는 그녀에게 명함과 함께 보험 회사에서 맬트레이버스 부인 앞으로 보내는 편지를 건넸다. 그녀는 우리를 조그만 응접실로 안내하고 여주인을 부르기 위해 물러갔다. 10분쯤 지나서 문이 열리더니, 미망인의 상복을 입은 날씬한 여자가 문지방을 딛고 선것이 보였다.

"무슈 푸아로?"

그녀가 말을 더듬었다.

푸아로는 튕기듯 일어나 씩씩하게 그녀 앞으로 나아갔다.

"마담! 이런 식으로 부인께 폐를 끼쳐 드리게 되어 뭐라 드릴 말씀이 없습니다. 그렇지만 도리가 있어야지요. 레 아페흐(일에는 가차없는), 인정사정 없는 사람들이거든요."

맬트레이버스 부인은 그가 이끄는 대로 의자에 가서 앉았다. 많이 울었는지 눈이 빨갰으나 그런 일시적인 흥이 특출난 미모를 감출 수는 없었다. 스물일고여덟 살 정도 되어 보였고, 눈부신 금발과 커다란 푸른 눈, 샐쭉 솟은 예쁜 입술을 갖고 있었다.

"제 남편의 보험에 관한 문제인가 보군요, 그렇죠? 하지만 꼭 지금이어야 하나요? 이렇게나 빨리?"

"용기를 내세요, 부인. 용기를 내십시오! 아시겠지만, 돌아가신 남편께서 가입한 생명 보험의 액수가 엄청납니다. 그러한 경우 반드시 몇 가지 세부 사항을 확인해야 회사 측을 납득시킬 수 있거든요. 그들은 그 일을 조사하는 문제에서 제게 전권을 위임했습니다. 제가 이 일에서 가능한 최선을 다하여 부인을 도와 드리고자 한다는 점만은 믿어 주시기 바랍니다. 수요일에 일어났던 그 비극적인 사건에 대해서 제게 간략하게 설명해 주실 수 있으시겠습니까?"

"하녀가 올라왔을 때 저는 차를 준비하고 있었어요. 그때 정원사한 사람이 집으로 뛰어 들어오더군요. 그가 발견했던 거예요……."

그녀가 말꼬리를 흐렸다. 푸아로가 동정심을 보이며 그녀의 손을 꼭 움켜쥐었다.

"알겠습니다. 그만하면 충분합니다! 오후에는 남편을 보셨나요?"

"점심 식사 이후에는 못 봤어요. 저는 우표 몇 장을 사러 걸어서 동네에 갔는데, 남편이 골프 퍼팅 연습을 하러 밖에 나간 줄로만 알았습니다."

"그런데 떼까마귀 사냥을 가셨던 거군요?"

"예. 남편은 평상시에 조그만 사냥총을 갖고 다녔는데, 멀리서 한두 방 쏘는 소리를 들었어요."

"그 사냥총은 지금 어디 있습니까?"

"현관에 있는 것 같던데요."

그녀는 방을 나가더니 그 조그만 무기를 찾아내어 푸아로에게 건넸다. 푸아로는 그것을 대충 훑어보았다.

"두 발이 발사되었군요. 그러면 부인, 제가 혹시 남편분의……."

그가 총을 돌려주면서 신중하게 말을 끊었다.

"하인이 안내해 드릴 거예요."

그녀가 고개를 돌리며 작은 소리로 말했다.

하녀가 푸아로를 위층으로 이끌었다. 나는 이 매력적이고 불행한 여인과 단둘이 남았다. 뭔가 말이라도 해야 할지, 아니면 그냥 잠자코 있어야 하는 건지 판단하기가 어려웠다. 내가 한두 마디 일반적인 감상을 전하자 그녀는 무심히 말을 받았다. 얼마 안 있어 푸아로가 돌아왔다.

"호의에 감사드립니다, 부인. 이 일로 더 이상 신경 쓰게 될 일이 없을 겁니다. 그런데, 남편분의 재정 상황에 대해선 뭐 아시는 것이 있나요?"

그녀는 머리를 저었다.

"아무것도 몰라요. 전 사업 일엔 너무 아둔해서요."

"그렇군요. 그러시다면 왜 남편께서 갑자기 생명 보험에 들기로 결정하셨는지 알려 주실 수 없겠군요? 이전에는 보험을 든 적이 없다고 알고 있습니다만."

"저, 우리가 결혼한 지는 이제 겨우 1년 남짓이에요. 하지만 생명 보험에 든 이유라면, 그는 자기가 오래 살지 못하리라는 확신을 가지고 있었던 것 같아요. 그는 자신의 죽음에 대해 남다른 예감을 갖고 있었죠. 그는 과거에 이미 내출혈을 한 번 겪은 적이 있는 것으로 아는데, 또다시 그런 일이 발생하면 치명적이라는 것을 안 거예요. 저는 그의 그런 우울한 두려움을 없애려고 무던히 애를 썼지만 아무 소용이 없었어요. 세상에, 그의 말이 이다지도 꼭 들어맞다니요!"

두 눈에 눈물을 글썽이며 그녀는 우리에게 품위 있는 작별 인사를 했다. 함께 길을 걸어 내려오면서 푸아로는 특유의 제스처를 보였다.

"에 비엥(그래), 그게 그렇다니까! 런던으로 돌아가자고, 친구. 이 쥐구멍에는 쥐가 안 사나 봐. 그런데 아직⋯⋯."

"아직 뭡니까?"

"좀 모순점이 있긴 해. 그게 다야! 그런 걸 느꼈나? 아니라고? 삶은 모순으로 가득하다네. 확실히 그 남자는 자살한 것 같지는 않아. 그렇다고 시신의 입을 보면 독을 먹은 것 같지도 않고. 아니, 아니야. 여기 오니 모든 게 명백하고 단순해. 이 일을 사퇴해야 할까 봐⋯⋯. 아니, 저 사람은 누구지?"

키가 큰 젊은이가 우리와 마주치면서 길을 성큼성큼 올라오고 있었다. 그는 무심히 우리를 스쳐 지나갔지만, 나는 그가 혈색이 좋고 갸름한 얼굴이 구릿빛으로 탄 것을 보아 열대 지방에서 온 사람임을 알 수 있었다. 낙엽을 쓸던 정원사가 잠시 일손을 멈춘 틈을 타서 푸아로는 그에게 재빨리 뛰어갔다.

"꼭 알고 싶은 게 있는데, 저 신사분은 누구입니까? 그를 아십니까?"

"이름은 기억나지 않지만, 확실히 본 적이 있는 얼굴입니다, 선생님. 지난주에 여기서 하룻밤을 묵고 갔지요. 화요일이었어요."

"서둘러, 몬 아미(친구). 저 사람을 따라가세."

우리는 시야에서 멀어져 가는 그의 모습을 뒤쫓아 서둘러 진입로를 걸어 올라갔다. 저택 한쪽 테라스에 검은 상복을 입은 사람의 모습이 언뜻 비쳤다. 놓쳐 버렸다 싶었던 우리의 목표물을 발견했을 때, 그는 누군가를 만나고 있었다.

맬트레이버스 부인은 서 있던 곳에서 쓰러질 듯이 휘청거렸다. 그녀의 얼굴이 눈에 띄게 창백해졌다.

맬트레이버스 부인이 숨을 삼켰다.

"당신! 전 당신이 바다로 나간 줄로만 알았어요. 동부 아프리카로 가지 않았나요?"

"제 변호사한테서 어떤 소식을 전해 듣는 바람에 지체되었습니다. 스코틀랜드의 늙은 숙부가 갑자기 돌아가셨거든요. 그분이 제게 물려주신 돈이 좀 있다길래 약속을 취소하고 상황을 보던 참이었죠. 그러던 차에 신문에서 이번의 참혹한 소식을 접하고 제가 뭐라도 도와 드릴 일이 있을지 해서 여기 온 겁니다. 아마 조금이라도 일손이 더 있는 게 좋을 겁니다."

그 순간 그들이 우리의 존재를 알아차렸다. 푸아로가 앞으로 나서서 현관에 지팡이를 놓고 왔다고 둘러댔다. 그리 내키는 기색은 아니었지만, 맬트레이버스 부인이 젊은 남자를 우리에게 소개해 주었다.

"무슈 푸아로, 이분은 블랙 대위예요."

몇 분간 대화가 오가고, 푸아로는 블랙 대위가 앵커 여관에 투숙하고 있다는 사실을 알아냈다. 결국 푸아로의 잃어버린 지팡이는 찾지 못했다. (놀랄 일이 아니다.) 우리는 다시금 사과의 말을 던지고 물러났다.

신속히 동네로 돌아오고 나서 푸아로는 곧장 앵커 여관으로 직행하고는 내게 설명했다.

"그 대위가 돌아올 때까지 여기서 만반의 준비를 마치자고. 아까 난 당장 런던으로 돌아가자고 말했지. 자네도 그걸 내 본심으로 생각했을 거야. 하지만 아니야. 맬트레이버스 부인이 젊은 블랙 대위를 보는 얼굴이 어땠는지 봤지? 큰 충격을 받은 게 분명했네. 한편 대위는, 에 비엥(맞아), 아주 차분했어. 그렇게 생각지 않나? 그리고 그는 지난 화요일 밤에 여기 왔다고 말했지. 맬트레이버스 씨가 죽기 바로 전날일세. 우리는 블랙 대위의 행동을 조사해야 해."

약 30분 뒤 우리의 목표물이 여관으로 다가오는 모습을 볼 수 있었다. 푸아로는 마중을 나가서 넉살 좋게 말을 붙이더니, 그를 우리가 머무는 방으로 데리고 올라왔다.

"난 블랙 대위에게 우리가 무슨 임무를 띠고 여기 왔는지 말해 주었지. 이해하실 수 있겠지요, 무슈 르 카피텐(대위)? 저는 사망 직전의 맬트레이버스 씨가 처한 심리 상태에 도달해 보려고 무진 애를 쓰고 있습니다만, 맬트레이버스 부인에게 잔인한 질문을 함으로써 그녀의 고통을 가중시키고 싶진 않습니다. 그러니 사건 직전에 도착하신 대위께서 귀중한 정보를 제공해 주실 것으로 믿습니다."

"도움이 되는 일이라면 뭐든지 하겠습니다. 정말입니다. 그렇지만 유감스럽게도 별 특이한 점을 발견하지 못했어요. 아시는 것처럼, 제 친척과 맬트레이버스 씨는 오랜 친구 사이입니다만, 제가 그분과 가까운 건 아니거든요."

"이리로 오신 건 언제입니까?"

"화요일 오후였습니다. 수요일 이른 아침에 시내로 나갔는데, 제가 탈 배가 12시경에 틸버리(템스강 북쪽에 있는 도시 — 옮긴이)를 출항할 예정이었거든요. 하지만 어떤 소식을 전해 듣게 되어 계획을 변경하게 되었죠. 두 분은 아까 제가 맬트레이버스 부인에게 설명드리는 것을 들으신 것 같은데요."

"예, 동부 아프리카로 가는 길이었다면서요?"

"그렇습니다. 전쟁 이후로 죽 그곳에 나가 있었죠. 아주 멋진 곳입니다."

"화요일 밤 저녁 식사 중에는 무슨 이야기를 나누셨나요?"

"음, 모르겠어요. 늘상 하는 얘기죠. 맬트레이버스 씨가 제 친지들 소식을 묻고, 그다음 독일의 재건에 대한 토론을 하고, 그러고는 맬트레이버스 부인이 동부 아프리카에 대해 이것저것 많은 질문을 하더군요. 제가 겪은 일들 한두 개를 그럴싸하게 풀어놓았던 것 같기도 합니다. 그게 전부였던 것 같네요."

"감사합니다."

푸아로는 잠시 입을 다물고 있다가 점잖게 요청했다.

"허락해 주신다면, 작은 실험을 하고 싶습니다. 당신은 우리들에게 의식적 자아가 알고 있는 사실 모두를 얘기해 주셨습니다. 이제 저는 당신의 무의식적 자아, 즉 잠재의식적 자아에게 질문하고자 합니다."

"심리 분석, 뭐 그런 겁니까?"

블랙은 확연히 놀라서 말했다.

"오, 아닙니다. 그러니까 이런 겁니다. 제가 한 단어를 말하면 당신은 다른 단어로 대답하시는 거죠. 계속 그렇게 갑니다. 어떤 단어든지 첫 번째로 떠오른 것을요. 시작할까요?"

푸아로가 안심시키며 말했다.

"좋습니다."

천천히 대답하는 블랙의 얼굴이 편치 않아 보였다.

"단어들을 기록해 주게나, 헤이스팅스."

푸아로가 말하고는 주머니에서 큼지막한 회중시계를 꺼내어 탁자 옆에 놓았다.

"시작합니다. 낮."

잠시 침묵이 감돌았다. 곧 블랙이 대답했다.

"밤."

푸아로가 계속할수록 대답도 점점 빨라졌다.

"이름."

"장소."(블랙)

"버나드."

"쇼."(블랙)

"화요일."

"저녁 식사."(블랙)

"여행."

"배."(블랙)

"나라."

"우간다."(블랙)

"이야기."

"사자."(블랙)

"사냥총."

"농장."(블랙)

"발사."

"자살."(블랙)

"코끼리."

"상아."(블랙)

"돈."

"변호사."(블랙)

"감사합니다, 블랙 대위. 30분쯤 있다가 몇 분만 시간을 내어 주시겠습니까?"

"물론입니다."

젊은 군인은 호기심에 차서 그를 쳐다보더니 일어서면서 손으로 눈썹을 문질렀다.

푸아로가 등 뒤로 문을 닫으며 씩 웃었다.

"자, 헤이스팅스. 뭔지 다 알겠지, 아닌가?"

"무슨 말인지 모르겠는데요."

"단어 목록을 보고 아무것도 못 느꼈나?"

나는 자세히 훑어봤지만, 머리를 흔들지 않을 수 없었다.

"내가 말해 줌세. 우선, 블랙이 망설임 없이 시간 내에 척척 대답한 것으로 미루어, 우리는 그가 숨겨야 할 죄의식이 없다는 것을 짐작할 수 있지. '낮'에 '밤'이라든가 '이름'에 '장소'로 대응하는 것은 정상적인 연상 작용이야. 내가 '버나드'라는 단어로 운을 뗀 것은 그가 현지 의사와 우연히 마주친 적이라도 있었나를 알아본 거야. 명백히 그는 그런 적이 없더군. 다음에 내가 '화요일'이라고 했더니 그는 '저녁 식사'라 그랬고, '여행'과 '나라'에 대해선 각각 '배'와 '우간다'로 대답한 걸로 미루어, 그에게 중요한 것은 해외 여행이지 여기 온 것이 아니라는 것이 확실해졌어. '이야기'라고 말하자 그는 자신이 저녁 식사에서 꺼낸 사자 이야기가 생각난 모양이더군. 내가 '사냥총'이라고 치고 나가니까 그는 전혀 예상치 못한 '농장'이란 대답을 했어. 내가 '발사'라 말했을 때 그는 즉시 '자살'이라 했고. 이 연결은 깨끗해 보여. 자신이 아는 남자가 농장 부근에서 사냥총으로 자살을 한 거야. 기억하게, 그의 마음은 아직도 저녁 식사 때 자기가 꺼낸 이야기에 쏠려 있다는 점을. 그러니 자네도 내가 블랙 대위에게 화요일 저녁 식사 중에 한 이야기를 다시 들려 달라고 해도 크게 잘못된 일은 아니라는 것을 알겠지?"

얼마 후 우리가 그를 다시 만났을 때, 블랙은 그 문제에 대해 거침이 없었다.

"그래요, 그때 그들에게 들려준 이야기가 이제 확실히 기억납니다. 아는 사람 한 명이 농장 밖에서 총으로 자살한 일이 있거든요. 사냥총을 입천장에 대고 쏴서 총알이 뇌에 가서 박혔다죠. 의사들은 전혀 이상하게 여기질 않았어요. 입술에 피가 조금 묻어 있는 것 빼고는 겉보기에 전혀 상처가 없었으니까요. 그렇지만 왜?"

"맬트레이버스 씨와 무슨 연관이 있느냐고요? 모르시는 모양인데, 사냥총이 그의 시신 옆에 놓여 있는 채로 발견됐지 않습니까."

"선생님은 제 얘길 이 경우에 적용하려나 보군요……. 오, 너무 심하십니다!"

"걱정하지 마십시오. 그럴 수도 있고, 아닐 수도 있다는 거죠. 그나저나 런던으로 전화나 해야겠습니다."

푸아로는 전화로 오랫동안 얘기를 하더니 생각에 잠긴 표정으로 돌아왔다. 그러고는 오후에 혼자 어딘가로 갔다 오더니, 7시가 되자 더 이상 미루지 말고 젊은 미망인에게 이 소식을 전해야겠다고 선언하듯 외쳤다. 나는 그녀가 안타까워 견딜 수가 없었다. 이제 한 푼의 보험금도 받지 못하는 것은 물론, 아내의 장래를 위해 남편이 스스로 목숨을 끊었다는 사실을 알게 될 것이다. 어떤 여자라도 견디기 힘든 고통이리라. 나는 저 블랙 대위가 부인의 슬픔이 가신 뒤에 그녀에게 힘을 주는 존재가 되어 주기를 은근히 바라게 되었다. 그는 그녀를 몹시 흠모하는 게 분명하니까.

부인과의 대화는 고통스러웠다. 그녀는 푸아로가 털어놓은 사실을 완강히 거부하더니, 결국엔 납득하고서 비통한 눈물을 터뜨리고 말았다. 시체를 더 자세히 검시한 결과 우리의 의혹은 사실인 것으로 드러났다. 푸아로는 그 불쌍한 여인을 몹시 가엾게 여겼으나, 어디까지나 보험 회사에 고용된 신분인 그가 뭘 할 수 있겠는가? 떠날 준비를 하며 그는 맬트레이버스 부인에게 부드럽게 말했다.

"부인, 영혼은 영원히 죽지 않는다는 걸 아셔야 합니다."

"무슨…… 말씀이세요?"

그녀는 눈을 크게 뜨며 말을 더듬었다.

"심령술 모임에 참석해 보신 적이 없습니까? 부인께선 영매의 자질이 있습니다."

"사람들이 그렇게들 말하더군요. 그런데 선생님은 심령술을 믿지 않잖아요, 그렇죠?"

"부인, 저는 좀 이상한 걸 봤습니다. 사람들이 이 집에 유령이 나온다고 말하는 것을 아십니까?"

그녀가 머리를 끄덕인 순간, 거실 하녀가 저녁이 준비되었다고 알려 왔다.

"그냥 여기 계시면서 요기를 하시는 게 어때요?"

우리는 그 제의를 쾌히 승낙했다. 나는 우리가 여기 있는 동안 그녀의 슬픔이 약간이나마 덜어질 수 있기를 바랐다.

막 수프를 다 먹었을 때 밖에서 비명이 들리며 뭔가가 깨지는 소리가 났다. 우리는 벌떡 일어났다. 하녀가 손을 가슴에 얹고 나타났다.

"어떤 남자가…… 복도에 서 있었어요."

푸아로가 뛰쳐나갔다가 곧 돌아왔다.

"지금은 없군요."

"없다고요, 선생님? 그 바람에 제가 얼마나 놀랐는데요!"

하녀가 힘없이 말했다.

"왜 놀라셨다는 겁니까?"

하녀가 목소리를 낮추더니 속삭였다.

"꼭…… 꼭 주인님 같았거든요. 주인님처럼 생겼어요."

나는 맬트레이버스 부인이 소스라치게 놀라는 것을 보았다. 내 머릿속에 '자살한 자는 잠들지 못하고 이승을 떠돈다.'라는 옛말이 떠올랐다. 그녀 또한 비슷한 걸 생각했는지, 그 직후 비명을 지르며 푸아로의 팔을 붙잡았다.

"저 소리 안 들리세요? 창문을 세 번 똑똑똑 두드리는 소리 말예요! 집을 돌아가면서 남편이 바로 저렇게 창을 두드리곤 했는데!"

"담쟁이덩굴입니다. 담쟁이덩굴이 유리창에 걸려서 그런 겁니다."

내가 외쳤다.

그럼에도 알 수 없는 공포가 우릴 사로잡았다. 하녀는 안절부절 못하는 기색이 역력했으며, 식사가 끝나자 맬트레이버스 부인은 푸아로에게 떠나지 말아 달라고 간청했다. 혼자 남겨지는 것이 두려운 듯했다. 우리는 조그만 거실에 둘러앉았다. 바람 소리가 거세지면서 누군가 집 주위에서 울부짖고 있는 것 같은 느낌을 주었다. 무척이나 음산했다. 바람에 빗장이 벗겨지면서 문이 천천히 열리는 일이 두 번이나 있었는데, 그때마다 그녀는 숨이 넘어갈 듯이 놀라서 내게 매달렸다.

"하, 이 문 참, 사람 환장하게 하는군!"

드디어 푸아로가 화가 나서 외쳤다. 그는 일어나서 다시 한번 문을 닫고 아예 열쇠를 돌려 문을 잠가 버렸다.

"이러면 확실히 잠겼겠지!"

"그러지 마세요. 지금 문이 열리게 되면……."

그녀가 헐떡였다.

부인의 말이 떨어지기가 무섭게 놀라운 일이 일어났다. 잠긴 문이 천천히 열린 것이었다. 내가 앉아 있는 곳에서는 복도가 보이지 않았으나, 그녀와 푸아로는 복도를 마주 보고 있었다. 그녀가 푸아로에게로 몸을 돌리면서 길게 비명을 지르더니 외쳤다.

"그를 보셨죠? 복도에 있는 걸?"

푸아로는 혼란스러운 표정으로 그녀를 내려다보고 있다가 머리를 저었다.

"전 그를 봤어요! 제 남편요…… 선생님도 틀림없이 그를 보셨을 거예요!"

"부인, 저는 아무것도 못 봤습니다. 상태가 좋지 않은 모양입니다. 이성을 잃었어요."

"전 멀쩡해요, 전…… 오, 하느님!"

갑자기 아무런 경고도 없이 불빛이 흔들리면서 꺼졌다. 어둠 저편에서 '똑똑똑' 하고 두드리는 소리가 크게 세 번 났다. 나는 맬트레이버스 부인이 흐느끼는 소리를 들을 수 있었다.

그러고 나서 나는 보았다!

2층 침실에서 봤던 시체가 희미하게 유령 같은 빛을 발하며 우리를 바라보고 서 있었던 것이다. 입술에서 피를 흘리는 그것은 오른손을 들어 우리를 가리켰다. 갑자기 밝은 불빛이 손가락에서 뻗어나오는 것처럼 보였다. 그 빛은 푸아로와 나를 지나쳐 맬트레이버스 부인에게 가서 멎었다. 나는 하얗게 질린 그녀의 얼굴을 보았고, 또 다른 것도 보았다!

"저런, 푸아로! 저 부인 손 좀 봐요, 오른손! 온통 시뻘게!"

내가 외쳤다.

맬트레이버스 부인이 눈길을 거기에 떨어뜨리더니 곧이어 바닥에 털썩 쓰러졌다.

그녀가 분별을 잃고 소리를 질렀다.

"피! 그래요, 피예요. 제가 그를 죽였어요. 제가 했다고요. 남편이 가르쳐 준 대로 방아쇠를 당겼지요. 저를 구해 주세요. 저를 구해 줘요! 남편이 와요!"

숨 넘어가는 소리가 들리더니 그녀는 더 이상 말이 없었다.

"불."

푸아로가 기운차게 말했다. 마술처럼 전기가 다시 들어왔다.

그가 계속했다.

"바로 그거야. 들었지, 헤이스팅스? 그리고 에버렛, 자네도? 오, 내 정신도 참. 이분은 에버렛 씨라고 해서 영화계에서 알아주는 사람일세. 오늘 오후에 내가 전화로 불러냈지. 분장술이 기막히다니까, 그렇지 않나? 꼭 죽은 사람 같잖아. 작은 횃불로 백골의 인광과 비슷한 효과를 주는 거지. 충고하는데 헤이스팅스, 그녀의 오른손을 만지지 않는 게 좋아. 붉은 페인트 자국이니까. 불이 나갔을 때 내가 그녀의 오른손을 꽉 쥔 적이 있잖나. 아무튼 우리는 기차를 놓치면 안 되네. 재프 경감이 창밖에 있을 텐데, 그도 힘들었겠군. 한동안 열심히 창을 똑똑 두드려야 했으니. 하기야 그 시간 동안에는 밖에 있어야지 별수 있나."

바람과 비를 헤치고 꿋꿋이 걸어가면서 푸아로가 계속했다.

"알겠나? 약간의 모순이 있었지. 의사는 고인이 크리스천 사이언스 신도라고 생각한 모양인데, 맬트레이버스 부인 말고 누가 그런 인상을 심어 줬겠나? 그런데도 그녀는 우리에게 그가 자신의 건강을 극히 걱정하고 있었다는 식으로 얘기했어. 게다가 블랙 대위가 다시 돌아온 것을 보고 그렇게 혼비백산할 이유가 뭔가? 그리고 마지막으로, 남편의 죽음을 맞아 슬픈 모습을 보여야 한다는 관습이 있다는 건 알지만, 붉은색 화장을 그렇게 두껍게 한 눈꺼풀은 내 처음 봤네! 자넨 눈치 못 챘지, 헤이스팅스? 내가 늘 말하지만 자넨 아무것도 보는 게 없어!

그래, 그렇게 된 걸세. 두 가지 가능성이 있었어. 블랙의 이야기가 맬트레이버스 씨에게 교묘한 자살 방법을 제공한 것일 수도 있고, 아니면 같이 그 이야기를 들었던 부인이 교묘한 살인 방법을 떠올렸지. 나는 후자 쪽으로 생각했다네. 자신이 들은 방법대로 자살했다면 그는 발가락으로 방아쇠를 당겼어야 해. 나는 그렇게 추측하네. 하지만 만일 맬트레이버스 씨가 한쪽 신을 벗은 채로 발견되었다면 당연히 누군가가 우리에게 그 사실을 말해 주었을 거야. 특이한 사항이니까.

그래, 앞서 말한 대로 나는 살인 쪽으로 생각이 기울었다네. 자살이 아니라. 그렇지만 난 이 이론을 뒷받침할 증거가 어디에도 없다는 걸 잘 알고 있었지. 그래서 자네가 오늘 밤 관람한 작은 촌극이 탄생한 걸세."

"지금까지도 나는 그 범죄에 얽힌 모든 속사정을 잘 이해하지 못하겠는데요."

"처음부터 다시 시작하자고. 여기 약삭빠르고 교활한 여인이 있어. 그녀는 자기 남편이 파산 직전이라는 사실을 알게 되었지. 그녀는 가뜩이나 돈만 보고 결혼한 늙은이에게 싫증이 나 있던 터였는데 그런 사실까지 알게 되자 일을 꾸미기로 결심한 거야. 그녀는 그를 구슬려서 엄청난 액수의 생명 보험에 들게 했어. 그러던 중 우연히 한 젊은 군인이 그녀에게 그 방법을 제시해 준 거지. 다음 날 오후 그 무슈 르 카피텐(대위)이 멀리 바다에 나가 있다고 생각한 그 시각, 그녀는 남편과 함께 주변을 걷고 있었어. 그녀는 남편의 반응을 보며 운을 떼었어. '어젯밤 이야기 정말 신기하죠? 그런 식으로 자신을 쏠 수 있는 사람이 있을까요? 그 자세가 가능한지 좀 보여 주세요!' 그 불쌍한 바보는…… 그녀에게 보여 줬다네. 총구 끝을 자기 입에 갖다 댔어. 그녀는 몸을 굽히고서 손가락을 방아쇠에 걸

고는 마구 웃어 댔겠지. 그녀는 뻔뻔스럽게 말했네. '자, 여보. 만일 제가 방아쇠를 당긴다면요?'

그러고 나서 헤이스팅스, 그녀는 방아쇠를 당긴 거야!"

싸구려 아파트의 모험

I

지금까지 내가 기록해 온 사건들을 보면 푸아로의 수사 방식은 살인이건 절도건 간에 사건에 관한 핵심적 사실에서 시작해 논리적 추론 과정을 거쳐 결국 성공적인 해결에 이르는 형태를 띠고 있다는 걸 알 수 있다. 놀랄 만한 사건들을 줄줄이 겪다 보니 이제는 나 또한 어떤 통찰력을 지니게 되었는데, 예전엔 푸아로만이 감지할 수 있었을 것 같은 사소한 사건들은 물론, 가장 까다로운 사건 속 흉악한 음모에 이르는 연쇄 작용의 징후를 나도 어느 정도 알 수 있게 된 것이다.

그러던 어느 날 나는 오랜 친구인 제럴드 파커와 저녁을 보내고 있었다. 내 주위에는 나를 초대한 주인을 제외하고도 여섯 명 정도의 사람이 모여 있었다. 파커는 말할 차례가 돌아오기만 하면 어김

없이 런던에서 집을 구하는 이야기를 꺼냈다. 집과 아파트는 파커의 각별한 취미였다. 전쟁이 끝날 무렵부터 그는 최소한 여섯 개의 각기 다른 아파트와 셋방을 옮겨 다녔다. 어딘가에 정착하기가 무섭게 새로운 곳이 눈에 들어와 당장 다시 짐을 싸곤 했던 것이다. 사업적인 머리가 뛰어났던 그는 거의 항상 이사 비용을 아주 저렴하게 책정할 수 있었다. 하지만 그것들은 다 그 취미에 대한 그의 열정 때문이었지, 부동산으로 돈을 모으려는 목적은 아니었다. 우리는 풋내기가 전문가를 대하는 존경심으로 한동안 파커의 얘기를 경청했다. 우리 차례에 이르러 왁자지껄한 수다의 향연은 잠시 쉬어가는 분위기였고, 드디어 남편과 함께 온 귀엽고도 매력적인 신부로빈슨 부인에게 차례가 돌아갔다. 나는 이전에는 그들을 한 번도본 적이 없었다. 그도 그럴 것이 로빈슨은 최근에 파커와 알게 된사이였기 때문이다.

로빈슨 부인이 이야기를 시작했다.

"아파트 이야기가 나왔으니 말이죠, 우리가 횡재한 얘기 좀 들어보실래요, 파커 씨? 아파트를 하나 얻었거든요. 드디어 말이죠! 몬태규 맨션 단지에서 말예요."

파커가 얼른 말을 받았다.

"그래요? 거기에 아파트가 많다는 소리는 늘상 들었지요. 가격이세다던데!"

"예, 그런데 이 물건은 아니에요. 무지 싸다니까요. 1년에 80파운드만 내면 된대요!"

"설마요. 몬태규 맨션 단지는 나이츠브리지 바로 근처잖아요? 크고 멋진 건물인데. 혹시 어딘가 뒷골목에 있는 같은 이름의 아파트를 말하는 건 아니겠죠?"

"아뇨, 나이츠브리지에 있는 것이 맞아요. 그러니까 횡재라는 거죠."

"우와, 횡재라는 말이 딱이군요! 정말 기적이로군. 하지만 아마 어딘가에 함정이 있을 겁니다. 보증금을 엄청 요구하지는 않던가요?"

"보증금은 없어요!"

"보증금이 없다고요? 어이구 배야, 나 쓰러지겠네!"

파커가 신음 소리를 냈다.

"그렇지만 가구를 사야 한다는 조건이 있었어요."

로빈슨 부인이 계속했다.

"아! 그게 함정이라니깐!"

파커가 활기를 띠었다.

"겨우 50파운드예요. 아주 예쁘던데요!"

"두 손 들겠네요. 현 세입자는 자선가를 겸한 미치광이일 겁니다."

파커의 말에 로빈슨 부인은 좀 난처한 기색이 되었다. 그녀의 우아한 눈썹 사이에 주름이 생겼다.

"하긴 이상해요, 그렇지 않아요? 설마, 설마…… 귀신이 나오는 집은 아닐까요?"

"귀신이 나오는 아파트가 있다는 얘긴 한 번도 못 들어 봤습니다."

파커가 딱 부러지게 말했다.

"아니요……. 실제로 놀랄 일이 여러 번 있었어요. 그러니까 이상한 일들 말예요."

로빈슨 부인은 납득하지 못하는 것 같았다.

"예를 들어……."

내가 채근했다.

"아! 우리의 범죄 전문가가 납셨군! 저 사람에게 몽땅 털어놓으십시오, 로빈슨 부인. 헤이스팅스는 위대한 미스터리 해결사랍니다."

파커의 말에 나는 쑥스럽게 웃었지만, 내게 부여된 그 지위가 그다지 싫지 않았다.

"오, 진짜로 이상한 것은 아니고요, 헤이스팅스 대위님. 하지만 우리가 '스토서 앤드 폴' 부동산 사무실에 찾아갔을 때였어요. 전에는 거기에 문의한 적이 없었어요. 왜냐하면 그들이 소개해 주는 거라곤 비싼 메이페어 아파트뿐이었거든요. 그래도 아무튼 찾아가 보는 거야 손해날 게 있겠냐는 생각이 들어서요. 그들이 우리에게 소개해 주는 거라곤 1년에 사오백 파운드를 내든가, 아니면 보증금을 듬뿍 얹어 주든가 하는 것밖엔 없었지만요. 그러고 나서 우리가 막 자리를 뜨려는 찰나, 80파운드짜리 아파트가 있는데 괜찮겠느냐고 하는 거예요. 그러면서 한동안 그 아파트가 자기네 매물 리스트에 올라 있었고 보러 갔던 사람들도 많으니 지금쯤 틀림없이 누군가가 '낚아채지' 않았겠냐고 하지 않겠어요. 그 사람들은 아파트가 나갔는지 아닌지 일일이 확인하는 게 그렇게 귀찮은가 봐요. 영문을 모르고 계약이 끝난 아파트를 찾아간 고객들은 화를 내겠지만요."

로빈슨 부인은 숨을 돌리느라 잠시 말을 끊었다가 계속했다.

"우리는 그들에게 고맙다고 말하고 나서, 설령 집이 나갔다는 말을 듣고 실망하더라도 집을 한번 보자 싶었죠. 만에 하나 집이 안 나갔을 수도 있으니까요. 우리는 바로 택시를 잡아 타고 출발했어요. 4호실은 3층에 있었는데, 우리가 막 엘리베이터를 기다리고 있을 때 제 친구 엘시 퍼거슨(그들 부부도 아파트를 구하고 있답니다.)이 서둘러 계단을 내려오더라고요. 그녀가 말했죠. '처음으로 당신을 앞질렀네. 그런데 김샜어. 벌써 사람이 들어왔거든.' 그 말을 들으니 헛걸음했다는 생각이 들더라고요. 그런데 그때 존이 그곳은 가격이 워낙 싸니 집주인에게 말해서 우리가 월세를 좀 더 내거나 보증금을 올리면 어떻겠냐는 아이디어를 낸 거지요. 비겁한 일이라 좀 부끄럽지만, 아파트 구하기가 얼마나 어려운지 아시잖아요."

나는 집을 구하기 위한 전쟁에는 더 큰 희생을 감수하더라도 상대방을 억누르고자 하는 비정한 인간 본성의 법칙이 적용된다는 걸 잘 알고 있다며 그녀를 일단 안심시켰다.

"그래서 우리가 올라가 봤더니, 아, 글쎄 집주인 말이 그 아파트는 세가 안 나간 상태라지 뭐예요. 우리는 가정부에게 안내를 받아 집을 둘러보고 나서, 여주인을 만난 그 자리에서 곧바로 결정을 봤죠. 즉시 입주에 가구 비용으로 50파운드를 더 낸다는 조건으로요. 그 다음 날 우리는 계약서에 사인을 했고, 내일이면 이사를 가요!"

의기양양하게 로빈슨 부인은 말을 맺었다.

"그러면 당신 친구 퍼거슨 부인이 한 말은 어찌 된 건가요? 어디, 자네 추리나 들어 볼까, 헤이스팅스?"

"오, 기꺼이. 친애하는 왓슨(친구 왓슨에게 던지는 셜록 홈즈의 입버릇 ─ 옮긴이)."

나는 파커의 도전에 가볍게 응수하고는 내 추리를 발표했다.

"퍼거슨 부인은 엉뚱한 아파트에 갔던 것이 틀림없어."

"오, 헤이스팅스 대위님, 정말 똑똑하세요!"

로빈슨 부인이 존경스럽다는 듯이 외쳤다.

나는 바로 이 자리에 푸아로가 없는 것이 안타까웠다. 때때로 그는 내 능력을 과소평가하는 눈치이기 때문이었다.

II

신바람이 난 나는 다음 날 아침 푸아로의 반응을 보기 위해 전날 있었던 이야기를 꺼냈다. 그는 흥미를 보이면서 내게 여러 곳의 아파트 집세를 물었다.

그가 골똘히 생각하며 말했다.

"이상한 얘기로구면. 실례하네, 헤이스팅스, 잠시 산책 좀 해야겠어."

한 시간쯤 지나서 돌아왔을 때 그의 눈은 드물게 보는 흥분에 차 있었다. 그는 지팡이를 탁자에 놓고서, 말을 꺼내기 전에 평소 습관처럼 모자의 털을 부드럽게 쓸어내렸다.

"잘됐네, 몬 아미. 현재로서는 매달려야 할 일이 없으니, 우리는 이 사건의 수사에 집중할 수 있을 것 같아."

"무슨 수사를 말하는 겁니까?"

"자네 친구 로빈슨 부인의 값이 기막히게 싼 새 아파트 말이네."

"푸아로, 지금 농담하자는 겁니까!"

"난 아주 진지해. 어디 자네가 한번 계산해 보게. 그런 아파트에 정말로 입주하려면 통상 350파운드가 필요해. 난 그 사실을 방금 이 집주인이 거래하는 부동산에 가서 알아냈네. 그런데 그 아파트만 유독 80파운드라고 하니, 그 이유가 뭘까?"

"틀림없이 뭔가가 잘못되어 있겠지요. 어쩌면 로빈슨 부인이 말한 대로 귀신이 나오는지도 모르고요."

푸아로는 만족스럽지 못한 태도로 고개를 흔들었다.

"그렇다면 그녀의 친구가 그 아파트에 이미 사람이 들었다고 말한 것, 그리고 그녀가 올라가 확인해 보니 웬걸, 전혀 그렇지 않았다는 것은 또 얼마나 이상하냔 말이야!"

"그래도 그 친구라는 여자가 엉뚱한 아파트에 간 거라는 내 말에는 확실하게 찬성하죠? 그거야말로 가능한 단 하나의 해답이지 않습니까?"

"그 점에서 자네는 맞을 수도 있고 틀릴 수도 있어, 헤이스팅스. 부동산업자가 수많은 고객들을 그리로 보냈음에도, 그리고 그렇게나 싼 가격에도, 로빈슨 부인이 도착했을 때까지 비어 있었다는 사실이 여전히 남거든."

"그거야말로 뭔가 잘못되어 있는 게 틀림없다는 사실을 말해 주는군요."

"로빈슨 부인은 집에서 아무 하자도 발견하지 못한 모양이지? 정말 흥미로워, 그렇지 않나? 그녀는 솔직한 여자던가, 헤이스팅스?"

"그녀는 애교 있는 여자였어요!"

"에비드멍(물론 그랬겠지)! 지금 내 질문에 자네가 제대로 답변도 못 하는 걸 보면 말이야. 그럼 이제 내게 그녀의 생김새를 말해 보게나."

"음, 키가 크고 금발이었어요. 진짜로 아름다운 금빛이 도는 적갈색……."

"자넨 금빛이 도는 적갈색이라면 언제나 사족을 못 쓴다니까! 뭐 계속해 보게."

"파란 눈, 피부가 아주 좋았고……. 음, 그게 전부였던 것 같네요." 나는 애매하게 말을 맺었다.

"그럼 그녀의 남편은?"

"오, 그는 아주 괜찮은 사람이에요. 특별난 것은 없고요."

"검은 머리야, 금발이야?"

"모르겠는데요. 이도 저도 아니고, 그저 평범하게 생겼어요."

푸아로가 고개를 끄덕였다.

"그래, 평범한 남자들은 지천으로 널렸지. 도무지, 자넨 여자를 묘사하는 데 너무 너그럽고 호의적이야. 그 사람들에 대해 뭐 아는 거라도 있나? 파커는 그들을 잘 알고 있나?"

"그냥 최근 들어 알게 된 사람들이에요. 하지만 푸아로, 혹시 내가 그 여자에게 반한 거라고……."

푸아로가 손을 쳐들었다.

"투 두스멍(진정해), 몬 아미. 언제 내 생각이 어떻다고 말했나? 내가 말한 것은 흥미롭다는 게 전부였어. 뭘 더 건드린 것도 없잖아. 그 여자 이름을 안다면 또 혹시 모를까, 헤이스팅스?"

"그녀 이름은 스텔라예요. 그렇지만 그게 왜……."

내가 퉁명스럽게 말했다.

푸아로가 하도 낄낄거리는 바람에 나는 말을 계속할 수가 없었다. 참을 수 없이 우스운 뭔가가 있는 모양이었다.

"스텔라라는 것은 별을 의미하지, 그렇지 않나? 걸작이로군!"

"도대체 무슨……?"

"별은 빛을 주잖나! 부알라(보게)! 진정하게, 헤이스팅스. 자존심에 상처받은 그런 표정은 짓지 말라고. 가세나, 몬태규 맨션으로 가서 몇 가지 알아봐야겠어."

그를 따라나서지 않을 이유가 없었다. 그곳은 전체가 멋지게 개조된 건물이었다. 제복을 입은 짐꾼이 입구에서 햇빛을 쬐고 있었는데, 푸아로가 그에게 말을 붙였다.

"실례합니다, 로빈슨 부부가 여기서 살고 있는지요?"

짐꾼은 말수가 적은 사람으로, 성격이 시큰둥하고 의심이 많은 듯이 보였다. 우리 쪽은 거의 쳐다보지도 않고 퉁명스럽게 말을 내뱉었다.

"3층 4호실입니다."

"감사합니다. 그들이 여기 온 지 얼마나 되었는지 알려 줄 수 있나요?"

"6개월요."

내가 깜짝 놀라 끼어들었다. 등 뒤로 푸아로의 심술궂은 미소가 느껴졌다.

"그럴 리가 없어요. 뭔가 착오가 있었을 겁니다."

"6개월이라니까요."

"확실합니까? 내가 말하는 부인은 키가 크고 금빛이 도는 적갈색 머리에다……."

"맞는다니까요. 미카엘 축일(9월 29일 — 옮긴이) 때 들어왔어요. 딱 6개월 전입니다."

짐꾼은 우리에게 흥미를 잃고 천천히 안으로 사라졌다. 나는 푸아로를 따라 밖으로 나왔다.

"에 비엥(어떤가), 헤이스팅스? 그래, 애교 있는 여자는 언제나 진실만 말한다고 아직도 확신하나?"

내 친구는 얄밉게 따져 물었다.

나는 대답하지 않았다.

내가 그에게 앞으로 뭘 할 건지, 우리가 어디로 갈 건지 묻기도 전에 푸아로는 브롬턴 로(路)로 향했다.

"부동산업자에게 가는 거야, 헤이스팅스. 난 꼭 몬태규 맨션 단지에 집을 얻고 싶어 참을 수가 없군. 내가 실수한 게 아니라면, 머지 않아 갖가지 재미있는 일들이 거기서 일어나게 될 거야."

우리는 운이 좋았다. 5층 8호실이 일주일에 10기니로 가구까지

딸려 나와 있었다. 푸아로는 즉시 한 달간의 임대를 신청했다. 밖으로 나왔을 때 그는 내 항의를 묵살해 버렸다.

"그래도 난 요즘 돈을 섭섭지 않게 벌고 있다네! 난 변덕 좀 부리면 안 되나? 그건 그렇고, 헤이스팅스, 자네 권총 있나?"

"예, 어딘가에 있을 거예요. 혹시 당신 생각엔……."

나는 약간의 스릴을 느끼면서 말했다.

"그게 필요할 일이 생길 것 같냐고? 물론 가능한 얘기지. 알겠네, 그런 생각을 하니까 즐겁나 보군. 언제나 자네는 스릴과 로맨스만 있으면 환영이니까."

다음 날 우리는 그 임시 거주지를 보러 갔다. 아파트엔 준수한 가구들이 설치되어 있었다. 로빈슨 부부의 집과는 같은 위치로, 단지 층수만 우리가 두 층 위였다.

그다음 날은 일요일이었다. 오후에 푸아로는 현관문을 조금 열어 놓고 있었는데, 아래층 어딘가에서 쾅 하는 문소리가 나자 급히 나를 불렀다.

"난간에서 내려다보게. 저 사람들이 자네 친구인가? 자네 모습을 보이지는 말게."

나는 계단 너머로 목을 길게 빼어 보고는 문법에 맞지 않은 말을 속삭였다.

"맞는 사람들이네요."

"좋아, 잠시 기다려 보자고."

한 시간쯤 지나서 밝고 알록달록한 옷을 입은 젊은 여인이 불쑥 나타났다. 만족스러운 한숨을 쉬며 푸아로는 발끝으로 걸어 아파트 안으로 도로 들어갔다.

"세 사(그래), 주인 부부가 나갔으니까 하녀도 나가야지. 그 아파트는 이젠 비어 있을 거야."

"이제 뭘 하는 건데요?"

나는 좋지 않은 예감이 들었다.

푸아로는 쾌활하게 식기실에 들어가더니, 석탄 승강기의 밧줄을 끌어오고 있었다.

그는 신이 나서 설명했다.

"우리는 바야흐로 쓰레기 배출구 방법론을 이용해 내려갈 것이네. 아무도 우릴 못 볼 거야. 일요일이잖나, 음악회나 오후 외출 때문에 나가거나, 늦은 점심을 먹고 낮잠을 잘 시간이니까. 르 로스비프(영국인들이란). 고로 이 모든 것들 때문에 에르퀼 푸아로의 행동은 아무 주의를 못 끄는 거지. 이리 와, 친구."

그가 투박한 나무로 만든 장치에 발을 들여놓았고, 나도 조심조심 뒤를 따랐다.

"우리가 그 아파트로 침입하는 건가요?"

나는 좀 의심스러워서 물었다. 푸아로의 대답은 그다지 나를 안심시켜 주지 못했다.

"오늘은 침입까지는 아니고."

우리는 3층에 도달할 때까지 천천히 밧줄을 잡아당기면서 내려갔다. 식기실로 통하는 나무문이 열려 있다는 사실을 알아차리자 푸아로는 기쁨의 탄성을 질렀다.

"보이나? 낮엔 이 문을 빗장으로 걸지 않고 다닌다는 거 말이야. 그럼 누구든지 우리와 마찬가지로 오르내릴 수가 있다는 얘기지. 밤에도 마찬가지일 거야. 항상은 아니겠지만. 덕분에 우리는 소기의 목적을 달성할 수 있겠군."

그는 이렇게 말하면서 주머니에서 몇 가지 도구를 꺼내어 즉시 능숙하게 손을 놀렸다. 문에 볼트로 어떤 장치를 부착해 우리의 '승강기'에서 그것을 조작할 수 있도록 한 것이다. 작업은 약 3분 걸렸다. 그런 다음 푸아로는 공구를 주머니에 도로 집어넣었고, 우리는 다시 우리가 사는 곳으로 올라왔다.

III

월요일, 푸아로는 하루 종일 외출해 있다가 저녁에 돌아와서는 만족한 한숨을 내쉬며 의자에 몸을 던졌다.

"헤이스팅스, 내가 이야기 하나 들려줄까? 자네 마음에 쏙 들 이야기라, 자네가 좋아하는 영화 생각이 절로 날 걸세."

"계속하세요. 당신이 공들여 짜낸 소설이 아니라 실제 사실일 거라는 예감이 드는데요."

내가 웃었다.

"사실이라 해도 손색이 없네. 런던 경시청 재프 경감이 그 정확성을 보증할 걸세. 내가 들은 증거들은 바로 경찰로부터 나온 거거든. 들어 보게, 헤이스팅스.

6개월 조금 전에 미국 정부에서 어떤 중요한 해군 관계 서류가 도난당했다네. 그 서류에는 항만 방어에 중요한 어떤 배치도가 그려져 있었는데, 다른 외국 정부에도(예를 들어 일본 정부에도) 굉장히 큰 가치가 있다는 거야. 즉시 루이지 발다노라는 이름을 가진 젊은이에게 혐의가 갔지. 이탈리아 태생의 그는 소수 민족 특별 채용으로 미국 정부에 고용되었는데, 그 서류가 없어진 것과 때를 맞추어 모습을 감췄다더군. 루이지 발다노가 훔쳤건 아니건 간에, 그는 이틀 뒤에 뉴욕의 이스트사이드에서 총에 맞은 시체로 발견되었어. 신문은 그를 변호해 주지 않았지.

그런데 그 얼마 전, 루이지 발다노가 엘사 하르트 양과 함께 다녔다는 보고가 있네. 그 여자는 최근 등장한 젊은 여가수야. 오빠와 함께 워싱턴의 아파트에서 산다지. 엘사 하르트 양의 경력에 대해서는 아무것도 알려진 게 없는데, 발다노의 죽음과 때를 같이하여 그녀도 갑자기 사라졌네.

그 후 그녀가 실제로는 여러 가명을 써 가면서 무수한 불법 공작을 꾸며 온 국제 스파이였다는 증거가 다수 밝혀졌지. 미국 비밀정보부는 그녀를 추적하는 데 총력을 기울임과 동시에 워싱턴에 살고 있는 몇몇 일본 신사들을 계속 감시했어. 엘사 하르트가 추적을 따돌리는 대로 문제의 그 남자들에게 접근하리라고 본 거야. 그런데 그들 중 한 사람이 2주 전에 갑자기 영국으로 떠났네. 그러니 엘사 하르트 또한 영국에 있을 가능성이 높지 않겠나."

푸아로는 말을 쉬었다가 부드럽게 덧붙였다.

"엘사 하르트에 대한 공식적인 묘사는 이렇다네. 키 168센티미터, 눈은 푸른색, 머리는 금빛이 도는 적갈색, 피부가 좋음, 오똑한 코, 기타 특별한 신체 특징 없음."

"로빈슨 부인이군요!"

나는 숨을 몰아쉬었다.

푸아로가 정정했다.

"음, 그럴 가능성이 있다는 거야. 또, 나는 어떤 거무스름한 외국 남자가 오늘 아침 4호실에 세든 사람에 대해서 물어보았다는 사실을 알아냈지. 그러니까 몬 아미, 오늘 밤은 달콤한 잠을 포기하고 나와 함께 밤새도록 아래층 아파트에서 불침번을 서 줘야 할 것 같네. 당연히 자네의 그 탁월한 리볼버로 무장하고서 말이야, 비엥 앙탕 뒤(알겠나)!"

"그렇다면! 우린 언제 시작하는 겁니까?"

나는 흥분했다.

"자정이 운치 있고도 적당하지. 그 전에는 아무런 일도 일어나지 않을 테니까."

정확히 12시에 우리는 조심조심 석탄 승강기에 기어들어 3층으로 내려갔다. 푸아로의 교묘한 조작으로 나무문이 금방 안으로 열려 우리는 아파트 안으로 들어갔다. 식기실에서 부엌으로 나온 우리는 현관으로 통하는 문을 약간만 열어 놓고 의자 두 개에 편안히

자리를 잡고 앉았다.

"이제 기다리는 것밖에 할 일이 없네."

푸아로가 눈을 감으며 만족한 듯이 말했다.

나로서는 그 기다림이 끝이 없는 것처럼 여겨졌다. 잠이 들까 봐 불안하기도 했다. 한 여덟 시간이나 거기 있었을까 하고 느꼈을 때 (나중에 확인해 보니 그건 정확히 한 시간 20분이었다.), 내 귀에 뭔가를 긁는 듯한 미약한 소리가 들려왔다. 푸아로가 손으로 내 손을 툭 건드렸다. 나는 일어나서 그와 함께 현관 쪽으로 조심스럽게 다가갔다. 소리는 그곳에서 들렸다. 푸아로가 입을 내 귀에 갖다 댔다.

"현관 바깥이야. 자물쇠를 자르고 있군. (지금은 말고) 내가 신호를 하면, 뒤에서 덮치며 재빠르게 제압하게. 조심해야 해. 칼을 갖고 있을지도 모르니까."

이내 부서지는 소리가 들리더니 불빛이 조그맣게 원을 그리며 실내를 비추었다. 불이 곧 꺼지면서 문이 서서히 열렸다. 푸아로와 나는 벽에 몸을 바짝 붙였다. 남자의 숨소리가 우리를 지나쳐 가는 것이 들렸다. 그리고 그가 손전등을 켜려 할 때, 푸아로가 외쳤다.

"알레(덮쳐)!"

우리는 함께 몸을 날렸고, 내가 침입자의 팔을 제압하는 동안 푸아로는 재빠른 동작으로 침입자의 머리에 얇은 모직 스카프를 덮어 씌웠다. 모든 일은 소리도 없이 순식간에 이루어졌다. 나는 그의 손을 비틀어 단검을 빼앗았고, 푸아로는 스카프로 그의 입은 가린 채 눈만 내놓게 했다. 나는 리볼버 권총을 그가 볼 수 있는 곳에 갖다 두어 저항해 봤자 소용없을 것임을 알렸다.

그가 반항을 멈추자, 푸아로는 입을 그의 귀에 바짝 갖다 대고서 급히 뭔가를 말했다. 잠시 후 그 남자는 머리를 끄덕였다. 그러자 푸아로는 조용히 하라는 손짓을 한 다음 앞장서서 계단을 내려갔다. 붙잡은 남자가 그 뒤를 따랐고, 나는 권총을 그의 등 뒤에 대고 있었다. 거리로 나오자 푸아로가 내게로 몸을 돌렸다.

"저 모퉁이에서 택시가 기다리고 있어. 내게 총을 주게. 이젠 그게 필요 없을 테니깐."

"이 친구가 도망치려고 하면요?"

푸아로가 빙그레 웃었다.

"그러지 않을 거야."

잠시 후 나는 기다리고 있던 택시를 타고 그들이 있는 데로 되돌아왔다. 스카프가 이방인의 얼굴에서 벗겨져 나가자 나는 소스라치게 놀랐다.

"아니, 일본인이 아니잖아요!"

목소리를 낮추어 내가 말했다.

"자네 관찰력은 언제나 끝내주는군, 헤이스팅스! 아무도 자네 눈은 못 속여. 그래, 이 남자는 일본인이 아니야. 이탈리아 사람이라고."

모두 택시에 올라타자 푸아로가 운전사에게 세인트존스우드에 있는 주소를 말해 주었다. 이제 나는 완전히 혼란에 빠졌다. 하지만 포로를 앞에 두고 지금 상황이 어떻게 돌아가는 것인지를 물을 수는 없었으므로, 헛되게나마 혼자서 일의 진행에 관한 실마리를 찾아보려 애썼다.

우리는 길 뒤쪽에 자리 잡고 있는 아담한 집 문 앞에서 내렸다. 거기서 한 취객이 인도를 따라 내려오다 푸아로와 부딪힐 뻔한 일이 있었다. 푸아로가 그에게 급히 무슨 말을 하는가 했지만, 나는 그 말을 들을 수가 없었다. 우리 세 사람은 집 계단을 올라갔다. 푸아로는 벨을 누르며 우리에게 옆으로 비켜서 있으라고 했다. 문에서 아무 대답이 없자 그는 다시 한번 벨을 눌렀고, 몇 분간 온 힘을 다해 문고리를 열려 애썼다.

그때 위쪽 채광창에서 갑자기 빛이 비치더니 현관문이 조심스럽게 살짝 열렸다.

"도대체 무슨 일이오?"

거친 남자 목소리가 따져 물었다.

"의사가 필요해요. 아내가 아픕니다."

"여긴 의사가 없소."

남자가 문을 닫으려 하자 그 틈에 푸아로가 얼른 발을 쏙 디밀었다. 그는 그 순간 흥분한 프랑스 남자의 전형적인 모습이 되었다.

"뭐? 의사가 없다고? 당신을 고소하겠소, 두고 보시오! 밤새도록 여기서 벨을 누르고 문을 두드릴 테니."

"저, 그게 아니라 선생님……."

문이 다시 열리더니 실내복에 슬리퍼를 신은 구질구질한 남자가 나와 겁먹은 눈초리로 주위를 살폈다. 그는 푸아로를 진정시키려고 한 발자국 앞으로 나왔다.

"경찰을 부르겠소."

푸아로는 계단을 내려가는 시늉을 했다.

"아니, 그러지 마십시오!"

그 남자가 푸아로의 뒤꽁무니를 황급히 붙들고 늘어졌다.

푸아로가 확 밀쳐 내자 그 남자는 계단에서 몸을 가누지 못하고 비틀거렸다. 그 순간 우리 세 사람은 집 안으로 들어섰다. 문은 닫힌 뒤 다시금 잠겼다.

"빨리, 이리로. 그리고 당신은 커튼 뒤에 가 있으시오."

푸아로가 가장 가까운 방으로 향하면서 불을 켜며 말했다.

"시, 시뇨르(예, 나리)."

이탈리아 남자는 이렇게 말하면서 창문에 드리워진 장미색 벨벳 커튼 뒤로 잽싸게 도망쳤다.

그가 시야에서 사라지고 1분도 채 지나지 않아, 한 여인이 방으로 뛰어들었다. 키가 크고 적갈색 머리를 한 그녀는 날씬한 몸매에 주 홍색 기모노를 걸치고 있었다.

"제 남편은 어디 있죠? 당신은 누구세요?"

그녀가 놀란 눈길로 휘둘러보며 외쳤다.

"남편이 추위를 탈까 봐 그러시는군요. 제가 보니 그는 발에 슬리 퍼도 신었고, 또 실내복도 따뜻해 보이던데요."

"누구시죠? 우리 집에서 뭘 하고 있는 거예요?"

"우리 중 아무도 부인과 알고 지낼 기쁨을 누리지 못한 건 사실입 니다, 부인. 특히 여기 있는 우리 일행 중 한 명이 부인을 만나기 위해 일부러 뉴욕에서부터 건너온 사실이 정말 유감스럽습니다."

그때 커튼이 젖혀지면서 이탈리아 남자가 걸어 나왔다. 어떻게 된 일인지 그는 의기양양하게 내 리볼버를 손에 쥐고 겨누고 있었다. 분명히 푸아로가 경황이 없는 중에 택시 안에서 미처 신경을 못 쓴 모양이었다.

여인은 격렬하게 비명을 지르며 도망치려 몸을 돌렸으나, 푸아로가 닫힌 문 앞에 떡 버티고 서 있었다.

"나가게 해 주세요. 저 사람은 절 죽일 거예요."

그녀가 새된 소리로 울먹였다.

"죽었다는 루이지 발다노가 도대체 누구요?"

이탈리아 남자가 총을 그러쥐고서 우리에게 차례차례 겨누며 거칠게 물었다. 우리는 감히 움직일 엄두도 못 냈다.

"세상에, 푸아로. 상황이 엉망진창이잖아요. 우리는 어쩌면 좋습니까?"

내가 외쳤다.

"입 좀 다물어 주면 고맙겠구먼, 헤이스팅스. 장담하는데 우리 친구는 내 말이 떨어지기 전에는 절대로 쏘지 않을 걸세."

"뭐? 누구 맘대로?"

이탈리아 남자가 심술궂은 눈초리로 쳐다보며 말했다.

나보다 여자가 먼저 번개처럼 푸아로에게 몸을 돌렸다.

"원하는 게 뭐예요?"

푸아로는 꾸벅 절을 했다.

"그걸 굳이 입 밖에 냄으로써 엘사 하르트 양의 지성을 모독할 필요는 없다고 생각합니다."

여인은 재빠른 동작으로 검은 고양이 모양을 한 벨벳 전화기 덮개를 집어 들었다.

"이 속에 넣고 꿰맸어요."

"영리하시군."

푸아로가 인정한다는 듯이 중얼거렸다. 그는 문에서 비켜나 한쪽에 섰다.

"안녕히 가십시오, 부인. 당신이 도주할 동안 저는 뉴욕에서 온 당신 친구를 붙들어 놓을 테니까."

"헛소리!"

덩치 큰 이탈리아인이 으르렁거리면서 도망치는 여인의 뒷모습을 향해 리볼버를 정조준한 것과 동시에, 나는 몸을 날려 그를 덮쳤다.

하지만 그 무기에서 들려온 것은 시시한 찰칵 소리뿐이었다. 푸아로가 부드럽게 책망했다.

"자넨 오랜 친구를 그렇게 못 믿나, 헤이스팅스. 난 친구들이 장전한 권총을 가지고 다니는 것은 상관 않지만, 안면이 조금밖에 없는 사람에게는 절대로 그렇게 하도록 내버려 두지 않는다네. 절대 아니지, 몬 아미."

이 말에 이탈리아인은 잔뜩 약이 올라 상소리를 내뱉었다. 푸아로는 차분히 그를 질책했다.

"당신은 제게 감사해야 합니다. 살인죄로 교수형 당할 뻔한 걸 구해 줬으니. 저 아름다운 부인이 도망칠 거라고는 생각지 마시오. 못 갑니다. 못 가요. 이 집은 물샐틈없이 감시당하고 있으니까. 나가자마자 바로 경찰의 손아귀에 뛰어드는 꼴이지. 좀 위안이 되시오? 그렇소, 당신은 이 방을 나가도 됩니다. 그렇지만 부디 몸조심하시오. 저는…… 아, 벌써 가 버렸군! 또 내 친구 헤이스팅스는 눈에 불만이 가득한 것 같고!

여보게, 너무나 간단한 거라네! 처음부터 명백했지! 몬태규 맨션의 4호실에 들겠다는 수많은 지원자 중에서 유독 로빈슨 부부만이 선택된 거네. 왜? 모든 사람들 중에서 하필 그들일 이유가 뭔가? 다른 사람들은 척 보고 그냥 돌려보내고선 말이야. 외모 때문에? 그럴 수도 있겠지. 하지만 설득력이 없어. 그렇다면 무슨 이유일까? 그건 그들의 이름 때문이었어!"

"아니, 로빈슨이란 이름에는 아무 특별할 게 없잖습니까? 아주 평범한 이름인데 뭘 그래요."

"아! 사프리스티(젠장), 맞는다니까 그러네! 그게 요점일세. 엘사 하르트와 그녀의 남편, 아니 오빠, 무슨 관계인지 모르겠지만, 그들은 뉴욕에서 와서 로빈슨 부부로 자처하고 아파트를 빌린 거야. 그러던 그들이 갑자기 루이지 발다노가 소속된 마피아 또는 카모라(1920년경 이탈리아에서 조직된 비밀 결사 — 옮긴이) 조직이 자신들을 추적한다는 사실을 알게 됐어. 그들이 뭘 했겠나? 쉽게 알 수 있을 거네. 뻔하지.

그들은 추적자 일당이 자신들을 직접 본 적이 없다는 점에 착안

했어. 그러면 이보다 더 쉬운 일이 없지! 자기들의 아파트를 터무니없이 싼 가격에 세를 놓는 거네. 런던에서 아파트를 물색 중인 수천 명의 젊은 커플들 중에서 로빈슨 부부가 없을 리 있겠나? 기다리기만 하면 되는 문제였어. 만일 자네가 전화번호부에서 로빈슨이라는 이름이 얼마나 많은지를 본다면, 조만간 금빛이 도는 적갈색 머리칼의 로빈슨 부인이 나타나리라는 사실을 알 수 있을 거야. 그런 뒤에 일어날 일은? 조직의 암살자가 도착하는 거야. 그는 이름도 알고 주소도 알아. 쳐들어가기만 하면 되지! 모든 게 끝나고 복수가 마무리되면 엘사 하르트 양은 다시 한번 절묘하게 위기를 모면하게 되는 걸세.

그런데 헤이스팅스, 자네 조만간 나한테 진짜 로빈슨 부인을 소개해 줘야 하네. 그 여자는 솔직하고 선량한 사람이겠지? 자기네 아파트를 우리가 들쑤시고 있는 걸 보면 그들은 무슨 생각을 할까? 어서 돌아가자고. 아, 재프와 그 친구들이 도착하는 소리가 나는군."

그는 힘차게 문을 열었다.

"이 주소를 어떻게 알았죠? 아, 당연히 가짜 로빈슨 부인을 다른 아파트에서부터 미행했겠군요."

내가 뒤따라가면서 물었다.

"아 라 본느 에흐(훌륭하네), 헤이스팅스. 드디어 자네도 회색 뇌세포의 사용법을 알게 되었군. 이제 재프를 좀 놀려 주자고."

살짝 문을 열면서 그는 고양이 덮개의 머리를 문틈으로 내밀고 '야옹!' 하는 새된 소리를 질렀다.

다른 남자와 함께 밖에 서 있던 재프 경감은 깜짝 놀랐다.

"오, 푸아로, 자네가 친 장난이로군!"

푸아로가 고양이 머리 뒤로 얼굴을 내밀자 그가 외쳤다.

"들어가겠네, 무셔(재프 경감은 '무슈'를 종종 이상하게 발음하는 습관이 있다 ― 옮긴이)."

"우리 친구는 몸 성히 잘 모시고 있나?"

"그럼, 단박에 낚아챘지. 하지만 물건은 갖고 있지 않더군."

"그런가? 그래서 직접 들어와서 찾아보시겠다는 거로군. 흠, 내가 헤이스팅스와 함께 떠나기 전에 애완용 고양이의 내력과 습성에 관한 강의를 좀 해 줘야겠구먼."

"맙소사, 자네 어디 아픈 것 아닌가?"

푸아로는 아랑곳없이 열변을 토하기 시작했다.

"고양이는 고대 이집트인들이 숭상하는 동물이었지. 아직도 그들은 검은 고양이가 앞을 가로질러 가면 길조라고들 믿어. 오늘 밤 자네 앞을 이 검은 고양이가 지나쳐 간 걸세, 재프. 영국인들은 어떤 동물이나 사람의 속마음이 어떻다느니 평가하는 것을 무례한 일로 보더군. 하지만 말이야, 이 고양이의 속은 정말이지 오묘하다네. 나는 안쪽에 들은 것을 말하는 거야."

재프의 동행이 투덜거리며 푸아로의 손에서 고양이를 받아 들었다.

"오, 자네에게 소개하는 일을 잊었군. 푸아로, 이분은 미국 비밀정보부의 버트 씨일세."

재프가 말했다.

곧 그 미국인의 훈련된 손가락이 고양이 덮개 속에서 목표물을 찾았다. 버트 씨는 자기 손에 들린 것을 보더니 잠시 할 말을 잃은 듯했다. 이윽고 그가 입을 열었다.

"만나 뵈어서 반갑습니다."

사냥꾼 오두막의 미스터리

I

푸아로가 중얼거렸다.

"결국…… 난 이번에 죽지 않고 살아남으려나 보네."

회복기의 유행성 독감 환자가 이런 말을 하는 것을 보고 나는 마음이 놓였다. 사실 독감을 먼저 앓은 것은 나였다. 그리고 푸아로의 차례가 돌아와 그가 앓아눕게 된 것이다. 지금 그는 머리에는 양털 숄을 두른 채 침대에서 일어나 앉아, 그의 지시에 따라 내가 마련한 엄청나게 쓴 약을 홀짝이고 있었다. 그는 기쁜 눈길로 선반을 따라 가지런히 진열된 약병을 바라보았다.

작은 내 친구가 다시 입을 열었다.

"됐어, 됐어. 난 다시 기운을 차릴 걸세. 위대한 에르퀼 푸아로, 악인들에겐 공포의 대상! 명심하게, 몬 아미. 내가《소사이어티 가십》

에 실은 광고를 봐. 정말이라고! 여기 있군. '그를 찾아가십시오. 범죄자들의 악몽! 에르퀼 푸아로, 믿으십시오. 그는 현대판 헤라클레스(푸아로의 이름 에르퀼은 '헤라클레스'를 뜻한다 — 옮긴이)입니다! 다만 지금 우리의 이 명탐정이 범인을 붙잡지 못하는 것은 그가 독감에 걸렸기 때문입니다(영어의 '붙잡다(grip)'와 프랑스어의 '독감(la grippe)'의 발음이 유사한 것을 이용한 말장난이다 — 옮긴이)!'"

나는 웃었다.

"훌륭하네요, 푸아로. 당신은 확실히 유명인이 되어 가고 있어요. 몸이 안 좋은 요즘 거물급 사건이 발생하지 않은 것도 다행이고요."

"사실이야. 내가 거절해야만 했던 몇 가지 사건은 별것이 아니었어."

그때 집주인이 문을 열며 얼굴을 내밀었다.

"아래층에 손님이 와 계세요. 무슈 푸아로나 대위님을 뵈었으면 한다는데요. 다급한 일인 것 같아요. 겉보기로는 아주 신사 같던데. 이게 그의 명함이에요."

그녀가 내게 명함을 비쭉 내밀었다.

"로저 헤이버링."

내가 읽었다.

푸아로는 책장을 가리켰고, 나는 고분고분 『인명사전』을 뽑아냈다. 푸아로가 내게서 책을 받아 들고 신속히 페이지를 넘겼다.

"5대 남작 윈저 경의 차남. 1913년에 윌리엄 크랩의 넷째 딸 조와 결혼했음."

"흠! 프리볼리티 극장에서 연극을 하던 그 여자 아닌가요. 조 캐리스브룩이라고 했는데. 제1차 세계 대전 직전에 어떤 젊은 남자와 결혼했죠."

"헤이스팅스, 흥미가 생겼다면 자네가 내려가서 우리의 방문객이 들고 온 시시한 문제를 들어 주겠나? 내 이런 꼴에 대한 양해도 구해 주고."

로저 헤이버링은 마흔 살가량 된 사람으로, 당당하고 깔끔한 외모를 가지고 있었다. 그러나 얼굴빛이 매우 초췌한 것이 심각한 고민을 안고 있는 것이 분명했다.

"헤이스팅스 대위입니까? 무슈 푸아로의 파트너겠군요. 오늘 꼭 저와 함께 더비셔로 가 주셨으면 합니다."

"유감이지만 불가능할 것 같습니다. 푸아로는 몸이 아파서 누워 있습니다. 유행성 독감으로요."

그의 얼굴이 굳어졌다.

"저런, 전 이제 앞이 캄캄하군요."

"상담하려는 문제가 그렇게 심각한 겁니까?"

"하! 물론이죠! 저에게 세상에 둘도 없는 외삼촌이 어젯밤 원통하게 살해당하셨습니다."

"여기 런던에서요?"

"아뇨, 더비셔에서요. 나는 아내에게서 온 전보를 받느라 시내에 있었더랬죠. 그걸 받자마자 무슈 푸아로를 찾아가 사건을 의뢰해야겠다고 결심했습니다."

"잠시만 실례합니다."

나는 갑자기 무슨 생각이 떠올라서 이렇게 말했다.

그러고는 급히 계단을 올라가 푸아로에게 간단히 사정을 설명했다. 그는 곧 내 입에서 나올 말까지 앞질러 술술 말하기 시작했다.

"알았어, 알았어. 자네 혼자서라도 가고 싶다는 얘기지, 아니야? 그래, 안 될 게 뭐 있나? 지금쯤 자네도 내 방식을 어느 정도 익혔을 거야. 내가 당부하는 건 그저 매일 내게 자세히 보고를 할 것과 내가 전보로 지시한 사항을 그대로 따라 달라는 걸세."

나는 힘차게 고개를 끄덕였다.

II

한 시간 뒤 나는 런던을 떠나 쾌속으로 달리는 미드랜드 레일웨이 철도의 1등석에서 헤이버링 씨와 마주 보고 앉아 있었다.

"우선 헤이스팅스 대위, 이걸 알아 두십시오. 비극이 발생한 장소이자 우리가 가고 있는 장소 '사냥꾼의 오두막'은 더비셔의 황무지 깊숙한 곳에 있습니다. 실제로 우리 집은 뉴마켓(영국 잉글랜드 서퍽의 도시 — 옮긴이) 근처인데, 우리는 평소에는 시내의 아파트를 빌려 살거든요. '사냥꾼의 오두막'은 성실한 가정부가 상주하면서 이따금씩 우리가 내려갈 때를 대비해 관리하고 있습니다. 물론 사냥철에는 뉴마켓에서 우리 집 하인들을 데리고 갑니다. 저는 지난 3년 동안 외삼촌 해링턴 페이스 씨와 (아시는지 모르겠습니다만 뉴욕 출신인 우리 어머니의 성이 페이스입니다.) 그분 집에서 살았습니다. 그는 우리 아버지나 형과는 별로 가까운 사이가 아니었죠. 하지만 뭐랄까, 좀 방탕했던 내 행실에도 불구하고 그분은 저를 몹시 아껴 주었고요. 나는 가진 것 없이 가난했지만 외삼촌은 부자였습니다. 다시 말해, 그분이 제 뒷바라지를 해 주신 거죠! 외삼촌은 성격이 까다롭긴 해도 맞춰 주기가 그리 힘든 성격은 아니어서, 아내를 포함해 우리 세 사람은 화목하게 잘 지낸 것 같습니다. 이틀 전, 외삼촌께서는 우리가 최근 들어 너무 도시에서만 돈다고 생각하셨는지 하루 이틀 더비셔에 내려와 지내는 게 어떻겠냐고 했지요. 그래서 아내가 오두막 관리를 맡고 있던 미들턴 부인한테 전보를 쳤고, 우리는 그날 오후 곧장 그곳으로 내려갔습니다. 다만 저는 어제저녁 부득이 시내에 갈 일이 있어 아내와 외삼촌을 거기 남겨 두고 올라왔고요. 그런데 오늘 아침 이런 전보를 받은 겁니다."

그는 전보 용지를 내게 건네주었다.

어젯밤 해링턴 외삼촌이 살해되었어요. 될 수 있는 한 뛰어난 탐정을 데리고 바로 와 주세요. 조.

"그러고는 아직 어떻게 된 일인지 모르십니까?"

"모릅니다. 어쩌면 석간신문에 내용이 나와 있을지도 모르겠군요. 틀림없이 경찰이 도착했을 겁니다."

3시쯤 우리는 엘머스 데일이라는 작은 역에 도착했다. 거기서 차를 타고 8킬로미터쯤 들어가니, 바위투성이 황야 한복판에 조그만 회색 석조 건물이 나타났다.

"쓸쓸한 곳이로군요."

나는 부르르 떨며 그 광경을 바라보았다.

헤이버링이 고개를 끄덕였다.

"저걸 없애 버려야겠습니다. 이제 여기선 더 못 살 것 같아요."

빗장을 열고 떡갈나무 문으로 향한 좁은 길을 걸어가는데 친숙한 얼굴이 우리를 맞이했다.

"재프!"

내가 외쳤다.

그 런던 경시청 경감은 내 동행이 말을 꺼내기도 전에 친근한 태도로 나를 향해 씩 웃어 보였다.

"헤이버링 씨 되시죠? 이 사건을 맡아 런던에서 내려왔습니다. 가능하다면 몇 마디 좀 나누고 싶습니다."

"제 아내는……."

"부인은 만나 뵈었습니다. 가정부도요. 1분도 걸리지 않을 겁니다. 저기서 볼 것은 다 보았으니 곧 마을로 내려가야 하거든요."

"전 아직도 뭐가 뭔지 아무것도 모르……."

재프가 진정하라는 듯이 말했다.

"당연한 일이죠. 별것 아니지만, 그래도 선생님에게 한두 가지 간단히 여쭐 게 있습니다. 여기 저와 잘 아는 사이인 헤이스팅스 대위도 계시니, 이분이 댁으로 가서 선생님이 도착했다고 알려 주면 되지 않겠습니까? 그건 그렇고, 그 조그만 친구는 어떻게 됐습니까, 헤이스팅스 대위?"

"유행성 독감으로 자리에 누워 있습니다."

"그래요? 안됐군요. 마차에 말이 빠진 격이로군. 그가 없이 당신 혼자 여기로 온 게 말입니다, 안 그렇습니까?"

그의 짓궂은 농담을 뒤로한 채 나는 집 쪽으로 향했다. 나는 재프가 닫아 놓은 문의 벨을 눌렀다. 잠시 후 검은색 옷을 입은 중년 여인이 문을 열어 주었다.

내가 설명했다.

"헤이버링 씨가 곧 이리로 올 겁니다. 경감에게 붙잡혀서 늦어지고 있어요. 전 이 사건을 조사하기 위해 헤이버링 씨와 함께 런던에서 온 사람입니다. 어젯밤 무슨 일이 일어났는지 간략히 설명해 주었으면 합니다."

"안으로 들어오세요, 선생님."

그녀가 내 등 뒤에서 문을 닫자, 주위가 어둑어둑해졌다.

"그 남자가 온 것은 어젯밤 저녁 식사를 들고 난 뒤였어요. 페이스 씨를 만나고 싶다고 하더군요. 억양이 이상하길래 전 그가 페이스 씨의 미국인 친구쯤 되는 것으로 생각했죠. 저는 그를 총기 보관실로 안내하고, 페이스 씨에게 얘길 전하러 갔고요. 지금 다시 생각해 보니 그가 자기 이름을 밝히지 않은 게 좀 수상하네요. 페이스 씨는 제 말을 듣고 잠시 어리둥절한 듯하더니 헤이버링 부인에게 이렇게 말씀하시지 않겠어요. '잠깐만, 조. 이 친구가 무슨 용건인지 알아봐야겠어.' 그렇게 주인님은 총기 보관실로 내려갔고 저는 부엌으로 돌아왔는데, 잠시 뒤 두 분이 싸우는 듯한 소리가 들려 홀로 가 보았어요. 동시에 부인도 나오셨고요. 바로 그때 총소리가 울리더니 무시무시한 정적이 감돌았어요. 우리 둘은 총기 보관실로 달려갔지만 문이 잠겨 있어서 할 수 없이 빙 돌아서 창문으로 갔죠. 창문이 열려 있었고, 페이스 씨가 총에 맞아 피를 흘리고 쓰러져 있었어요."

"그 남자는 어떻게 됐습니까?"

"그는 우리가 도착하기 전에 창문으로 도망친 게 틀림없어요."

"그러고 나서는요?"

"헤이버링 부인은 절 보고 경찰을 부르라고 했어요. 거의 10킬로미터나 걸어서 겨우 신고할 수 있었죠. 전 그들과 함께 돌아왔고, 경관이 밤새 여길 지키고 서 있은 후 오늘 아침에 런던에서 온 경감님이 도착한 거죠."

"페이스 씨를 만나러 왔다는 그 남자는 어떻게 생겼던가요?"

가정부는 잠시 생각에 잠겼다.

"검은 턱수염을 기르고 있었어요. 나이는 중년 정도 됐을까, 가벼운 오버코트 차림이었어요. 억양이 미국식이라는 사실만 빼면 그리 특별한 점은 없었네요."

"알겠습니다. 이제 헤이버링 부인을 뵐 수 있을까요?"

"2층에 계십니다, 선생님. 전해 드릴까요?"

"실례가 안 된다면요. 부인께 헤이버링 씨가 재프 경감과 함께 밖에 있다고 전해 주시고, 런던에서 남편과 함께 온 사람이 가능한 한 빨리 부인과 말씀 좀 나누고 싶어 한다고 전해 주세요."

"알겠습니다, 선생님."

나는 사실을 빠짐없이 파악하고 싶은 열망에 가득 차 있었다. 재프가 나를 두세 시간 정도 앞질렀는데, 그의 거만한 성격이 나로 하여금 지기 싫다는 감정과 함께 그를 바짝 뒤쫓도록 만들었다.

그리 오래 기다리지 않아 헤이버링 부인을 만날 수 있었다. 몇 분 뒤에 계단을 내려오는 가벼운 발소리가 나서 쳐다보니, 아주 매력적인 젊은 여자가 내 쪽으로 다가오고 있었다. 그녀는 붉은 점퍼를 걸치고 있었는데, 전체적인 모습이 잽싼 소년 같다는 인상을 주었다. 그녀의 검은 머리 위엔 조그맣고 화려한 빛깔의 가죽 모자가 올려져 있었다. 현재의 비극마저도 그녀의 넘쳐흐르는 개성을 가릴 수는 없었다.

내가 자기소개를 하자 그녀는 얼른 알아듣고서 고개를 끄덕였다.

"선생님과 선생님의 친구분 무슈 푸아로에 대한 이야기는 당연히 잘 알죠. 대단한 활약을 여러 번 하셨다지요? 제 남편이 사람을 잘 골랐네요. 이제 제게 질문하셔야죠. 그게 이 끔찍한 사건에서 단서를 얻는 가장 손쉬운 방법일 테니까요. 그렇지 않나요?"

"감사합니다, 헤이버링 부인. 자, 그 남자가 도착한 것이 몇 시였습니까?"

"9시 정각 직전이었을 거예요. 우리는 막 저녁 식사를 마치고 커피와 담배를 하면서 앉아 있었거든요."

"남편이 이미 런던으로 떠난 뒤였습니까?"

"예, 그이는 6시 15분 차로 올라갔어요."

"그분은 역까지 차로 갔습니까, 걸어서 갔습니까?"

"우리 차는 여기 없어요. 엘머스 데일 역에서 차를 예약해 기차 시간에 맞춰 그이를 태워 갔지요."

"페이스 씨는 평상시와 똑같았습니까?"

"물론이죠. 모든 점이 평소와 똑같았어요."

"그럼 그 방문객에 대해 제게 설명해 주시겠습니까?"

"죄송하지만 어렵네요. 전 그 사람을 못 봤어요. 미들턴 부인이 그를 직접 총기 보관실로 안내하고는 외숙부님께 말씀드리러 왔으니까요."

"외숙부는 뭐라 말씀하셨습니까?"

"그분은 좀 귀찮아하는 표정이었지만 곧 일어나 가 보셨어요. 싸우는 듯한 소리가 들린 건 약 5분 뒤였죠. 현관으로 달려갔을 때 자칫하면 미들턴 부인이랑 부딪칠 뻔했고, 그때 총소리가 들렸어요. 총기 보관실 문이 안쪽에서 잠겨 있는 바람에 오른쪽으로 돌아서 창문으로 갔고요. 그러다 보니 당연히 시간이 좀 걸렸는데, 살인자에겐 도망칠 수 있는 기회였겠죠. 가엾은 외숙부님!"

그녀의 목소리가 떨리기 시작했다.

"외숙부님은 머리에 관통상을 입었어요. 보자마자 즉사하신 걸 알았죠. 전 미들턴 부인에게 경찰을 부르라고 했어요. 현장을 발견 당시 모습 그대로 보존할 수 있도록 방 안의 아무것도 건드리지 않도록 조심했고요."

나는 만족스럽게 머리를 끄덕였다.

"그러면 무기는 어떻게 되었습니까?"

"저, 그건 짐작되는 것이 있어요, 헤이스팅스 대위님. 남편의 리볼버 권총 한 쌍이 벽에 걸려 있었거든요. 그중 하나가 없어졌더군요. 그 사실을 알려 주니까 경찰이 나머지 총 한 자루를 가져갔고요. 총알을 검사해 보면 더욱 확실해지겠지요."

"제가 총기 보관실로 가 봐도 되겠습니까?"

"그럼요. 경찰이 이미 살펴봤어요. 시신은 치웠지만요."

그녀는 나를 사건 현장으로 데리고 갔다. 그때 헤이버링이 현관으로 들어와서, 그녀는 내게 양해를 구하고는 그에게로 달려갔다. 나는 혼자 남아 수사를 하게 되었다.

내 조사는 꽤나 실망스러웠다는 것을 고백해야 할 것 같다. 추리소설에는 단서가 산더미처럼 널려 있곤 했는데, 거기서 내가 발견한 거라고는 죽은 남자가 쓰려져 있던 양탄자의 커다란 (그리고 평범한) 핏자국뿐이었다. 나는 허리가 쑤시도록 방 안 구석구석을 살펴보고 나서 가지고 간 소형 카메라로 사진을 몇 장 찍어 두었다. 창밖 마당에도 나가 보았으나, 온갖 발자국이 어지럽게 널린 그곳을 살펴보는 건 시간 낭비라는 결론을 내렸다. 아무것도 없었다. 나는 '사냥꾼의 오두막'에서 보아야 할 모든 것을 보았다.

나는 엘머스 데일로 돌아가서 재프를 만나 보아야 했다. 헤이버링 부부에게 작별 인사를 한 후 역으로 달려갔다.

매틀록 암스 여관에서 재프를 만날 수 있었다. 곧 그는 나를 시신이 있는 곳으로 안내했다. 해링턴 페이스는 빈약하고 작은 체구에 깨끗이 면도를 한 남자로, 전형적인 미국인으로 보였다. 뒤통수에서부터 그의 머리를 관통한 리볼버 탄알은 매우 가까이에서 발사된 것이었다.

재프가 말했다.

"이 사람 친구가 잠시 살짝 맛이 갔나 보지요. 그래서 리볼버를 빼 들어 이 사람을 쏜 모양입니다. 세상에 헤이버링 부인이 우리한테 건네준 총엔 탄환이 가득 채워져 있지 뭡니까. 한 쌍이었던 문제의 총도 그랬겠지요. 사람들이 얼마나 생각 없이 살고 있는지 기가막힐 지경입니다. 장전된 리볼버 두 정을 벽에 걸어 놓다니."

"이 사건을 어떻게 생각하십니까?"

으스스한 그 방을 나오면서 내가 물었다.

"글쎄요, 우선은 헤이버링을 눈여겨보려 합니다. 아, 그렇지!"

경감이 갑자기 목소리를 높이는 바람에 나는 깜짝 놀라 소리를 질렀다. 경감은 계속 설명을 이어 나갔다.

"헤이버링에겐 불미스러운 과거 행적이 한두 개 있더군요, 옥스퍼드 재학 당시 자기 아버지의 수표에 서명을 위조한 일이 있었더랬죠. 물론 유야무야 묻히긴 했지만. 한편 그는 요즘 빚에 몹시 쪼들리고 있다고 하던데, 자기 외숙부에게 알리긴 좀 뭐한 성질의 것이었어요. 당연히 외숙부의 유산이 탐났겠지. 사정이 그러하니, 그를 주시해 봐야겠습니다. 그게 바로 그 사람이 자기 아내를 만나기 전에 내가 먼저 그와 얘길 하고 싶다고 한 이유였지요. 하지만 그들의 진술은 정확히 일치하더군요. 역에 가 봤더니 그가 6시 15분 차로 떠난 것은 틀림없다고 하지 뭡니까. 그 차는 대략 10시 30분 런던에 도착하는데, 그 길로 그는 곧장 클럽에 갔다고 하고. 그게 사실로 확인된다면 그가 검은 턱수염을 달고 9시에 여기 와서 자기 외숙부를 쏠 수는 없다는 말이 되는 겁니다!"

"아, 그래, 그 턱수염에 대해서는 어떻게 생각하시는지요?"

재프가 눈을 찡긋했다.

"수염이 꽤나 빨리 자랐다고 생각되는군요. 엘머스 데일부터 '사냥꾼의 오두막'까지의 8킬로미터를 오는 동안 자라기에는 좀 무리가 있죠. 내가 아는 미국 남자들은 대개 깨끗이 면도를 했던데. 그러니 우린 페이스 씨의 미국인 친구 중에서 살인자를 찾아봐야 하는 겁니다. 한편 내가 가정부, 여주인 순서로 질문해 본 결과 둘의 진술은 일치하더군요. 다만 헤이버링 부인이 그 작자를 못 봤다는 게 좀 아쉽죠. 똑똑한 여자 같으니 우리한테 도움이 될 만한 뭔가를 알아차렸을 수도 있었는데 말입니다."

나는 앉아서 푸아로에게 보낼 장문의 편지를 썼다. 편지를 부치기에 앞서 여러 가지 진전된 사항을 덧붙일 수 있었다.

희생자를 사망케 한 총알은 경찰이 가져간 것과 동일 종류의 리볼버 권총에서 발사된 것임이 드러났다. 한편 사건 당일 밤 헤이버링의 행적을 조사한 결과 그는 실제로 그 기차를 타고 런던에 도착했다는 것이 입증되었다. 그리고 세 번째 획기적인 진전이 있었다.

그날 아침, 일링에 사는 신사 한 명이 교외 전차역으로 향하는 헤이븐 그린 지역을 지나다가 난간 옆에 갈색 종이 꾸러미가 놓여 있는 걸 발견한 일이 있다고 했다. 내용물을 열어 보고 권총이 들어 있음을 안 그는 지역 경찰서에 신고했고, 밤이 되기도 전에 그 총이 헤이버링 부인이 우리에게 알려 준 바로 그 리볼버임이 드러났다. 총알 하나는 발사되고 없었다.

이런 모든 사실을 나는 보고서에 첨가해 넣었다. 다음 날 아침, 내가 아침 식사를 들고 있는데 푸아로한테서 전보가 날아들었다.

물론 검은 턱수염의 사나이는 헤이버링이 아니네. 자네나 재프는 그렇게 생각한 모양이군. 가정부에 대해 자세히 묘사해 주게. 오늘 아침 무슨 옷을 입고 있었는지까지. 헤이버링 부인도 마찬가지로. 집 내부 사진을 찍느라 시간을 낭비하지 말게. 노출도 부족하고 예술적이지도 못해.

나는 푸아로가 쓸데없는 농담을 하고 있다는 느낌을 받았다. 사건을 맡아 노련하게 수사를 펼치고 있는 내 위치를 그가 은근히 질투하고 있는 게 아닌가 하는 생각마저 들었다. 두 여자가 입은 옷에 대해서 알려 달라는 점이 특히 우스꽝스러웠다. 하지만 난 워낙에 단순한 사람이기에, 또 동시에 그럴 능력이 있는 사람이기에 그가 해 달라는 대로 해 주었다. 그에게서 답장이 온 것은 11시였다.

재프에게 너무 늦기 전에 가정부를 체포하라고 이르게.

나는 어안이 벙벙해져서 그 전보문을 들고 재프한테로 갔다. 그는 숨을 죽이고 부드럽게 말했다.

"무슈 푸아로는 비범한 사람입니다. 그가 그렇다고 말하면 뭔가가 있는 겁니다. 난 그 여자에게서 아무 이상한 점을 못 느꼈는데! 그녀를 과연 체포할 수 있을지 모르겠지만, 감시는 해야겠죠. 바로 출발해서 다시 고민해 봅시다."

그러나 너무 늦었다. 미들턴 부인, 그 평범하고 후덕한 조용한 중년 여인이 허공으로 증발해 버린 것이었다. 그녀의 짐만이 남아 있었다. 거기엔 흔히 보는 옷가지들만 들어 있었다. 그녀의 신원이나 행방을 짐작할 만한 단서는 전혀 없었다.

헤이버링 부인에게서 우리는 가능한 한 많은 사실을 끌어냈다.

"그 전에 있던 에머리 부인이 떠나는 바람에 약 3주 전 고용한 사람이었죠. 마운트가(街)에 있는 유명한 셀번 직업소개소에서 왔어요. 저는 하인들을 몽땅 거기다 의뢰하여 쓴답니다. 거기서 후보들이 몇 명 왔는데, 미들턴 부인이 가장 나아 보였거든요. 소개장도 아주 훌륭했고요. 저는 그 자리에서 바로 그녀를 채용하고는 소개소에 그 사실을 통보했어요. 그녀한테 뭐 이상한 점이 있으리라고는 생각도 못 하겠어요. 얼마나 성실한 사람이었는데요."

그 일은 확실히 미스터리였다. 총이 발사된 순간 그녀가 헤이버링 부인과 함께 홀에 있었다니 미들턴 부인이 직접 범죄를 저지르지 않은 건 확실하지만, 그럼에도 살인자와 어떤 연관이 있는 것은 틀림없었다. 아니면 그녀가 왜 부리나케 내빼야 했단 말인가?

나는 최근의 진전 사항을 푸아로에게 전보로 알리면서, 런던으로 돌아가 셀번 직업소개소를 조사해 보는 것이 어떻겠냐는 제안을 했다.

푸아로의 대답은 즉각적이었다.

소개소를 조사해 봤자 아무 소용 없을 걸세. 아무것도 모를 테니까. 그녀가 '사냥꾼의 오두막'에 처음 온 날 무슨 차를 타고 왔는지나 알아보게.

나는 영문도 모른 채 그 말을 따랐다. 엘머스 데일의 운송 수단은 제한되어 있었다. 그곳 주차장에는 찌그러진 포드 자동차 두 대, 그리고 역마차가 역시 두 대 있었다. 미들턴 부인이 처음 온 날에는 이 차들 중에서 움직인 차가 없었다. 이에 관해 헤이버링 부인은 자기가 미들턴 부인이 더비셔까지 올 수 있도록 차비를 지원했기 때문에 '사냥꾼의 오두막'까지 그녀가 차를 전세 내어 타고 오지 않았겠느냐는 의견을 내놓았다. 역에는 으레 전세차를 부르는 사람을 위해 포드 자동차 한 대가 나와 있으니 말이다. 여기에 검은 턱수염을 길렀건 말건, 사건이 일어난 날 저녁 역에서 낯선 사람을 보았다는 사람은 하나도 없었다는 사실까지 고려하면, 살인자는 범행 장소까지 차를 직접 몰고 와서 도망칠 때를 대비해 근처에 세워 놓았고, 또 그 차로 이 정체불명의 가정부를 피신시켰다는 결론을 얻을 수 있었다.

런던에 있는 직업소개소를 조사해 본 결과, 푸아로의 예상이 맞았다. '미들턴 부인'이라는 사람은 아예 명단에도 올라 있지도 않다는 것이다. 그들이 가정부를 구한다는 헤이버링 부인의 편지를 받고서 적당한 후보들을 몇 명 보낸 것은 사실이었다. 하지만 부인이 사무소에 소개료를 보내면서도 누구를 채용했는지 알리지 않았다는 대답이 돌아왔다. 다소 맥이 빠진 채 나는 런던으로 돌아갔다. 푸아로가 요란한 무늬의 실크 가운을 입고 불 옆에 놓인 안락의자에 푹 파묻혀 앉아 있는 모습을 보았다. 그는 나를 특별히 따뜻하게 맞아 주었다.

"몬 아미 헤이스팅스! 자네를 다시 봐서 얼마나 기쁜지 모르네. 자네에 대한 내 애정이 얼마나 깊은지 알아야 할 텐데! 그건 그렇고, 즐거웠나? 우리 착한 재프와 동분서주했겠구먼? 여기저기 내키는 대로 신문하고 조사했겠지?"

"푸아로! 이 사건은 정말로 미궁 그 자체예요! 절대 밝혀지지 않을 거예요."

"확실히 그 일을 쉽고 근사하게 해결하긴 어려워 보이는 게 사실이지."

"정말로 그래요. 아무리 두드려도 요지부동이라고요."

"오, 하지만 상황을 보자니 난 손쉽게 녀석을 두드려 깰 수 있어 보이는데 그래? 약삭빠른 다람쥐 녀석을 알 것 같다고. 하나 내가 곤란해하는 건 따로 있어. 사실 나는 누가 해링턴 페이스 씨를 죽였는지 아주 잘 알고 있네."

"안다고요? 어떻게 알아냈는데요?"

"내 전보에 대한 자네의 찬란한 답장이 진실을 밝혀 주었지. 여길 보게, 헤이스팅스. 우리 그 문제를 놓고 차근차근 하나하나 따져 보자고. 해링턴 페이스 씨는 막대한 재산의 소유자야. 그 재산은 그가 죽으면 즉각 조카에게 가게 되어 있네. 이게 첫 번째 포인트야. 두 번째 포인트는 그 조카는 극심한 재정난에 빠져 있는 것으로 알려져 있다는 것. 또한 조카는 소위 도덕성이 좀 희미한 사람이라고 말해도 되겠지? 그것이 세 번째 포인트."

"하지만 로저 헤이버링은 곧장 런던으로 간 것이 증명되었잖아요."

"프레시제멍(그렇지). 헤이버링 씨는 엘머스 데일을 6시 15분에 출발했는데, 추정 사망 시각을 고려하면 그가 떠나기 전에 페이스 씨가 죽을 일은 없지. 혹시 의사가 범죄가 일어난 시각을 잘못 계산했을 수도 있겠지만. 하지만 헤이버링 씨가 외삼촌을 쏘지 않았다는 결론은 논리적으로 아주 타당해. 그렇다면 그 헤이버링 부인 쪽은 어떤가, 헤이스팅스?"

"말도 안 됩니다! 총소리가 울렸을 때 가정부가 그녀랑 함께 있었어요."

"아, 그래, 가정부. 그러나 그녀는 사라졌잖아."

"발견될 겁니다."

"아닐 것 같은데. 그 가정부에겐 뭔가 딱 집어 말하기 힘든 특이한 점이 있어. 그렇게 생각지 않나, 헤이스팅스? 나는 금방 눈치챘는데."

"내 생각에는 그녀가 자기 역할을 해내고는 간발의 차이로 아슬아슬하게 빠져나간 것 같은데요."

"그녀의 역할이 뭔데?"

"그러니까 아마도 자기 공모자인 검은 턱수염 남자를 보조하는 거겠죠."

"오, 아냐. 그건 그녀의 역할이 아냐! 그녀의 역할이란 자네가 방금 얘기한, 총소리가 울린 그 순간에 헤이버링 부인의 알리바이를 제공하는 거였어. 그리고 아무도 영원히 그녀를 찾을 순 없을 거야, 몬 아미. 왜냐하면 그 여자는 존재하지 않으니까! '그런 사람은 없어.' 자네가 그토록 존경하는 저 위대한 셰익스피어가 말했지."

"그건 디킨스가 한 말입니다. 그래서 어떻게 되었다는 말이죠, 푸아로?"

나는 웃음이 터져 나오는 걸 참지 못하고 웅얼거렸다.

"나는 조 헤이버링이 결혼 전에 배우였다는 사실을 말하고 있다네. 자네와 재프는 어둠침침한 현관에서 기어드는 목소리로 말하는, 검은 옷을 입은 중년 가정부의 희미한 형상만을 보지 않았나. 결국 자네나 재프 모두 미들턴 부인과 여주인이 함께 있는 모습을 본 적은 한 번도 없는 셈이지. 그 영리하고 대담한 여자의 유치한 연극이었던 거야. 자기 여주인을 부르러 간다는 핑계로 그녀는 2층으로 달려가서는 화려한 점퍼를 걸쳐 입고 회색으로 염색한 머리카락은 검은 가발이 붙은 모자로 감췄어. 그러고 능숙하게 화장을 지운 후 루즈를 엷게 바른 다음 매력 넘치는 조 헤이버링이 되어 계단을 내려왔겠지. 아무도 가정부를 눈여겨보지 않았어. 그럴 필요가 어디 있었겠나? 범죄와 관련된 게 아무것도 없는데. 그 가정부 역시 버젓한 알리바이를 갖고 있는데 말일세."

"그러면 일링에서 발견된 리볼버 권총은 어떻게 된 겁니까? 헤이버링 부인이 그걸 거기다 갖다 놓을 수는 없잖아요?"

"아니, 그건 로저 헤이버링의 역할이었어. 그런데 거기서 실수가 일어난 거야. 바로 그 점에서 난 모든 걸 알 수 있었지. 현장에 놓여있던 권총으로 살인을 저지른 범인이라면 그것을 즉시 던져 버리지, 런던으로 가지고 오지는 않을 거네. 그래, 이 행동의 목적은 아주 명확해. 범인들은 경찰의 관심이 더비셔에서 멀찍이 떨어진 그지점으로 쏠리기를 바란 거야. 가능하면 '사냥꾼의 오두막' 부근에서 경찰이 얼쩡거리지 않기를 고대하면서. 물론 일링에서 발견된 리볼버가 페이스 씨를 쏜 총은 아니야. 로저 헤이버링은 그 총에서 탄환 하나를 비우고 런던으로 가져갔고, 알리바이를 만들기 위해 곧장 클럽으로 갔지. 그리고 곧 눈에 띄지 않게 일링으로 향한 걸세. 그 꾸러미를 발견된 장소에 두고 다시 돌아오는 데는 20분이면 충분했어. 그리고 매력 넘치는 그의 부인은 저녁 식사를 마치고 조용히 페이스 씨를 쏜 거지. 자네, 그가 뒤에서 총을 맞았다는 걸 기억하나? 그게 또 한 가지 중요한 사실이었어! 그리고 리볼버에 탄환을 채우고 제자리에 갖다 놓은 것도 그녀라네. 그런 다음 자신의 운

명이 걸린 작은 연극을 시작한 거지."

"도저히 믿어지지가 않아요. 그래도……."

내가 멍하니 중얼거렸다.

"그래도 사실이야. 비엥 쉬흐(물론이지), 내 친구, 사실이라네. 그 탁월한 부부를 정의의 심판대에 세울 수 있을지는 또 별개의 문제지만. 뭐, 재프가 자기 일을 해야겠지. 나는 그에게 자세한 설명을 담은 편지를 써 보냈네. 그렇지만 헤이스팅스, 난 우리가 그들을 운명의 신이나 르 봉 디외(하느님)에게 맡겨야 할까 봐 매우 두려워. 두 분 중 자네가 좋을 대로 선택하게."

"악은 월계수 나무처럼 번성하는 법이니까요."

"하지만 헤이스팅스, 언제고 그 대가는 치르게 되는 법이지! 크와 이예 므와(난 믿네)!"

푸아로의 예상은 적중했다. 재프는 푸아로의 추리가 사실이라고 확신했으나 그 확증을 뒷받침할 증거를 찾을 수가 없었다.

페이스 씨의 막대한 재산은 자신을 살해한 자의 손에 넘어갔다. 그렇지만 복수의 여신은 확실히 그들을 벌했으니, 신문에서 로저 경과 헤이버링 부인이 파리로 가던 중 비행기 사고로 죽었다는 기사를 읽고 나는 정의가 실현되었음을 알았다.

100만 달러 채권 도난 사건

I

"도대체, 최근 들어 채권 도난 사건만 이걸로 몇 건이지? 푸아로, 탐정업은 그만두고 대신 우리 범죄나 저지르는 게 어때요?"

어느 날 아침, 내가 신문을 옆으로 치우면서 한 말이었다.

"자네는 그 뭣이냐…… 일확천금을 꿈꾸는 거로군, 몬 아미?"

"얼마 전에 일어난 이 멋진 한탕을 보시라고요. 런던 스코틀랜드 은행에서 뉴욕으로 보내던 100만 달러 상당의 자유공채가 올림피아호 선상에서 감쪽같이 사라졌다는군요."

"내가 뱃멀미만 안 했어도, 그리고 그 용하다는 라브르기에 요법 (멀미를 피하기 위한 자가 대처법 — 옮긴이)을 배우는 게 그렇게 어렵지만 않았어도……. 그 방법을 익히는 데는 도버 해협을 건너는 시간보다도 오래 걸린다니까! 그것만 할 줄 알았어도 나도 그 호화 여객선 여행의 즐거움을 느낄 수 있었을 텐데……."

푸아로가 꿈을 꾸듯이 중얼거렸다.

나도 열심히 맞장구쳤다.

"그럼요, 사실이에요. 어떤 배는 정말 궁전 같다니까요. 수영장, 라운지, 레스토랑, 식당, 팜 코트(로비 라운지 ― 옮긴이)…… 바다에 떠 있다는 게 안 믿겨지죠."

푸아로는 영 우울한 기색이었다.

"나는 달라. 언제나 바다 위에 있다는 사실을 잊을 수가 없으니. 자네가 예로 든 그 모든 장점이 내겐 아무런 의미가 없어. 그렇지만, 헤이스팅스, 신분을 숨긴 여행이란 건 정말 흥미진진하지 않을까? 자네 말마따나 바다에 떠 있는 그 궁전에선 틀림없이 범죄 세계의 엘리트 거물을 만날 수 있을 테니 말일세!"

나는 웃었다.

"당신은 그런 쪽으로만 호기심이 발동하는군요! 자유공채를 슬쩍 한 그 남자와 한 판 겨뤄 보고 싶은 거죠?"

그때 하숙집 여주인이 우리를 방해했다.

"젊은 여자분이 찾아왔어요, 무슈 푸아로. 이게 그녀의 명함이고요."

명함에 박힌 이름은 '에스메 파카' 양이었다. 탁자 밑을 더듬거려 떨어진 빵 조각을 주운 푸아로는 그것을 조심조심 휴지통에 버리고는, 하숙집 여주인더러 손님을 안으로 들이라고 말했다.

잠시 뒤 내가 지금껏 본 사람 중 가장 아름다운 아가씨가 방 안으로 안내되어 들어왔다. 스물다섯 살 남짓으로 보이는 그녀는 커다란 갈색 눈을 했고 몸매가 완벽했다. 잘 차려입은 복장에 태도도 몹시 얌전했다.

"앉으시지요, 마드무아젤. 이쪽은 제 친구 헤이스팅스 대위로, 제 보잘것없는 일을 도와주는 사람입니다."

아가씨는 앉으면서 내게 온화한 인사를 보냈다.

"오늘 제가 들고 온 문제가 심각한 게 아니라면 좋겠는데요, 무슈 푸아로. 아마 틀림없이 신문에서 보셨을 거예요. 올림피아호에서 일어난 자유공채 도난 사건 말이에요.."

한순간 푸아로의 얼굴에 놀란 표정이 어렸다. 그녀가 말을 계속했다.

"선생님이 런던 스코틀랜드 은행처럼 심각한 곳과 제가 무슨 관계인지 의아해하시는 것도 무리는 아니죠. 어떻게 보면 아무 관련이 없고, 다르게 보면 100퍼센트 관련이 있어요. 저…… 무슈 푸아로, 저는 필립 리지웨이 씨와 약혼한 사이랍니다."

"아하! 필립 리지웨이 씨는 분명……?"

"사건 당시 도난당한 채권의 관리 책임을 맡은 사람이죠. 물론 그가 바로 문책을 받지는 않았어요. 그이 잘못은 아니니까요. 하지만 그는 그 일로 반쯤 정신이 나가 있는 데다, 그 사람 삼촌은 그가 채권을 가지고 있다는 사실을 주위에 떠들고 다닌 게 아니냐며 의심하고 계시거든요. 그건 그이 경력에 치명적인 오점이 될 거예요."

"그의 삼촌이라니, 그게 누구죠?"

"바바수르 씨라고, 런던 스코틀랜드 은행의 공동 책임자로 계세요."

"파카 양, 다시 한번 이야기를 전체적으로 정리해 주셨으면 합니다."

"좋아요. 아시겠지만, 그 은행은 미국에서 자기네 신용도를 높이고자 그쪽으로 자유공채 100만 달러를 보내기로 결정한 거예요. 바바수르 씨는 여러 해 동안 은행에서 신탁 업무를 맡아 온 자기 조카에게 그 임무를 맡겼죠. 필립은 뉴욕 관련 업무에 정통해 있거든요. 올림피아호는 23일 리버풀에서 출항했는데, 그날 아침 런던 스코틀랜드 은행의 공동 책임자인 바바수르 씨와 쇼 씨가 그 채권을 필립에게 건네주었어요. 채권의 수량을 확인하고 밀봉한 다음 그의 여행 가방에 넣고 자물쇠를 잠갔습니다."

"그 가방엔 일반 자물쇠가 달려 있었습니까?"

"아뇨. 쇼 씨가 특별히 주문한 헙스 상점의 맞춤 자물쇠를 썼어요. 필립은 채권을 싼 상자를 트렁크 맨 밑바닥에 넣어 놓았대요. 그러고선 뉴욕에 도착하기 불과 몇 시간 전에 도둑맞은거죠. 온 배를 샅샅이 뒤졌지만 결과는 헛일이었어요. 채권은 문자 그대로 허공으로 증발한 것 같았다지요."

푸아로는 얼굴을 찌푸렸다.

"그러나 그 채권은 결코 사라진 것이 아닙니다. 올림피아호가 목적지에 도착한 지 30분도 안 되어 소액으로 분할 매각되었다는 정보가 있거든요. 그러니 제가 취할 다음 행동은 리지웨이 씨를 만나 보는 겁니다."

"두 분께 '체셔 치즈'에서 식사나 같이 하자고 막 말씀드리려던 참이었어요. 필립이 아직 거기 있을 거예요. 저와 만나기로 했는데,

제가 자기 문제를 상담하기 위해 선생님을 찾아온 사실은 아직 모르고 있어요."

우리는 이 제의를 흔쾌히 수락해서 택시를 타고 갔다.

거기 있던 필립 리지웨이 씨는 약혼녀가 낯선 사람을 둘씩이나 데리고 나타난 것에 놀란 눈치였다. 그는 잘생긴 젊은이로 키가 크고 말쑥했으며, 관자놀이가 희끗희끗했지만 아직 서른은 넘지 않아 보였다.

파카 양은 그에게 다가가 그의 팔에 손을 올려놓았다.

"미리 상의하지 않고 행동해서 미안해요, 필립. 무슈 에르퀼 푸아로를 소개할게요. 많이 들어 봤을 거예요. 그리고 친구분인 헤이스팅스 대위고요."

리지웨이는 깜짝 놀란 것 같았다. 악수를 하면서 그가 말했다.

"물론 얘기는 많이 들었습니다, 무슈 푸아로. 그런데 에스메가 제…… 아니, 우리 문제를 선생님께 상담할 생각을 했다니 놀랍군요."

"말하면 못 하게 할까 봐 그랬어요, 필립."

파카 양이 쭈뼛거리며 말했다.

"그래서 안전한 방법을 택했던 거로군."

리지웨이는 약혼녀에게 미소를 지어 주고는 푸아로를 보며 말했다.

"전 무슈 푸아로께서 이 기상천외한 문제에 빛을 비춰 주셨으면 합니다. 솔직히 요즘 저는 거기에 따른 걱정과 불안으로 사는 것 같지가 않거든요."

정말로 그의 얼굴은 찌들고 초췌해 보였으며, 지금 겪는 고통으로 인한 긴장이 뚜렷이 드러났다.

푸아로가 나섰다.

"자, 자. 점심이나 듭시다. 점심을 들면서, 다 함께 머리를 맞대고 과연 우리가 할 수 있는 일이 무엇인지 생각해 봅시다. 일단 리지웨이 씨에게서 직접 이야기를 듣는 것이 먼저일 것 같군요."

우리가 그 식당의 간판 요리인 스테이크와 콩팥 푸딩의 맛을 음미하는 동안, 필립 리지웨이는 채권이 사라진 당시의 상황을 설명해 나갔다. 그의 이야기는 모든 면에서 파카 양이 해 준 것과 일치했다. 그가 말을 마치자 푸아로는 질문을 던짐으로써 수사의 가닥을 잡아 나가기 시작했다.

"채권이 도난당한 사실을 구체적으로 어떻게 알게 되셨죠, 리지웨이 씨?"

그는 슬쩍 쓴웃음을 지었다.

"보란 듯이 진열되어 있었거든요, 무슈 푸아로. 모를 수가 없었죠. 제 여행 가방이 침대 밑에서 반쯤 삐져나와 있는데, 어지간히 열고 싶었는지 자물쇠가 온통 긁고 비빈 흔적으로 가득했지 뭡니까."

"그런데 그 가방은 열쇠로 열렸다고 들었는데요?"

"그랬죠. 강제로 열려고 했지만 여의치가 않았던 모양입니다. 결국 나중엔 어떻게 열 방법을 찾은 거지요."

푸아로의 눈에서 내가 익히 알고 있는 그 초록빛 광채가 뿜어져 나왔다.

"이상하군요. 아주 이상해요! 그들이 가방을 억지로 열고자 그렇게 많은 시간을 허비했다는 것이…… 그러다가 사프리스티(아차)! 자기네가 열쇠를 처음부터 갖고 있었다는 걸 깨달았다는 건가요? 힙스 자물쇠는 하나하나 열쇠가 다 다른데 말이죠."

"그게 바로 그들이 열쇠를 가지고 있지 않았다는 증거가 아닐까요? 전 열쇠를 하루 종일 몸에서 뗀 적이 없습니다."

"확실합니까?"

"맹세할 수 있습니다. 게다가 만일 그들이 복제된 열쇠를 갖고 있었다면, 뭐 하러 절대 부서지지 않는 그 자물쇠에 매달려 시간을 낭비했겠습니까?"

"아! 필히 우리 스스로가 짚고 넘어갈 문제가 있습니다! 저는 우리가 진실을 밝혀낼 수 있다면, 그 진실은 아주 이상한 형태로 나타나리라는 강한 예감을 느낍니다. 그리 불쾌하지 않다면 제가 질문을 또 한 가지 드리겠습니다. 당신은 트렁크를 확실히 잠갔다고 자신할 수 있습니까?"

필립 리지웨이는 푸아로를 멀뚱히 쳐다보기만 했다. 그러자 푸아로는 미안하다는 몸짓을 했다.

"아, 그래도 그런 일이 종종 일어나거든요. 정말입니다! 아무튼 좋습니다. 트렁크에 있던 채권이 도난당한 거란 말이죠. 도둑이 그걸 어떻게 했을까요? 도대체 어떻게 그걸 들고 육지에 내릴 수 있었을까요?"

리지웨이의 목소리가 커졌다.

"아! 바로 그 점입니다. 어떻게 그럴 수가 있었을까요? 나는 세관에 도난 사실을 바로 알렸고, 배에서 나온 사람은 전원 샅샅이 짐을 조사받았는데요!"

"그런데 그 채권 뭉치는 부피가 컸나요?"

"그렇습니다. 배 안에 숨긴다는 건 거의 불가능합니다. 그리고 그 채권을 배에 숨기지 않았다는 것도 확실합니다. 배가 도착한 후 30분도 지나기 전에 그 채권이 매각되었으니까요. 또한 그보다도 훨씬 전에 제가 전신으로 증서 일련번호를 보낸 일이 있습니다. 그런데 한 주식 중개인이 올림피아호가 정박하기도 전에 자기가 그 채권의 일부를 샀다고 밝힌 겁니다. 하나 채권은 현물 없이 무선 전신만으로는 사고 팔 수 없는 물건이거든요."

"무선으로는 불가능하다……. 그렇다면 배 옆으로 예인선 같은 것이 따라오진 않았나요?"

"공무로 따라오는 것뿐이었고, 그것도 경보가 울려서 모두가 갑판 위로 나온 후의 일이었습니다. 제발, 무슈 푸아로, 저는 이 일로 미칠 것만 같습니다! 글쎄, 사람들이 제가 그걸 훔쳤다고 의심하기 시작했어요!"

"그렇지만 당신도 상륙하면서 몸수색을 받았을 것 아닙니까?"

푸아로가 부드럽게 물었다.

"그렇습니다."

젊은이가 어리둥절한 표정으로 푸아로를 응시하자 그는 이해할 수 없는 미소를 지으면서 말했다.

"제 말뜻을 잘 못 알아들으시는군요. 지금부터 저는 은행에 가서 몇 가지를 알아봐야겠습니다."

리지웨이가 명함을 꺼내더니 그 위에 몇 자 휘갈겨 썼다.

"이걸 보여 드리면 제 삼촌께서 즉시 만나 주실 겁니다."

푸아로는 그에게 감사를 표하고 파카 양에게 작별 인사를 했다.
우리는 함께 스레드니들가(街)에 있는 런던 스코틀랜드 은행 본사
를 향해 출발했다. 리지웨이가 준 명함을 보여 주고 미로 같은 카
운터와 책상을 무수히 지나쳐, 입금 창구와 지출 창구 주위를 돌아
2층에 있는 조그만 사무실에 도착했다. 은행의 경영을 맡고 있는 초
로의 점잖은 신사 두 명이 우리를 맞아 주었다. 바바수르 씨는 흰
턱수염을 짧게 길렀고, 쇼 씨는 깨끗이 면도를 한 모습이었다.

"사립 탐정이시라고요. 과연, 과연. 우린 물론 이 문제를 런던 경
시청에 맡겼습니다. 맥닐 경감이 담당이지요. 아주 유능하신 분 같
습디다."

바바수르 씨가 말했다.

"저도 그렇게 생각합니다. 조카분 문제로 몇 가지 질문을 해도 괜
찮으시겠지요? 자물쇠에 대한 것인데요, 헙스에서 그걸 주문한 게
누굽니까?"

"내가 직접 주문했습니다. 그 일을 맡길 정도로 믿을 만한 사람이
없었으니까요. 열쇠는 리지웨이가 한 개 가졌고, 나머지 두 개는 이
친구와 내가 각각 하나씩 나누어 가졌죠."

쇼 씨가 말했다.

"그럼 직원들 중 그 열쇠에 접근할 수 있는 사람은 없었나요?"

쇼 씨가 몸을 돌려 바바수르 씨를 물끄러미 쳐다보았다.

바바수르 씨가 대답했다.

"우리가 그것을 갖다 놓은 23일 이래로 열쇠들은 금고에 얌전히 보관되어 있었습니다. 그리고 이 사람은 2주 전부터 몸이 안 좋았지요. 구체적으로는 필립이 우리와 헤어지던 바로 그날부터였고요. 이 사람은 이제 막 나은 겁니다."

쇼 씨가 한탄하듯이 말했다.

"흔한 기관지염도 우리 또래에겐 만만히 넘길 수 없는 법입니다. 난 내가 없는 동안 바바수르 씨가 일을 두 배로 하느라 고생이 심할 것을 걱정했죠. 그런데 이런 뜻밖의 불상사까지 생겼으니……."

푸아로는 몇 가지 질문을 더 했다. 나는 그가 삼촌과 조카 사이가 얼마나 가까운지를 떠보는 것으로 여겼다. 바바수르 씨의 대답은 간결하면서도 형식적이었다. 자신의 조카는 믿음직한 은행원으로, 자기가 아는 한 빚이나 금전적 어려움은 없으며 과거에도 조카에게 비슷한 업무를 맡긴 적이 있다는 말이었다. 마침내 우리는 공손하게 작별 인사를 했다.

"실망했어."

우리가 거리로 나왔을 때 푸아로가 말했다.

"그럼 더 많이 알아내길 바랐나요? 그 고리타분한 영감들한테서?"

"그들의 고리타분함 때문에 실망한 게 아냐, 몬 아미. 난 자네가 좋아하는 소설들에 나오는 것 같은 '독수리 눈을 가진 예리한 금융 전문가'를 기대한 게 아니었네. 하지만 난 이번 사건에 실망했어. 너무 쉬워!"

"쉽다고요?"

"그래, 그렇게 유치할 만큼 쉽다는 사실을 눈치 못 챘나?"

"그럼 누가 채권을 훔쳤는지 알았다는 뜻이에요?"

"알지."

"그렇다면 당장…… 왜 가만있는 겁니까?"

"진정하고 좀 가라앉히게나, 헤이스팅스. 우리는 당분간 아무것도
하지 않아."

"왜요? 뭘 기다리는 거죠?"

"올림피아호를 기다리지. 화요일에 배가 뉴욕에서 돌아오기로 되
어 있으니까."

"그래도 채권을 훔친 자가 누구라는 것을 안다면 기다릴 이유가
없잖아요? 도망치면 어떻게 하시려고요."

"남태평양 섬으로 도피할까 봐? 아냐, 몬 아미. 그는 거기 생활이
전혀 체질에 맞지 않는다는 것을 알게 될 걸세. 내가 기다리는 이유
는…… 에 비엥(그래), 에르퀼 푸아로의 명석함으로 사건의 진상은
백일하에 드러났으나, 위대한 하느님으로부터 그리 큰 재능을 부여
받지 못한 다른 사람들을 위해서지. 예를 들어 맥닐 경감 말이야. 또
결론을 뒷받침할 증거를 몇 가지 더 수집해야 한다는 이유도 있고.
모름지기 사람은 자기보다 재능이 뒤떨어지는 사람들을 배려할 줄
알아야 한다네."

"나 원 참, 푸아로! 당신이 사서 시간 낭비를 하는 데 필요한 적지

않은 경비를 대는 사람이 나라는 건 아는 거예요? 당신은 자만심이 지나쳐요!"

"폭발하지 말게, 헤이스팅스. 자네가 내게 학을 떼는 때가 있다는 걸 알아! 하지만 안타깝게도…… 맞아, 난 천재적이기에 그런 벌을 받는 거야!"

이 작은 남자가 가슴을 내밀면서 짓는 한숨이 너무나 우스꽝스러웠던 탓에 나는 도저히 웃지 않을 수가 없었다.

화요일, 우리는 런던 북서철도의 일등석 객차에 올라 리버풀로 향했다. 푸아로는 용의자 또는 범인에 관해 끝내 내게 속 시원히 털어놓으려 하지 않았다. 그는 아직 상황을 제대로 파악하고 있지 못한 나를 놀리는 것으로 자기만족을 느끼는 듯했다. 나는 이제 입씨름도 그만두고 무관심을 가장하여 내 호기심을 억누르는 쪽을 택했다.

대형 대서양 횡단 정기 여객선이 부두에 도착하는 것을 보고 푸아로는 활기차고 민첩한 행동을 보였다. 우리의 계획은 승무원 넷을 차례로 만나 23일 뉴욕으로 건너갔다는 '푸아로의 친구'의 행방을 묻는 것이었다.

"안경을 쓴 나이 지긋한 신사 말씀이군요. 너무 무기력해서서 자기 선실을 거의 떠나지 않으셨어요."

그 묘사는 필립 리지웨이의 옆 선실이었던 C24에 묵었던 벤트너 씨의 용모와 맞아떨어지는 듯했다. 비록 푸아로가 벤트너 씨라는 사람의 존재와 외모를 어떻게 떠올렸는지는 몰랐지만, 나는 흥분에 휩싸여 외쳤다.

"그러니까 그 신사분이 배가 뉴욕에 닿았을 때 일착으로 내린 사람이란 말입니까?"

승무원은 머리를 흔들었다.

"아닙니다. 실은 그분이 맨 마지막으로 배에서 내렸는데요."

나는 기가 팍 죽었다. 푸아로는 그런 나를 보고 씩 웃고만 있었다. 푸아로가 감사의 표시로 승무원에게 지폐를 건네준 후에 우리는 출발했다.

"초반엔 잘나가는 것 같더니…… 마지막에 가서 당신의 찬란한 이론이 무너져 버렸는데요? 그래도 웃음이 나와요?"

내가 흥분해서 말했다.

"언제나와 마찬가지로 자네는 아무것도 못 보는군, 헤이스팅스. 우리가 들은 마지막 말이 내 이론의 주춧돌일세."

나는 절망해서 두 손을 들었다.

"난 포기하겠어요."

II

우리가 기차를 타고 런던을 향해 달리던 몇 분간, 푸아로는 펜을 꺼내 바삐 뭔가를 쓰더니 봉투에 그 종이를 넣어 봉했다.

"이건 선량한 맥닐 경감에게 보내는 걸세. 가는 길에 런던 경시청에 전해 줘야 해. 그리고 랑데부 식당으로 가야지. 에스메 파카 양에게 같이 식사할 수 있는 영광을 달라고 부탁했거든."

"리지웨이는 어떻게 하고요?"

"리지웨이를 뭐?"

푸아로가 눈을 빛내며 물었다.

"왜, 당신은 그 생각은 전혀……."

"모순으로 가득한 자네의 평소 행동 그대로군, 헤이스팅스. 사실 나도 그 점을 생각했다네. 만일 리지웨이가 범인이라면, (매우 가능성 높은 이야기지.) 해결은 아주 수월할 거야. 얼마나 깔끔한 풀이인가."

"그래도 파카 양에게는 그리 즐거운 소식이 아닙니다."

"자네 말이 옳을 수도 있어. 그 바람에 만사가 잘되어 나가는 거지. 이제 헤이스팅스, 사건을 정리해 보자고. 이크, 그러지 않으면 자네에게 혼날 것 같은 눈치로구먼. 밀봉된 채권 뭉치가 트렁크에서 빠져나와, 파카 양의 표현처럼 허공 속으로 사라졌어. 하지만 우리는 이 허공 이론은 잊어버리자고. 이만큼이나 과학이 발달한 시대엔 맞지 않는 설명이니까. 그렇다면 어떻게 된 노릇일지를 한번 생각해 보게. 그 물건이 육지에 오르는 것은 불가능이라고 모든 사람이 입을 모아 단언하잖나?"

"예, 하지만 우리도 알고 있듯이……."

"자네는 아는지 모르지만, 헤이스팅스, 난 아냐. 나는 불가능해 보이는 사실은 불가능하다는 명제를 인정하려는 거네. 두 가능성이 존재해. 채권이 배에 숨겨졌거나, 좀 어려운 방안이지만, 배 밖으로 던져졌거나."

"물에 뜨는 코르크라도 붙여서 말인가요?"

"코르크 없이."

나는 그저 바라보았다.

"하지만 채권이 배 밖으로 던져졌다면 뉴욕에서 매각될 수는 없는 일 아닙니까?"

"나는 자네의 논리적 사고 방식을 높이 평가하네, 헤이스팅스. 그 채권은 뉴욕에서 매각됐어. 그렇다면 배 밖으로 던져지진 않았다는 얘기야. 그럼, 우리 추리의 진도는 어디까지 나아간 셈인가?"

"원점으로 되돌아갔죠 뭐."

"자메 드 라비(천만에)! 만일 그 꾸러미가 배 밖으로 던져졌는데도 채권이 뉴욕에서 매각되었다고 한다면, 그 꾸러미엔 채권이 들어 있지 않았다는 얘기야. 그 꾸러미에 채권이 들어 있었다는 증거가 있나? 명심하라고. 리지웨이는 런던에서 그걸 자기 손에 넘겨받은 그 순간부터 한 번도 열어 본 적이 없었어."

"예, 그렇지만 그때는……."

푸아로는 참지 못하고 성급히 손을 내저었다.

"내 말을 계속 들어 보게나. 그 채권이 채권이라고 목격된 마지막 순간은 23일 아침 런던 스코틀랜드 은행이었네. 그리고 채권은 올림피아호가 정박하고 나서 30분이 지난 후 뉴욕에서 다시 등장하지. 아무도 주목하지 않았던 한 남자의 말에 의하면 실제 매매 시간은 배가 닿기도 전이었다는 거야. 그렇다면, 그 채권은 애당초 올림피아호에 있지 않았던 것이 아닐까? 그 채권이 뉴욕으로 건너갈 수 있는 다른 방법은 없을까? 있지. 올림피아호가 출항한 당일 자이갠틱호가 사우샘프턴항을 떠났네. 그 배는 대서양을 가장 빠른 속도로 횡단한 기록을 갖고 있어. 문제의 채권은 자이갠틱호에 실려 올림피아호가 도착하기 하루 전 뉴욕에 닿은 거야. 모든 게 명확하지. 그러니 사건은 저절로 풀리는 걸세. 봉해진 꾸러미는 단순한 눈속임이었네. 바꿔치기가 일어난 곳은 바로 은행 사무실이었을 거야. 똑같은 꾸러미를 준비해서 진짜와 바꾸어 넣는 건 참석한 세 사람 중 누구라도 쉽게 가능한 일이었지. 트레 비엥(아주 멋지게), 그 채권은 올림피아호가 들어오는 즉시 매각하라는 지시와 함께 뉴욕에 있는 공범한테로 우송된 거고. 하지만 누군가 한 명은 반드시 올림피아호를 타고 여행을 할 필요가 있었어. 왜냐하면 도난이 일어난 것을 연출할 필요가 있었으니까."

"왜 그런 거죠?"

"만일 리지웨이가 문득 그 꾸러미를 열어 보고 가짜라는 사실을 알게 되면 즉시 런던 쪽을 의심할 것 아닌가. 그럼 곤란하지. 그래서 바로 옆 선실에 묵던 남자가 그 역할을 맡은 거네. 자물쇠를 억지로 열려던 흔적을 남김으로써 절도를 가장한 다음, 실제로는 여분의 열쇠로 트렁크를 열고 꾸러미를 배 밖으로 던져 버린 거야. 그러고 배가 정박한 후 마지막으로 내린 거고. 안경을 쓰고 병약한 환자 행세를 했던 이유는 당연히 리지웨이에게 들키지 않기 위해서였겠지. 그는 뉴욕에 내리는 대로 다른 배를 잡아타고 되돌아왔다네."

"그런데 그 사람이란 도대체 누굽니까?"

"여분의 열쇠를 갖고 있는 사람, 그 자물쇠를 주문한 사람, 시골의 자기 집에서 기관지염으로 심하게 앓지 '않은' 사람. 엉팡(결론은), 그 고리타분한 노인네 쇼 씨라는 거지! 때론 상류층 사람도 범죄를 저지른다네, 친구. 아, 오셨나요? 마드무아젤, 제가 성공했습니다! 인정하시겠죠?"

만면에 웃음을 띤 푸아로는 깜짝 놀란 아가씨의 양 볼에 살짝 입을 맞추었다!

이집트 무덤의 모험

I

나는 지금까지 푸아로와 함께 숱한 모험을 해 왔지만, 그중에서도 가장 스릴 넘치고 극적이었던 것은 멘허라 왕릉을 발견하여 발굴하는 과정에서 일어난 의문의 죽음들에 대한 수사라고 말하겠다.

카나번 경이 천신만고 끝에 투탕카멘의 왕릉을 발견하고 얼마 지나지 않아, 뉴욕 출신의 존 윌러드 경과 블라이브너는 카이로에 있는 기자 피라미드 근처를 탐사하다 몇 개의 묘실을 발견하는 행운을 잡았다. 즉시 세상의 모든 관심이 이 발견으로 집중되었다. 그 무덤은 멘허라 왕, 즉 구왕조가 쇠퇴의 길을 걷고 있을 때 명목상으로만 존재했던 제8왕조 시대 여러 왕 중 한 사람의 분묘로 추정되었다. 이 시기에 대해서는 발견이 이루어진 바가 거의 없다시피 했으므로 곧 이 일은 신문에 대대적으로 보도되었다.

그리고 뒤이어 일어난 한 사건이 사람들의 마음에 파문을 일으켰다.

존 윌러드 경이 갑자기 심장 마비로 죽은 것이다.

선정적인 대중지들은 기다렸다는 듯이 이집트 보물에 얽힌 저주와 연관된 옛 미신을 소개하느라 바빴다. 대영 박물관에 소장된 저 불운한 미라에 관한 진부하고도 케케묵은 이야기가 다시금 사람들 입에 오르내렸는데, 박물관 측의 점잖은 부인에도 불구하고 이 소문은 유행처럼 대중적인 인기를 모아 가고 있었다.

2주 뒤에는 블라이브너 씨가 극심한 패혈증으로 죽었고, 며칠 뒤에는 그의 조카가 뉴욕에서 권총으로 자살을 했다. '멘허라의 저주'는 유례없는 화제가 되었고, 이젠 식상한 것 같았던 불가사의한 옛 이집트의 마력이 초미의 관심을 모았다.

푸아로가 죽은 고고학자의 미망인인 윌러드 부인으로부터 켄싱턴 스퀘어에 있는 자기 집으로 꼭 좀 와 달라는 짤막한 편지를 받은 것은 그 무렵이었다. 나는 그와 함께 그 집에 갔다.

윌러드 부인은 키가 크고 호리호리한 여자로, 차림새에도 깊은 슬픔이 나타나 있었다. 핼쑥한 얼굴이 그녀의 슬픔을 잘 나타내 주고 있었다.

"이렇게 금방 와 주시다니 정말 감사합니다, 무슈 푸아로."

"언제든지 말씀만 하십시오, 윌러드 부인. 제 도움이 필요하시다고요?"

"선생님은 탐정이라고 하셨죠. 제가 선생님께 상담하고 싶은 것은 탐정으로서 사건 의뢰뿐만이 아닙니다. 선생님은 자기 주관이 뚜렷하고, 상상력과 세상 경험이 풍부한 분으로 알고 있어요. 말씀해 주세요, 무슈 푸아로. 초자연적 현상에 대해 어떻게 생각하시나요?"

푸아로는 대답하기 전에 잠시 망설였다. 고심하는 눈치더니 마침내 입을 열었다.

"우리 서로 오해의 소지는 없어야 하겠습니다, 윌러드 부인. 그렇게 일반적인 질문으로 빙 돌려 말씀하시지 마시고요. 실은 개인적인 문제 아닌가요? 돌아가신 남편의 죽음을 염두에 두고 하시는 말씀 아닙니까?"

"맞습니다."

"그분의 죽음을 둘러싼 상황을 조사하길 원하십니까?"

"전 지금 어디까지가 신문에서 떠드는 소문인지, 어디까지가 사실인지를 알고 싶은 거예요. 무슈 푸아로, 세 명이 죽었습니다. 각각의 죽음에는 나름대로 이유가 있었지만, 나란히 놓고 보면 믿을 수 없을 정도로 우연의 일치를 이루고 있답니다. 모두 그 무덤을 연 후 한 달 사이에 일어난 일이니 말이죠! 단순한 미신인지도 모르죠. 동시에 현대 과학으로도 상상할 수 없는 고대의 저주에 의한 것인지도 모르고요. 그래도 사실은 남아요. 세 건의 죽음! 전 두려워요, 무슈 푸아로. 끔찍하게 두렵다고요. 아직 끝이 아닌지도 모르잖아요."

"누구를 염려하시는 겁니까?"

"제 아들이죠. 남편이 사망했다는 소식이 듣자마자 전 드러누웠기 때문에 이제 막 옥스퍼드를 졸업한 아들이 그리로 갔어요. 그 애가 집으로 시신을 모시고 돌아왔습니다. 그렇지만 제가 간곡히 만류했는데도 지금 그 애는 다시 떠나고 없답니다. 그 애는 거기 푹 빠져서 아버지의 작업을 이어받아 발굴을 계속해 나갈 작정이에요. 선생님은 절 어리석고 경솔한 여자로 생각하실지도 모르지만……전 두려워요. 죽은 왕의 영혼이 아직 진정되지 않았으면 어떡하죠? 제가 말도 안 되는 얘길 하는 것 같아도…….”

푸아로가 재빨리 말했다.

“그렇지 않습니다, 윌러드 부인. 저 역시 미신의 위력을 믿습니다. 그건 세계가 여태껏 알아 온 것 중에 가장 큰 위력을 지니고 있죠.”

나는 놀라서 푸아로를 쳐다보았다. 미신적인 에르퀼 푸아로라니, 전혀 상상도 못 했는데! 그러나 이 작은 남자는 더없이 진지해 보였다.

“결국 부인의 진짜 요구는 댁의 아드님을 보호해 달라는 거죠? 어떤 위협도 아드님을 해치지 못하도록 최선을 다하겠습니다.”

“예, 통상적인 방법으로요. 하지만 초자연적인 힘에 대해서는 어떻게 하지요?”

“윌러드 부인, 중세 시대 책을 보면 흑마술에 대항하는 수많은 방법이 나와 있습니다. 아마 그때 사람들이 우리가 자랑하는 과학보다도 더 많은 것을 알고 있었나 봅니다. 자, 사실로 돌아갑시다. 방향을 잡아 가자고요. 고인께선 아주 열성적인 이집트학자였지요, 아닙니까?”

“예, 젊었을 때부터요. 그 방면에서는 현존하는 최고의 권위자 중

한 명이었어요."

"그런데 듣자하니 블라이브너 씨 쪽은 다소 아마추어였다고요?"

"아, 맞아요. 어떤 방면이라도 흥미가 생기는 대로 취미 삼아 조금씩 해 보는 사람이었어요. 아주 부자였고요. 제 남편이 어찌어찌해서 그를 이집트학에 끌어들였는데, 그렇게 해서 탐사 비용을 대는 데 그의 돈이 아주 유용하게 쓰일 수 있었죠."

"그럼 블라이브너 씨의 조카는요? 그에 대해서 아시는 게 있습니까? 그는 조사대의 일원이었습니까?"

"그런 것 같지는 않아요. 실은 신문에서 그의 죽음에 관한 기사를 읽기 전까지는 그런 사람이 있었다는 사실조차도 몰랐어요. 그와 블라이브너 씨가 친밀한 사이였다고는 생각지 않아요. 그는 친척에 대해서 한 번도 이야기를 꺼낸 적이 없었거든요."

"나머지 일행들은 누구누구입니까?"

"음, 토스윌 박사라는 분이 있어요. 대영 박물관에서 파견된 공무원이에요. 슈나이더 씨는 뉴욕 메트로폴리탄 박물관에서 왔고요. 그리고 젊은 미국인 비서가 있지요. 그 밖에 에임스 선생이라고 의사 자격으로 그 원정에 참가한 분이 있네요. 그리고 하산이라는 사람이 있는데, 원주민 출신으로 제 남편의 충직한 하인이었어요."

"미국인 비서의 이름을 기억하십니까?"

"하퍼라고 한 것 같은데 확실하진 않네요. 블라이브너 씨와는 그리 오래 같이 있지 않은 것으로 알고 있어요. 아주 유쾌한 청년이었죠."

"감사합니다, 월러드 부인."

"달리 또 질문이 있다면⋯⋯."

"당장은 없습니다. 이제 그 문제는 제게 맡겨 주십시오. 전 인력으로 가능한 모든 수단을 동원해 아드님을 보호해 드리도록 하겠습니다."

별로 안심되는 대답은 아닌 모양이었다. 나는 푸아로가 그 말을 꺼냈을 때 윌러드 부인이 주춤하는 것을 보았다. 하지만 동시에 그녀는 그가 자신의 두려움에 콧방귀를 뀌지 않은 것만도 다행이라 여기는 눈치였다.

나로서는 푸아로가 헛된 미신을 그토록 진지하게 받아들이고 있다는 사실이 충격이었다. 나는 집으로 오면서 그 이야기를 꺼내 보았다. 푸아로의 태도는 엄숙하고도 진지했다.

"하지만 사실이야, 헤이스팅스. 나는 그것들을 믿는다네. 미신의 위력을 얕잡아 봐서는 안 돼."

"그렇다면 이 사건은 어떻게 할 생각이에요?"

"투주 프라티크(언제나 실용적이라지), 선량한 헤이스팅스! 에 비 엥(좋아), 우선 뉴욕으로 전보를 쳐서 블라이브너의 조카라는 젊은 이가 어떻게 죽었는지에 대해 자세히 알아봐야겠어."

그는 지체 없이 전문을 띄웠다. 답변은 상세하고도 정확했다. 루퍼트 블라이브너 청년은 여러 해 동안 금전적인 곤란을 겪고 있었다. 그는 남태평양 섬들을 떠돌며 바닷가 건달로 지내다가 2년 전 뉴욕으로 돌아왔는데, 그 와중에 그의 인생은 급속히 나락으로 빠져들었다고 한다. 내가 가장 흥미롭게 느낀 점은 그가 최근 이집트에 가기 위한 여비를 마련할 수 있었다는 대목이었다.

'거기 있는 훌륭한 친구에게서 돈을 빌렸지.'

그가 자랑스럽게 단언한 말이었다. 그런데 여기서 그의 계획에 차질이 생겼다. 그는 자기 자신의 혈육보다도 죽은 왕들의 뼈에 더 집착하는 인색한 삼촌을 저주하며 뉴욕으로 돌아왔다. 그리고 존 윌러드 경의 죽음은 그가 이집트에 있는 동안 발생했다. 그 후 루퍼트는 다시 한번 뉴욕에서 원없이 방탕한 생활을 즐기다가 느닷없이 이상한 문구들로 가득 찬 편지를 남기고 자살해 버렸다. 편지에는 갑작스러운 후회의 감정이 드러났다. 그는 스스로를 문둥이, 폐인 등으로 표현했으며, 자기 같은 인간은 죽는 게 낫다는 말로 편지는 끝나 있었다.

내 머릿속에 어렴풋한 어떤 이론이 문득 떠올랐다. 나는 오래전에 죽은 이집트 왕의 복수 같은 건 믿지 않았다. 이 일에선 훨씬 현대적인 범죄의 냄새가 났다. 어쩌면 그가 자기 삼촌을 없애기로 결심했을 수도 있다. 아마도 독살로. 존 윌러드 경은 '실수로' 치명적인 독을 먹게 된 것이다. 그러나 그 청년은 뉴욕으로 돌아온 후에 자기가 저지른 범죄에 대한 죄책감에 시달리게 되었다. 그러던 차에 자기 삼촌이 죽었다는 소식이 들려온다. 그는 자기의 범죄가 얼마나 무익한 짓이었는지를 깨닫고 회한에 젖어 급기야 스스로 목숨을 끊은 것이다.

나는 내 추리를 푸아로에게 털어놓았다. 그는 흥미를 보였다.

"그런 생각을 하다니 자넨 비범한 데가 있어. 확실히 비범한 생각이야. 사실일 수도 있겠지. 그렇지만 자넨 파라오의 저주란 요소를 계산에서 뺐구먼."

나는 어깨를 으쓱했다.

"아직도 그런 게 실존한다고 생각하는 겁니까?'

"여부가 있나, 몬 아미. 그래서 우리는 내일 이집트로 출발하는 거라네."

"뭐라고요?"

나는 깜짝 놀라서 소리쳤다.

"다 준비해 두었네."

의기양양한 표정이 푸아로의 얼굴을 채웠다. 그러던 그가 신음 소리를 냈다.

"하지만, 오! 바다! 끔찍한 바다!"

그는 비탄에 빠졌다.

II

일주일이 지났다. 우리의 발밑에는 금빛 사막이 펼쳐져 있었다. 뜨거운 태양이 머리 위로 퍼부어졌다. 푸아로는 절망에 찬 모습으로 내 곁에 늘어져 있었다. 이 작은 남자는 여행에 능숙하지 못했다. 마르세유를 출발하여 나흘간 계속된 항해가 그에게 기나긴 고통이었을 것이다. 알렉산드리아에 도착했을 때 이미 그는 평소의 활력을 잃은 딱한 모습이었는데, 청결함을 좋아하는 습관이 더욱 고통을 가중시켰다. 우리는 카이로에 내려서 곧장 차를 타고 피라미드 오른쪽에 있는 메나 하우스 호텔로 갔다.

나는 이집트의 매력을 똑똑히 느낄 수 있었다. 하지만 푸아로는 그렇지 못한 눈치였다. 그는 런던에서와 똑같이 차려입고 주머니에 작은 옷솔을 가지고 다니면서 자신의 어두운색 옷에 앉은 하얀 먼지들과 끝없는 전쟁을 치렀다.

그가 울부짖었다.

"내 부츠 꼴 좀 보게! 좀 보라고, 헤이스팅스. 평소에 그렇게나 깔끔하고 반짝거리던 내 에나멜 부츠를 말이야. 모래가 안에 들어가서 아파 죽겠어. 그리고 표면은 차마 봐 줄 수가 없을 지경이군! 그리고 이 더위! 내 콧수염이 흐물흐물해졌다고, 흐물흐물!"

"스핑크스를 보세요. 저 불가사의한 매력을 느껴 보라고요."

푸아로는 불만스럽게 그것을 쳐다보다가 딱 잘라 말했다.

"기분 나빠 보일 뿐이야. 어쩌면 저리도 반쯤 모래에 파묻힌 불결한 형상일까? 아, 이 저주받을 모래!"

"그만 진정해요, 벨기에에도 모래는 많잖아요."

여행 안내서에 나온 대로라면 '지상 낙원'인 크노케 해변(벨기에의 휴양지 — 옮긴이)에서 지낸 휴가를 일깨우며 내가 그에게 말했다.

"브뤼셀에는 없어."

푸아로가 딱 잘라서 말했다. 그는 생각에 잠긴 채 피라미드를 응시했다.

"저게 균형 잡힌 기하학적 건축물이라는 사실은 인정하지만 울퉁

불퉁한 표면은 끝내 좋아질 것 같지 않아. 그리고 난 종려나무를 좋아하지 않지. 제대로 줄을 맞춰 심어 놓지도 못했군그래!"

나는 그의 푸념을 가로막고 이제 캠프를 향해 출발하자고 말했다. 우리는 거기서 낙타를 타게끔 되어 있었다. 그 동물이 참을성 있게 무릎을 꿇고 앉아서 우리가 올라타기를 기다리고 있었고, 수다스러운 통역이 천진난만한 소년 여럿을 이끌고 낙타를 몰았다.

나는 낙타를 탄 푸아로의 모습을 곁눈질했다. 그는 신음 소리와 불평으로 시작해 비명으로 끝을 맺더니, 성모 마리아를 비롯, 기념일이 있는 모든 성인들에게 손짓 발짓으로 기도를 올렸다. 결국 그는 불명예스럽게도 도중에 낙타에서 내려 조그마한 당나귀에 옮겨 타 여정을 마쳤다. 나는 빠른 걸음으로 걷는 낙타가 초보자에게 만만치 않은 시험임을 인정할 수밖에 없었다.

마침내 발굴 현장 근처에 도착했다. 검게 탄 피부에 회색 턱수염을 기르고 흰옷 위에 헬멧을 쓴 남자가 우리를 맞이했다.

"무슈 푸아로와 헤이스팅스 대위시죠? 보내신 전보는 받았습니다. 카이로에 사람을 마중 보내지 않아 죄송스럽게 생각합니다. 예기치 않은 사건으로 우리 계획이 완전히 틀어졌지요."

푸아로는 안색이 창백해졌다. 그의 손은 옷솔로 연신 옷을 털어 내고 있었다.

"또 다른 죽음은 없었습니까?"

푸아로가 말을 토해 냈다.

"있었습니다!"

"가이 윌러드 경인가요?"

내가 소리쳤다.

"아니요, 헤이스팅스 대위님. 제 미국인 동료 슈나이더 씨가 죽었습니다."

"원인은요?"

푸아로가 나섰다.

"파상풍입니다."

나는 한기를 느꼈다. 주위가 온통 사악함과 정체불명의 위협으로 가득 찬 것 같았다. 불현듯 무시무시한 생각이 스쳐 갔다. 다음엔 내 차례가 아닐까?

"몽 디외(저런). 이해가 가지 않습니다. 끔찍하군요. 말씀해 주십시오, 무슈, 그것이 파상풍인 것이 확실합니까?"

푸아로가 아주 나지막한 소리로 말했다.

"그렇다고 믿습니다. 에임스 의사가 더 정확히 말씀드릴 겁니다."

"아, 그렇죠. 당신은 의사가 아니시니까요."

"제 이름은 토스월입니다."

그러니까 이 사람이 바로 윌러드 부인이 대영 박물관에서 파견된 공무원이라고 말한 영국인 전문가였다. 그에게선 뭔가 근엄하고도 확고한 분위기가 풍겼기 때문에 나는 부질없는 생각을 그만두었다.

토스월 박사가 계속했다.

"함께 가시죠. 가이 윌러드 경이 있는 곳으로 모셔다 드리겠습니다. 그는 선생님이 도착하는 대로 알려 달라며 초조하게 기다리고 있어요."

우리는 캠프를 가로질러 건너가 커다란 텐트로 안내되었다. 토스월 박사가 장막을 걷어 우리는 안으로 들어갔다. 거기엔 세 남자가 앉아 있었다.

"가이 경, 무슈 푸아로와 헤이스팅스 대위가 도착하셨소."

토스월이 말했다. 세 사람 중 가장 젊은 사람이 벌떡 일어나서 우리를 향해 걸어왔다. 그의 태도에서 어떤 충동이 엿보여 나는 그의 어머니가 한 말을 떠올렸다. 그는 나머지 사람들만큼 햇볕에 그을리진 않았지만, 눈 속에 가득한 어떤 야성이 스물둘이라는 그의 나이보다 그를 더 성숙하게 보이게 했다. 분명히 극심한 정신적 긴장 상태를 견뎌 내고 있는 것 같았다.

그는 자신의 두 동료를 소개했다. 에임스 의사는 유능해 보이는 서른 살가량의 남자로 관자놀이가 희끗희끗했고, 비서인 하퍼 씨는 인상 좋은 호리호리한 청년으로 뿔테 안경을 쓰고 있었다.

몇 분간 산만한 대화가 오갔고, 하퍼가 밖으로 나가자 토스월 박사가 그 뒤를 따랐다. 우리는 가이 경과 에임스 의사와 함께 남게 되었다.

가이 윌러드가 말했다.

"묻고 싶은 것이 있으시면 뭐든지 물어보십시오, 무슈 푸아로. 우리는 이 연속된 비극들로 모두 얼이 빠진 상태입니다. 하지만 이건 우연의 일치에 불과합니다. 틀림없습니다."

그의 태도엔 신경질적인 데가 있어서 말의 설득력을 잃게 했다.

내가 보니 푸아로는 그를 유심히 살피고 있었다.

"당신은 정말로 이 발굴 작업에 뜻이 있으십니까, 가이 경?"

"물론입니다. 무슨 일이 생긴다 해도, 어떤 일이 닥친다 해도 이 일을 계속해 나갈 겁니다. 그 점을 알아 주십시오."

푸아로는 다른 사람에게로 시선을 돌렸다.

"당신은 어떠십니까, 무슈 르 독퇴르(의사 선생님)?"

의사는 주저하며 느릿느릿 입을 열었다.

"그야…… 저도 포기하지 않습니다."

푸아로는 인상을 찡그리며 특유의 표정을 지었다.

"그렇다면, 에비드멍(분명하게) 우리가 서 있는 상황을 파악해야 겠군요. 슈나이더 씨의 죽음은 언제 일어났습니까?"

"사흘 전입니다."

"파상풍이 틀림없다고 확신하십니까?"

"의심의 여지가 없습니다."

"예를 들어, 스트리크닌 독살 같은 것일 수는 없을까요?"

"아닙니다. 무슈 푸아로, 무슨 말씀을 하시려는 건지 알겠습니다 만 분명한 파상풍 증상이었습니다."

"면역 혈청을 주사하셨겠군요."

"당연히 그랬습니다. 가능한 모든 방법을 총동원하여 치료했습니다."

의사가 냉담하게 말했다.

"면역 혈청을 갖고 있었습니까?"

"아뇨, 카이로에서 조달해 왔습니다."

"캠프에 또 다른 파상풍 환자가 있었나요?"

"아뇨, 없었습니다."

"블라이브너 씨의 죽음은 파상풍이 원인이 아니라고 확신하십니까?"

"하늘이 두 쪽 나도 맹세할 수 있습니다. 그의 엄지손가락에 난 상처가 오염되어 패혈증이 생긴 거죠. 일반인들에게는 그 말이 그 말이겠습니다만, 두 가지는 전적으로 다르다고 감히 말할 수 있습니다."

"그렇다면 우리가 접한 네 명의 죽음…… 그것들은 모두 제각각 이었던 거군요. 심장 마비가 하나, 패혈증이 하나, 자살이 하나, 그리고 파상풍이 하나. 이렇게 말이죠."

"정확합니다, 무슈 푸아로."

"그 넷을 한데 묶을 연결 고리는 없다고 확신하십니까?"

"무슨 말씀이신지 잘 모르겠습니다."

"쉽게 설명해 드리지요. 그 네 사람이 멘허라 왕에게 불경스러운 행동을 한 것은 아닐까요?"

의사는 놀란 눈초리로 푸아로를 응시했다.

"얼토당토않은 말씀을 하시는군요, 무슈 푸아로. 설마 그런 바보 같은 이야기를 믿는 건 아니겠지요?"

"터무니없는 낭설입니다."

가이 경이 화가 나서 거들었다.

푸아로는 평온함을 유지한 채 꼼짝 없이 앉아 초록색으로 빛나는 자신의 고양이 눈을 깜빡였다.

"그러니까 그쪽을 믿지 않으시는군요, 무슈 르 독퇴르."

에임스가 힘주어 말했다.

"그럼요, 전 믿지 않습니다. 저는 과학적인 사람입니다. 그리고 오직 과학이 가르쳐 주는 것만을 믿습니다."

"그렇다면 고대 이집트에는 과학이 없었다는 말입니까?"

푸아로가 부드럽게 물었다. 대답을 기대하고 던진 질문은 아니었으나, 순간 에임스는 좀 당황한 것처럼 보였다.

"아니, 됐습니다. 대답은 필요 없습니다. 다만 이 점은 말해 주시지요. 현지 출신 일꾼들을 어떻게 생각하십니까?"

"제 생각엔…… 그들 원주민들은 백인들이 목숨을 잃은 곳에 가까이 가려 들지 않을 겁니다. 그들이 겁을 내는 것은 이해가 갑니다만, 사실 괜한 걱정이죠."

"이상하군요."

푸아로의 애매한 대답에 가이 경이 몸을 앞으로 내밀고 끼어들었다.

"물론 믿어지지 않으시겠죠. 아, 그렇지만 그런 대답이야말로 말이 안 되는 소리예요. 그런 식으로 생각하는 건 고대 이집트에 대해서 아무것도 모르는 거예요."

불신에 가득 차서 거의 외치다시피 하는 목소리였다.

대답 대신 푸아로는 주머니에서 작은 책을 꺼냈다. 너덜너덜한

옛날 책이었다. 『이집트와 칼데아인의 마술』이라는 제목이 보였다. 그는 주위를 빙 돌아 텐트 밖으로 나갔다. 의사가 나를 바라보았다.

"저분의 '작은 생각'이 대체 뭐랍니까?"

작은 생각, 푸아로의 입버릇이었던 그 말을 다른 사람의 입을 통해 듣고 나는 빙그레 웃으며 고백했다.

"확실히 모르겠습니다. 악령을 쫓아내려는 어떤 계획을 갖고 있지 않나 싶습니다만."

푸아로를 찾으러 나가니 그는 세상을 떠난 블라이브너 씨의 비서인 갸름한 얼굴의 젊은이와 이야기를 나누고 있었다.

"아니요, 저는 이 발굴에 참가한 지 겨우 6개월 됐습니다. 하지만 블라이브너 씨에 대해서는 꽤 잘 알았죠."

"무엇이든 그의 조카에 관해 말씀해 주실 수 있겠습니까?"

"하루는 그가 이곳에 나타났는데, 인상이 나쁜 친구는 아니었습니다. 전 그를 만난 적이 없습니다만 에임스나 슈나이더 같은 사람들은 이미 구면이었던 것 같더라고요. 블라이브너 씨는 그 친구를 보고 전혀 기쁜 기색이 아니었습니다. 둘은 즉시 격렬하게 다퉜지요. 블라이브너 씨가 외쳤습니다. '한 푼도 안 돼. 지금도 안 되고 내가 죽어서도 마찬가지다. 나는 내 필생의 과업을 마무리하는 데 전재산을 바칠 참이다. 바로 그 문제를 오늘 슈나이더 씨와 이야기하던 중이었다…….' 대충 이런 얘기였습니다. 블라이브너 씨의 조카는 즉시 카이로로 날아가 버렸고요."

"당시 그는 건강 상태가 완벽했나요?"

"노인 말입니까?"

"아니, 젊은이 말입니다."

"어딘가가 안 좋다고 말했던 것 같습니다. 그렇지만 심각한 건 아니었을 겁니다. 그랬다면 제가 더 확실하게 기억했을 테지요."

"한 가지만 더 묻겠는데, 블라이브너 씨가 유언장을 남겼습니까?"

"우리가 알고 있는 한에서는 남기지 않았습니다."

"이곳 현장에 계속 남아 있을 겁니까, 하퍼 씨?"

"아뇨, 선생님, 그러지 않을 겁니다. 여기 일이 정리되는 대로 뉴욕으로 떠날 셈입니다. 비웃으셔도 할 수 없습니다만, 전 그 빌어먹을 멘허라의 다음 제물이 되지는 않으렵니다. 여기 있으면 놈이 절 잡고 말걸요."

젊은이는 눈썹에 맺힌 땀을 닦았다.

푸아로가 몸을 돌렸다. 어깨 너머로 짓궂은 미소를 짓는 게 보였다.

"잊지 마시오, 그게 자기의 희생자를 뉴욕에서도 골랐다는 것을."

"세상에 맙소사!"

하퍼 씨가 외마디 비명을 질렀다.

"저 젊은이, 참으로 불안하겠구먼. 그는 절벽 낭떠러지에 있는 셈이야. 말 그대로 낭떠러지."

푸아로가 생각에 잠겨 말했다.

나는 궁금해서 푸아로를 쳐다보았으나, 그는 수수께끼 같은 미소를 지으며 아무 말이 없었다. 우리는 곧 가이 윌러드 경, 토스윌 박사와 함께 발굴 현장 주위를 돌았다. 주된 발굴품은 카이로로 보내진 후였으나 무덤에 딸린 몇몇 가구는 정말로 흥미로웠다. 이 젊은 귀족의 열성은 확연했지만, 그 또한 공기 중에 떠도는 불길한 공기를 무시할 수는 없었는지 그의 태도에서 일말의 초조함을 읽을 수 있었다.

저녁 식사에 참석하기 위해 손을 씻으러 우리 몫의 텐트로 들어가던 때였다. 흰옷을 입은 크고 어두운 형체가 곁에 서 있다가 우아한 몸짓으로 우리에게 들어가라는 시늉을 했다. 아랍어로 인사말을 중얼거리는 그의 앞에 푸아로가 멈춰 섰다.

"당신이 하산이겠군요. 돌아가신 존 윌러드 경의 하인이지요?"

"제 주인이신 존 경을 모시다가 지금은 그분의 아드님을 모시고 있습니다."

그는 우리에게 한 발자국 가까이 다가오더니 목소리를 낮췄다.

"선생님께선 악령을 물리칠 줄 아는 현자라고 들었습니다. 제 젊은 주인님이 여기를 떠나게 해 주십시오. 이 주위에는 사악한 기운이 감돌고 있어요."

그는 갑자기 어깨를 으쓱하더니 대답을 기다리지 않고 성큼성큼 나가 버렸다.

"사악한 기운이라! 그래, 나도 그걸 느껴."

푸아로가 중얼거렸다.

식사가 즐거울 리 없었다. 토스월 박사가 대화의 주도권을 잡았다. 그는 이집트 골동품에 대한 긴 강의를 펼쳐 보였다. 우리가 쉬기 위해 자리를 뜨려고 할 때, 가이 경이 푸아로의 팔을 붙들며 뭔가를 손가락으로 가리켰다. 희끄무레한 물체가 텐트 한복판에서 어른거리고 있었다. 그것은 인간의 형상이 아니었다. 나는 무덤 벽에 조각되어 있던 개의 머리를 떠올리고 그대로 얼어붙고 말았다.

"몽 디외(저런)! 아누비스야. 자칼의 머리를 한 죽은 자의 신이지."

푸아로가 중얼거리면서 열심히 십자가를 내리그었다.

"누군가 우리를 놀리고 있는 겁니다."

토스월 박사가 분연히 일어서면서 외쳤다.

"저것이 당신 텐트로 들어갔소, 하퍼."

가이 경이 사색이 되어 중얼거렸다.

"아닙니다. 에임스 선생의 텐트로 들어갔습니다."

푸아로가 머리를 저으며 말했다.

의사는 그를 미심쩍은 눈초리로 쳐다보았다. 그러자 토스월 박사가 조금 전과 똑같이 외쳤다.

"누군가가 우리를 놀리는 거라니까요. 놈을 잡으러 갑시다."

그는 희끄무레한 유령을 쫓아 힘차게 돌진해 들어갔다. 나 또한 그를 뒤따라 가서 샅샅이 살펴봤지만, 어떤 생물도 그곳을 지나간 것 같지 않았다. 우리는 다소 착잡한 심정으로 돌아왔는데, 푸아로는 자기 자신이 안전한지를 확인하기 위해 부산히 주위를 살펴보는 기색이었다. 그는 바쁘게 텐트 주위를 돌아다니며 모래 바닥에 여러 가지 도형과 문자를 그리고 있었다. 나는 그 속에서 오망성이나 오각형이 무수히 반복되고 있는 것을 눈여겨보았다. 또한 푸아로는 마법과 주술에 관한 짤막한 강의를 즉흥적으로 풀어놓았는데, 흑마술에 대항하는 백마술을 『사자의 서』와 '카(고대 이집트인이 생각한 사람의 혼 — 옮긴이)'의 개념을 사용해 설명했다.

그 모습을 보고 가장 격분한 사람은 토스월 박사였다. 그는 나를 옆으로 끌고 가더니 문자 그대로 콧김을 내뿜으며 씩씩거렸다.

그는 화가 나서 외쳤다.

"저건 허튼소리요, 대위. 순전히 허튼소리란 말이오. 저 사람 사기꾼 아니오? 저 사람은 중세의 미신과 고대 이집트 신앙의 차이를 모르고 있어요. 무지함과 어리숙함이 뒤섞이면 저런 꼴사나운 짓거리가 나오기 마련이지. 나 원……."

나는 흥분한 전문가를 진정시키고는 푸아로가 있는 텐트로 들어갔다. 왜소한 내 친구는 즐거운 얼굴을 하고 행복하게 말했다.

"이젠 안심하고 잠자리에 들 수가 있겠군. 눈 좀 붙여야겠어. 아이구 머리야, 지긋지긋한 두통! 아, 좋은 약이나 마셨으면!"

그 기도에 대한 답변이라도 되는 것처럼 텐트의 장막이 젖히면서 하산이 나타나 김이 모락모락 나는 잔을 푸아로에게 갖다 주었다. 그가 평소에도 즐겨 마시던 캐모마일 차였다. 하산에게 고마움을 표하고, 내게도 한 잔 갖다 주겠다는 제의를 거절하고 나니 우리는 또다시 둘만 남게 되었다. 나는 옷을 벗고 텐트 입구에 서서 한참 동안 사막 저 너머를 바라보았다.

내가 큰 소리로 말했다.

"멋진 곳이에요. 그리고 멋진 작업이죠. 매혹적이에요. 사라진 문명의 심장부에 대한 탐사 말이죠. 사막에서 이런 삶이라니. 푸아로,

당신도 물론 이런 매력을 느꼈겠지요?"

대답이 없었다. 난 조금 불쾌해져서 몸을 돌렸다. 내 불쾌함은 곧 충격으로 바뀌었다. 푸아로가 침상에 등을 대고 길게 누워 있었는데, 얼굴이 무시무시하게 경련을 일으키고 있었다. 그 옆으로 빈 컵이 보였다. 나는 그의 곁으로 달려갔다가 쏜살같이 튀어나와 에임스 선생의 텐트로 향했다.

"에임스 선생님! 빨리 나와요."

내가 외쳤다.

"무슨 일입니까?"

의사가 파자마 바람으로 나타났다.

"내 친구요! 그가 아픕니다. 죽어 가고 있어요. 캐모마일 차요. 하산이 도망가지 못하게 하세요."

의사는 번개처럼 우리의 텐트로 달려왔다. 푸아로는 내가 그의 곁을 떠났을 때와 마찬가지로 누워 있었다.

"특이하군요. 발작인 것 같은데…… 이분이 마신 게 뭐라고 했죠?"

에임스가 빈 잔을 집어 들었다.

"안 마신 것이라고 해야죠!"

평온한 목소리가 들렸다.

우리는 깜짝 놀라 돌아보았다. 푸아로가 침상에서 일어나 앉아 있었다. 그는 빙그레 미소를 지으며 부드럽게 말했다.

"전 그걸 마시지 않았습니다. 제 좋은 친구 헤이스팅스가 밤을 찬양하는 동안 전 그걸 쏟아 버릴 기회를 얻었지요. 제 목구멍이 아니라 다른 작은 병에다가 말입니다. 그 조그만 병을 전문가에게 보내 분석해 봐야겠어요. 아, 진정하십시오."

의사가 몸을 움찔했다.

"양식 있는 사람이라면 폭력은 아무 도움도 안 된다는 걸 아실 텐데? 헤이스팅스가 당신을 데리러 가느라 잠시 자리를 비운 사이 저는 그 병을 안전한 장소에 고이 모셔 두었습니다. 아, 빨리! 헤이스팅스, 저자를 붙잡아!"

나는 푸아로의 의도를 잘못 이해했다. 친구를 구하겠다는 일념으로 몸을 날려 푸아로를 감싼 것이다. 하지만 에임스의 재빠른 동작은 그런 의미가 아니었다. 에임스가 손을 입으로 가져가자 쓴 아몬드 냄새가 공기를 가득 채웠다. 그는 앞으로 휘청거리며 푹 고꾸라졌다.

"또 다른 희생자로군. 하지만 마지막 희생자이기도 해. 어쩌면 이것이 최선의 방법일 걸세. 이 사람이 바로 세 명의 죽음을 계획했으니까."

푸아로가 엄숙하게 말했다.

"에임스 선생요? 당신은 온통 초자연 현상에 정신이 팔린 것으로만 알았는데요?"

나는 아연실색하여 외쳤다.

"자넨 날 오해했어, 헤이스팅스. 내 뜻은 미신이 가진 사회적인 위력을 인정한다는 거였네. 일련의 죽음이 초자연적인 힘에 의한 것으로 받아들여지고 나면, 자네가 백주 대낮에 사람에게 칼부림을

할 뻔했다손 치더라도 저주 때문에 저렇게 되었다는 해석이 따라붙게 되지. 인간에겐 초자연적인 것에 대한 본능이 뿌리 깊게 박혀 있다네. 나는 전부터 인간은 그런 자기들의 본능을 스스로 이용해 온 것이 아닌가 추측하고 있어.

에임스 선생에게 그 생각이 떠오른 때는 존 윌러드 경의 죽음을 보고 나서가 아닌가 하네. 저주를 둘러싼 미신이 즉시 떠올랐겠지. 내가 아는 한 존 경의 죽음에서 이렇다 할 이득을 볼 사람은 아무도 없더군. 하지만 블라이브너 씨는 경우가 달라. 그는 굉장한 부자일세. 우리가 뉴욕으로부터 전해 받은 정보에는 몇 가지 의미심장한 포인트가 있더군. 우선 블라이브너 청년은 돈을 빌릴 수 있는 훌륭한 친구가 이집트에 있다고 말했다지. 그게 자기 삼촌을 뜻하는 것으로 받아들일 수도 있겠지만, 난 그가 직설적으로 상대를 명시하지 않은 게 마음에 걸렸네. 그건 자신의 어떤 각별한 친구를 뜻하는 말이었던 거야. 또 하나는 그가 이집트에 갈 때는 여비를 여기저기서 간신히 긁어모으고야 가능했는데, 삼촌이 그에게 한 푼도 줄 수 없다고 거절했음에도 불구하고 뉴욕으로 돌아오는 여비를 마련할 수 있었다는 점. 누군가가 그에게 돈을 빌려 준 게 틀림없지."

"모두 근거가 빈약한 이야기예요."

내가 반박을 하고 나섰다.

"아니, 그 외에 더 있네. 헤이스팅스, 비유적으로 쓴 말들을 문자 그대로의 의미로 해석하는 경우가 종종 있지 않나. 물론 그 반대의 경우도 가능하지, 이번 경우는 문자 그대로 쓰인 말이 비유적인 표현인 것처럼 생각된 거야. 블라이브너 청년은 충분히 쉽게 표현했어. '나는 문둥이다.'라고. 하지만 아무도 그가 나병이라는 무서운 질병을 두려워해서 자살한 것이라고는 생각 못 했지."

"뭐라고요?"

내가 깜짝 놀라 외쳤다.

"극악무도한 머리가 낳은 간교한 계책이었어. 루퍼트 블라이브너 청년은 대수롭지 않은 어떤 피부병으로 고생하고 있었네. 그가 살던 남태평양의 섬에서는 흔한 질병이었지. 전부터 그의 친구였던 에임스는 잘 알려진 의사였으니, 그가 감히 에임스의 말을 의심할 수는 없었을 거야. 여기 도착했을 때 나는 하퍼와 에임스 선생 둘 사이에서 고심을 했는데, 곧 의사만이 이 범죄를 저지르고 은폐할 수 있다는 점을 깨달았지. 하퍼가 에임스는 루퍼트와 구면이었다는 얘기를 하지 않았나. 틀림없이 루퍼트는 의사에게 유리한 유언장을 작성했거나, 아니면 의사를 수혜자로 하는 생명 보험을 든 적이 있을 걸세. 그 의사는 막대한 부를 손에 넣을 기회를 잡은 거지. 에임스 선생이 블라이브너 노인에게 치명적인 세균을 주사하는 건 식은 죽 먹기였을 테고. 한편 친구였던 의사에게서 들은 참담한 소식으로 실의에 빠진 루퍼트는 권총으로 자살한 거야. 블라이브너 씨는 평소 고인의 지론이 어쨌건 간에 유언장을 남기지 않았어. 따라서 그의 재산은 조카에게로 넘어갈 테고, 또 그 조카에게서 다시 의사에게로 넘어가게 되어 있었을 걸세."

"그러면 슈나이더 씨의 경우는요?"

"그건 확신할 수 없어. 그 역시 루퍼트와 아는 사이라고 하지 않았나. 그가 뭔가 낌새를 알아차리고 의심했는지도 모르지. 아니면 이유 없고 동기도 없는 죽음이 하나 더 늘면 미신과의 연관성이 더 철저히 강화될 거라고 에임스가 생각했는지도 모르고. 덧붙여 자네한테 재미있는 심리학적 사실을 말해 주겠네, 헤이스팅스. 살인자는 자기의 성공적인 범죄를 반복하려는 강렬한 욕구를 가지게 마련인데, 에임스의 내면에서도 그런 행위에 대한 욕구가 점점 커지게 된 거야. 따라서 난 윌러드 청년의 목숨이 걱정되었지. 오늘 밤 자네가 본 아누비스의 형상은 하산이었네. 내 지시에 따라 변장한 거야. 나는 에임스 선생을 놀라게 할 수 있는지가 보고 싶었던 걸세. 그런데 그를 놀라게 하려면 더 극적인 것이 필요했나 봐. 주술을 믿는 체하는 내 연기를 그가 코웃음치며 일절 무시한 것을 보면 말이네. 그를 위해 준비한 작은 촌극이 소용없이 끝나자, 나는 그가 나를 다음 희생양으로 삼으리라는 의심이 들었지. 아, 하지만 라 메흐 모디트(끔찍한 바다), 진절머리 나는 더위, 짜증 나는 모래에도 불구하고 작은 회색의 뇌세포는 여전히 제 기능을 발휘했다네!"

푸아로의 추리가 전적으로 옳다는 것이 증명되었다. 루퍼트가 몇 년 전 술에 취해 장난 삼아 작성한 유서의 내용은 다음과 같았다.

내가 죽으면 누구나 탐내는 담배 케이스를 비롯해 내가 소유한 모든 것은 익사할 뻔한 나의 목숨을 구해 주었던 내 선량한 친구 로버트 에임스에게로 돌아간다.

그 사건은 가능한 한 축소되었다. 그리고 오늘날까지도 사람들은 멘허라 왕릉에 얽힌 몇 개의 기이한 죽음들을 죽은 왕이 자기 무덤을 파헤친 신성 모독자에게 행한 복수라고 말한다. 푸아로가 내게 지적했듯이, 그런 생각은 이집트인의 신앙이나 사고방식과는 정반대되는 것임에도 말이다.

그랜드 메트로폴리탄 호텔의 보석 도난 사건

I

"푸아로, 분위기를 전환해 보는 게 좋을 것 같아요."

내가 말을 꺼냈다.

"자네 생각은 그런가, 몬 아미?"

"물론이지요."

"어허…… 그럼 준비는 모두 끝났단 말이지?"

푸아로가 미소를 지었다.

"가실 거예요?"

"날 어디로 데려가는 건데?"

"브라이턴에요. 실은 시내에 사는 친구가 좋은 정보를 알려 준 덕분에 속담에나 나올 법한 '물 쓰듯 쓸 수 있는' 여윳돈이 좀 생겼거든요. 그랜드 메트로폴리탄이 이번 주말을 보낼 장소로 최적일 듯

하네요."

"고맙네, 기꺼이 받아들이지. 자넨 노인을 공경하는 아름다운 마음씨를 가졌어. 사실 인간의 아름다운 마음씨는 탁월한 작은 회색 뇌세포만큼이나 고귀한 가치지. 그래, 그래, 지금 그 말을 하고 있는 나 자신은 때때로 그 진리를 망각하곤 하지만."

나는 그의 표현이 썩 마음에 들지 않았다. 종종 푸아로가 내 지적 능력을 다소 과소평가하고 있다는 생각이 들었다. 그렇지만 그가 워낙 기뻐하는 모습이었기 때문에 나도 가벼운 불쾌감을 한쪽으로 떨쳐 놓을 수 있었다.

"그럼 문제없다는 거죠."

내가 서둘러 말했다.

토요일 저녁, 우리는 그랜드 메트로폴리탄 호텔을 메운 형형색색의 인파 한중간에서 식사를 하고 있었다. 브라이턴으로 세상 사람들이 몽땅 몰려온 것 같았다. 의상은 화려했고, 보석들은 굉장했다. 그들 중 일부는 우아한 안목보다는 과시욕에 두른 것들이었다.

"음, 가관이구먼! 여긴 졸부들의 전당이로군, 안 그래, 헤이스팅스?"

푸아로가 중얼거렸다.

"그럴지도 모르죠. 저들이 다 부당하게 돈을 번 건 아니길 빌 수밖에요."

푸아로가 차분히 주위를 둘러보았다.

"하도 많은 보석을 보니 내 머리를 수사가 아닌 범죄에 써먹어야겠다는 생각이 드는데? 손 빠른 도둑에겐 지상 낙원 같은 곳일 거야! 저길 보게, 헤이스팅스, 기둥 옆에 있는 저 살집 좋은 여자 말이야. 그녀는 자네 표현대로라면 보석으로 처발랐군그래."

나는 그의 눈길을 좇았다.

"저런! 오팔센 부인이네요."

"저 여자를 알아?"

"약간요. 최근의 유가 폭등을 틈타 큰 부를 쌓은 증권 브로커의 아내죠."

저녁 식사를 마친 뒤 우리는 라운지에서 오팔센 부부와 우연히 마주쳤다. 내가 그들에게 푸아로를 소개했다. 우리는 잠시 담소를 나눈 후 함께 커피를 마시기로 했다.

푸아로가 여인의 풍만한 앞가슴을 장식하고 있는 값비싼 보석을 칭찬하자, 그녀의 얼굴에 즉각 화색이 돌았다.

"제가 가장 즐기는 취미예요, 푸아로 씨. 전 보석들을 너무너무 사랑한답니다. 에드는 그런 제 약점을 알고 사업이 잘 풀릴 때마다 새로운 것들을 갖다 주지요. 선생님도 보석에 관심이 많으신가요?"

"보석과 관련된 일을 여러 번 맡곤 했습니다, 마담. 직업상 세상에서 가장 유명하다 하는 보석들도 접할 일이 있었죠."

푸아로가 신중히 가명을 써 가며 권세가들 소유의 유명한 보석들에 얽힌 이야기를 들려주자 오팔센 부인은 숨 죽이고 듣는 눈치였다.

푸아로가 말을 마치자 그녀는 탄성을 감추지 못했다.

"그랬군요! 꾸며 낸 이야기는 아니시겠죠? 그런데 전설이 담긴 보석이라면 저에게도 하나 있어요. 제가 가진 진주 목걸이는 세상에서 가장 품질이 높다는 평가를 받는답니다! 완벽한 색상에 완벽한 균형미를 이루고 있지요. 당장 달려가서 가져와 볼게요!"

"오, 부인! 정말 상냥하시군요. 하지만 괜히 저 때문에 그러실 필요는 없습니다."

푸아로는 부인을 만류했다.

"제가 보여 드리고 싶어서 그러는 건데요, 뭐."

풍만한 몸매의 여인은 뒤뚱거리면서도 활기차게 엘리베이터 쪽으로 향했다. 나와 이야기하고 있던 그녀의 남편이 무슨 일이냐는 듯이 푸아로를 쳐다보았다.

"친절하신 부인께서 제게 진주 목걸이를 보여 주겠다고 고집을 부리셔서요."

푸아로의 설명에 오팔센이 만족한 표정을 지으며 미소를 흘렸다.

"오, 진주 말이로군요! 그래요, 정말로 볼 만한 가치가 있습니다. 돈깨나 들었지요. 하기야 돈이 문제가 아니죠. 언제고 들인 돈을 회수할 수 있으니까요. 아마 본전을 뽑고도 남을 겁니다. 상황이 요즘만 같다면 그래야겠죠. 우리 업계 사람들은 항상 돈이 부족하거든요. 그게 다 초과이득세 때문입니다."

그 후 전문 용어를 섞어 가며 장황하게 이어진 그의 말을 나는 한마디도 이해할 수가 없었다. 그때 심부름꾼 소년이 다가와 뭐라고 소곤거리는 바람에 그는 할 수 없이 말을 중도에서 그쳤다.

"응, 뭐라고? 곧 가지. 아내가 어디 아프다는 건 아니지? 두 분께는 잠시 실례하겠습니다."

그는 황망히 자리를 떴다. 푸아로는 등을 기대며 작은 러시아산 담배에 불을 붙였다. 뒤이어 매우 세심하게 빈 커피 잔들을 일렬로 깔끔히 늘어놓고는, 그 결과에 만족하며 흡족한 표정을 지었다.

몇 분이 지났다. 오팔센 부부는 돌아오지 않았다.

"이상한데요. 언제쯤 돌아올지 궁금하네요."

끝내 내가 한마디 했다.

푸아로는 뭉게뭉게 피어오르는 담배 연기를 쳐다보고 나서 그제 야 자기 생각을 말했다.

"그들은 돌아오지 않아."

"왜요?"

"왜냐하면, 친구. 무슨 일이 생겼거든."

"무슨 일인데요? 어떻게 알았습니까?"

푸아로가 빙그레 웃었다.

"몇 분 전에 지배인이 황급히 자기 사무실에서 나와 위층으로 달 려갔잖나. 꽤 당황한 눈치더군. 또 엘리베이터 안내원이 자기 또 래 동료와 심각하게 얘기를 나누고 있었어. 호출 벨이 세 번이나 울 렸는데도 알아차리지 못할 정도로. 세 번째 근거는 웨이터들까지 도 제정신이 아닌 듯 보인다는 거야. 웨이터가 그렇게 되는 경우 란……."

푸아로는 결론을 맺듯이 머리를 설레설레 흔들었다.

"일급 비상사태가 발생했음이 틀림없어. 아, 내가 생각했던 대로

야! 경찰이 왔군."

두 경관이 막 호텔로 들어섰다. 한 사람은 제복, 다른 한 사람은 사복 차림이었다. 곧 하인이 그들을 위층으로 안내했다. 몇 분 뒤에 아까 그 하인이 내려와서 우리 쪽으로 다가왔다.

"오팔센 씨가 두 분을 위층으로 모셔 오라고 하시는데요."

마치 자신을 불러 주기를 손꼽아 기다린 것처럼, 푸아로가 벌떡 일어섰다. 나 또한 그의 뒤를 민첩하게 따랐다.

오팔센 부부의 객실은 2층에 자리 잡고 있었다. 하인은 문을 두드 리고 나서 물러갔다. 들어오라는 소리가 들려 안에 들어서자 기묘 한 광경이 눈앞에 펼쳐졌다. 그 방은 오팔센 부인의 침실이었는데, 한복판에 있는 안락의자에 부인이 몸을 파묻고 격렬하게 울고 있었 다. 두껍게 분칠한 얼굴에 눈물 자국이 선명해 보기가 흉했다. 오팔 센 씨는 화가 나서 방 안을 서성거리고 있었다. 경관 두 명이 방 한 가운데 있었고, 그중 한 명은 손에 수첩을 들고 있었다.

한편 청소부 여자는 새파랗게 겁에 질려 난롯가에 서 있었다. 방 반대편에는 프랑스 여자가 보였는데, 오팔센 부인의 하녀가 틀림없 었다. 자기 여주인만큼이나 슬퍼하는 모습이었다.

이 아수라장 속에서 푸아로는 앞으로 발을 내디디며 씩 미소를 지었다. 그 거대한 체구 어디에서 그런 순발력이 솟구치는지, 즉시 오팔센 부인이 의자에서 벌떡 일어나 그에게로 다가갔다.

"오셨군요. 남편이 자기 좋을 대로 얘기한 건 아닌지 모르겠네요. 하지만 전 행운을 믿어요. 그럼요, 제가 오늘 저녁 선생님과 만난 것은 운명이었던 거예요. 선생님을 빼고 제게 진주를 되찾아 줄 수 있는 사람은 세상에 아무도 없으리란 생각이 들어요."

"부디 진정하십시오, 부인. 믿음을 가지세요. 모든 게 잘될 겁니다. 에르퀼 푸아로가 도와 드리겠습니다!"

푸아로가 달래며 그녀의 손등을 토닥거렸다.

오팔센 씨는 경감에게로 몸을 돌렸다.

"저…… 제가 이 신사분을 불러온 게 잘못은 아니겠지요?"

"전혀요, 선생님. 부인께서도 조금 기분이 나아지신 것 같으니 우리에게 무슨 일이 일어났는지를 말씀해 주셨으면 합니다."

경감은 공손하게, 하지만 철저하게 무심하게 대답했다.

오팔센 부인은 어쩔 줄 모르고 푸아로를 응시했다. 그는 그녀를 도로 의자에 앉혔다.

"앉으시지요, 부인. 당황할 것 없이 그저 일어난 모든 사실을 말씀해 주시기만 하면 됩니다."

오팔센 부인은 조심조심 눈물 자국을 닦아 내면서 입을 열었다.

"저녁 식사 후에 여기 계신 푸아로 씨에게 보여 드릴 진주를 가지러 올라왔죠. 평소처럼 객실 담당 하녀와 셀레스틴이 방에 있더군요."

"잠깐만요, 부인. '평소처럼'이라니 무슨 뜻입니까?"

오팔센 씨가 설명했다.

"전 이 방에 셀레스틴이라는 하녀가 없을 때 다른 사람이 들어오는 것을 금지하고 있습니다. 객실 담당 하녀가 아침 동안 셀레스틴 앞에서 이 방을 치우고, 저녁 식사 후에 다시 침대를 정돈하러 오지요. 그 밖엔 결코 이 방에 못 들어와요. 저, 조금 전 하던 얘기를 계속하자면…… 전 올라왔어요. 전 여기 있는 화장대로 갔지요."

그녀는 화장대 오른쪽 맨 밑 서랍을 가리켰다.

"보석함을 꺼내서 열어 보았어요. 어느 때와 똑같았죠. 그런데 진주가 거기 없었던 거예요!"

경감은 부지런히 수첩에 받아 적고는 물었다.

"그걸 마지막으로 본 때는 언제입니까?"

"저녁을 먹으러 아래층으로 내려갈 때는 있었어요."

"확실합니까?"

"틀림없어요, 진주와 에메랄드 중 어느 것을 목에 걸까 고민하다가 에메랄드 쪽으로 결정하고 진주를 도로 보석함에 넣었거든요."

"보석함은 누가 잠급니까?"

"제가요. 전 체인에 열쇠를 달아서 목에 걸고 다녀요."

그녀가 목에서 그것을 꺼냈다.

경감이 그것을 면밀히 조사하고서는 어깨를 으쓱했다.

"도둑이 틀림없이 복제 열쇠를 갖고 있을 겁니다. 어려운 일이 아니죠. 아주 간단한 종류의 자물쇠니까요. 보석함을 잠근 후에는 무엇을 하셨습니까?"

"언제나 그걸 두는 장소인 맨 아래 서랍에 도로 갖다 놓았지요."

"서랍은 잠그지 않으셨고요?"

"예, 한 번도 잠그고 다닌 적이 없어요. 제가 올 때까지 하녀가 이 방에 머무르고 있을 테니 그럴 필요가 없잖아요."

경감의 표정이 점점 어두워졌다.

"부인이 저녁을 들러 내려가셨을 때 그 보석이 거기 있었다는 것과 그 이후로 하녀가 한 번도 방을 나가지 않았다는 걸 과연 신뢰할 수 있을까요?"

그제야 자신의 처지를 깨닫고 공포에 질린 셀레스틴이 새된 비명을 질렀다. 그녀는 푸아로의 품에 몸을 던지고는 알아들을 수 없는 불어로 말을 쏟아 내기 시작했다.

"말도 안 돼요! 내가 부인의 물건을 도둑질했다니……! 경찰들은 과연 멍청이군요! 하지만 무슈, 당신은 프랑스인이시니……."

"벨기에인입니다."

푸아로가 끼어들었으나 셀레스틴은 그런 자잘한 용어 수정엔 관심이 없었다.

'무슈'는 자신이 부당하게 잡혀가고 파렴치한 객실 담당 하녀가 무죄로 석방되는 꼴을 용납하지 않을 것이다, 자기는 객실 담당 하녀(뻔뻔스럽고 얼굴이 붉은, 그래서 타고난 도둑임이 틀림없는)가 처음부터 싫었다, 자신은 특히 부인의 방에서 그녀가 하는 일들을 은밀히 감시하고 있었다, 머저리 같은 경찰들이 그 하녀를 조사하면 부인의 진주를 곧 찾을 수 있을 것이다……. 셀레스틴의 입에서 이와 같은 장광설이 빠르고도 신랄한 불어로 쏟아져 나오는 동안, 그녀의 손은 풍부한 제스처를 가미하느라 바빴다. 한편 객실 담당 하녀 또한 일부는 알아들은 눈치였는지 화가 나서 얼굴이 벌게졌다.

"저 외국 여자는 제가 진주를 훔쳤다고 하지만, 그건 거짓말이에요! 전 그걸 제대로 본 적도 없다고요!"

그녀는 발끈해서 소리쳤다. 셀레스틴도 맞서 고함을 질렀다.

"어서 저 여자를 뒤져 봐요! 바로 찾을 수 있을 거라니까요."

객실 담당 하녀가 셀레스틴 쪽으로 다가갔다.

"넌 거짓말쟁이야. 알아들어? 네가 훔쳐 놓고 나한테 뒤집어씌우려는 수작이잖아. 난 부인이 올라오시기 전 3분 정도만 이 방에 있었는데, 내내 이 방에 앉아 있던 건 너 아냐? 언제나처럼 고양이가 쥐 감시하듯이 말이야."

경감이 셀레스틴 쪽을 의심스러운 눈초리로 쳐다보았다.

"정말입니까? 방을 전혀 떠나지 않았다고요?"

셀레스틴이 마지못해 인정했다.

"저 여자가 혼자 있도록 내버려 둘 수 없으니까요. 그렇지만 전저 문으로 옆방에 두 번이나 갔다 온 적이 있어요. 한 번은 실패를 가지러, 또 한 번은 가위를 가지러 갔더랬죠. 그때를 틈타 저 여자가 진주를 훔친 게 틀림없어요."

객실 담당 하녀가 화가 나서 쏘아붙였다.

"1분도 안 걸렸잖아! 금방 들어갔다 나오고선 뭘 그래. 경찰이 나를 수색해 준다면 오히려 환영이에요. 난 아무것도 거리낄 게 없으니까."

그때 노크 소리가 들려서 경감은 그쪽으로 향했다. 방문객이 누구인지를 확인한 그의 얼굴이 환해졌다.

"아! 다행입니다. 몸수색을 할 여자 경관이 왔군요. 옆방으로 가 주겠어요?"

경감이 객실 담당 하녀를 쳐다보자 그녀는 머리를 끄덕이며 문 쪽을 향했다. 여경관이 그 뒤를 따랐다.

셀레스틴은 의자에 몸을 파묻고서 흐느껴 울기 시작했다. 나는 푸아로가 방을 둘러보는 동안 방 안의 특징적인 풍경을 깔끔히 스케치해 놓았다.

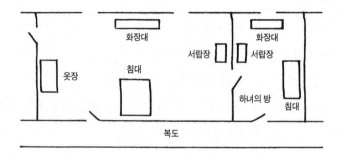

"저 문은 어디로 통해 있습니까?"

푸아로가 고갯짓으로 창문 가까이 난 문을 가리켰다.

경감이 대답했다.

"맞은편 아파트로 통하는 문 같은데요."

"잠겼군요. 뒤쪽에선 열 수 있나 봅시다."

푸아로가 옆방으로 가서 손잡이를 잡고 이리저리 돌려 보았다.

"반대쪽 역시 마찬가지군요. 못 여는 문인 것 같습니다."

그는 이렇게 말하며 창가로 걸어가서 창문들을 차례로 조사했다.

"다시 찾아봐도 없네요. 바깥 발코니까지 봤는데 없군요."

"만일 나갈 수 있는 문이 있더라도 하녀가 이 방에서 한 발자국도 나가지 않았다니 상관없는 것 아닌가요."

경관의 초조한 말투에도 푸아로는 동요하지 않았다.

"에비드멍(확실히 그렇습니다). 마드무아젤 셀레스틴은 이 방을 나가지 않았다고 했고……."

객실 담당 하녀와 여자 경관이 다시 나타난 것을 보고 푸아로는 말을 멈췄다.

"아무것도 안 나왔습니다."

여자 경관이 짤막하게 말했다.

객실 담당 하녀가 엄숙하게 말했다.

"당연히 아무것도 안 나오지요. 저 프랑스 여자에게 선량한 시민의 명예를 훼손한 죄를 물어야 해요!"

경감이 문을 열며 말했다.

"자, 자, 아가씨. 아무튼 좋습니다. 아무도 아가씨를 의심하지 않습니다. 가서 일을 보세요."

객실 담당 하녀는 마지못해 나가면서도 셀레스틴을 가리키며 목소리를 높였다.

"저 여자를 수색할 거죠?"

"아, 물론이죠!"

경감은 그녀 앞에서 문을 닫고 손잡이를 돌렸다.

자기 차례가 되자 셀레스틴은 여자 경관과 함께 작은 방으로 들어갔다. 둘은 몇 분 뒤에 되돌아왔지만, 그녀에게서도 나온 건 아무것도 없었다.

경감의 표정이 점점 더 어두워졌다.

"그렇지만 아가씨, 어쩔 수 없이 저와 같이 가셔야겠습니다."

그가 오팔센 부인에게로 몸을 돌렸다.

"죄송합니다, 부인. 모든 정황 증거가 이 방향을 가리키고 있습니다. 이 여자가 보석을 몸에 지니고 있지 않다면 방 어딘가에 숨겨놓았을 겁니다."

셀레스틴은 격렬하게 외마디 비명을 지르며 푸아로의 팔에 매달렸다. 푸아로는 몸을 굽혀 그녀의 귀에다 무언가를 속삭였다. 여자는 그런 그를 의심스러운 눈초리로 쳐다보았다.

"시, 시, 몬 앙팡(자, 자, 어린 아가씨). 반항하지 않는 게 좋아요."

그러고는 경감에게로 몸을 돌렸다.

"무슈, 괜찮겠습니까? 작은 실험을 하고 싶습니다. 전적으로 저 자신의 만족을 위해서지만요."

"그게 뭔지에 달렸죠."

경감이 불편한 기색으로 답했다.

푸아로는 셀레스틴에게 다시 한번 말을 붙였다.

"아가씬 실패를 가지러 방에 갔다고 했죠. 그게 어디에 있었나요?"

"서랍장 맨 위에 있었어요, 무슈."

"가위는?"

"그것도요."

"마드무아젤, 큰 폐가 되지 않는다면 그 두 행동을 다시 한번 되풀

이해 줄 수 있습니까? 처음엔 여기 앉아 일하고 있었다고 했지요?”

셀레스틴은 푸아로의 지시에 따라 자리에 앉았다가 일어나서, 옆
방으로 들어간 후 서랍장에서 물건을 꺼내 들고 돌아왔다.

푸아로는 주머니에서 회중시계를 꺼내 시간을 재며 그녀의 동작
을 유심히 바라보았다.

“다시 한번 부탁드립니다, 마드무아젤. 괜찮으시다면요.”

두 번째 재연이 이루어지는 광경 앞에서 그는 주머니에서 수첩을
꺼내 간단히 메모를 했다. 푸아로는 시계를 다시 주머니에 집어넣
었다.

“감사드립니다, 마드무아젤. 무슈의 너그러움에도요.”

그는 경감에게 꾸벅 절을 했다.

경감은 이 과장된 인사에 다소 기분이 좋아진 것 같았다. 셀레스
틴은 펑펑 눈물을 쏟으며 여자 경관과 사복 경관의 호송 아래 빠져
나갔다.

뒤이어 경감은 오팔센 부인에게 짧게 양해를 구하고서 방 안을
샅샅이 뒤지기 시작했다. 서랍을 빼내고 찬장을 열어 보는가 하면,
침대를 통째로 뒤집고 바닥을 두드려 보았다. 오팔센 씨는 의심 어
린 눈초리로 그 모습을 보고 있었다.

“경감님께선 진짜로 보석이 어디엔가 숨겨져 있다고 생각하십
니까?”

“예, 선생님. 그래야 이치에 맞죠. 그녀에겐 그걸 방 밖으로 가지
고 나갈 시간적인 여유가 없었습니다. 부인이 도난 사실을 너무 일

찍 발견한 것이 그녀의 계획을 틀어 놓았던 거죠. 여기 있는 게 분명합니다. 두 여자 중 한 사람의 짓이 분명해요. 객실 담당 하녀에겐 쉽지 않은 일이었겠지만요."

"쉽지 않은 정도가 아네요. 불가능합니다."

푸아로가 조용히 말했다.

"예?"

경감이 그를 바라보았다.

푸아로가 온화하게 미소 지었다.

"제가 시범을 보여 드리죠. 헤이스팅스, 내 좋은 친구, 이 시계를 쥐고 있게. 우리 집 가보니까 조심해야 해! 방금 제가 그 아가씨의 동작을 재어 봤지 않습니까. 그녀가 처음에 방을 비운 것이 12초였고, 두 번째는 15초였어요. 지금부터 제 행동을 지켜보십시오. 부인께서는 제게 보석함 열쇠를 건네주시면 대단히 감사하겠습니다. 헤이스팅스, 자네는 '시작!' 하고 출발 신호를 해 주면 대단히 감사하겠네."

"시작!"

내가 말했다.

믿기 어려울 정도로 민첩하게 푸아로는 화장대의 서랍을 비틀어 열고는 보석함을 꺼내어 열쇠로 연 다음, 도로 잠근 후 서랍에 넣고 다시 닫았다. 그의 동작은 번개 같았다.

"어때, 몬 아미?"

그가 숨도 안 쉬고 나에게 물었다.

"46초예요."

"보셨습니까? 객실 담당 하녀에겐 목걸이를 꺼낼 시간조차도 없었습니다. 숨기기란 더더욱 불가능하죠."

그가 주위를 둘러보았다.

"그렇다면 셀레스틴 쪽이로군요."

경감이 만족한 듯이 말하며 다시 수색을 개시하기 위해 옆방 하녀 침실로 들어갔다.

푸아로는 생각에 잠긴 채로 인상을 찌푸렸다. 느닷없이 그가 오팔센 씨에게 질문을 했다.

"그 목걸이는 확실히…… 보험에 들어 있겠죠?"

오팔센 씨는 약간 놀라는 눈치더니 머뭇거리며 대답했다.

"예, 그렇습니다."

"그런데 그게 무슨 상관이죠? 제가 원하는 건 목걸이예요. 특별한 물건이라고요. 억만금을 준대도 바꿀 수 없어요."

오팔센 부인이 울먹이며 끼어들었다.

"이해합니다, 부인. 완전히 이해합니다. 라 팜므(여자)들에겐 감정이 전부죠. 그렇지 않습니까? 그렇지만, 무슈, 그같이 예민한 감수성을 갖지 못한 사람이라면 틀림없이 보험을 들었다는 사실에서 일말의 위로를 찾을 수 있을 겁니다."

푸아로가 위로하며 말했다.

"물론이지요, 물론입니다. 사실……."

오팔센 씨가 애매한 말투로 말했다.

"이걸 보십시오!"

그때 경감의 승리감에 찬 외침이 들려왔다. 그는 손에 무언가를 들고 빙글빙글 돌리고 있었다.

비명을 지르며 오팔센 부인이 의자에서 몸을 일으켰다. 마치 딴 사람으로 다시 태어난 것 같았다.

"오, 오, 내 목걸이!"

그녀는 그것을 양손으로 받아 들고 가슴에 꼭 품었다. 우리가 그 주위를 에워쌌다.

"어디서 발견하셨습니까?"

오팔센 씨가 물었다.

"셀레스틴의 침대에서요. 매트리스 스프링 사이에 있더군요. 객실 담당 하녀가 오기 전에 훔쳐서 숨겨 놓은 게 분명합니다."

"잠깐 괜찮을까요, 부인?"

푸아로가 부드럽게 양해를 구하고는 그녀에게서 목걸이를 받아 들어 꼼꼼히 살펴보았다. 그러고는 꾸벅 절하며 다시 돌려주었다.

"부인, 유감스럽지만 이건 당분간 우리에게 맡겨 주셔야 되겠는데요. 절차상 필요해서 그렇습니다. 최대한 빨리 돌려 드리겠습니다."

경감이 말했다.

오팔센 씨가 얼굴을 찡그렸다.

"꼭 그래야 하나요?"

"그렇습니다, 선생님. 형식적인 거지만요."

오팔센 부인이 외쳤다.

"오, 가져가시라고 해요, 에드! 가져가시는 쪽이 더 안전할 것 같아요. 누군가가 이걸 훔쳐 가려 한다는 생각만 해도 밤잠이 안 올 거예요. 천하에 몹쓸 여자 같으니! 난 그런 애일 줄은 꿈에도 몰랐지 뭐예요."

"그래, 그래, 여보. 너무 흥분하지 마."

그때 나는 내 팔을 지그시 누르는 손길을 느꼈다. 푸아로였다.

"친구, 우리 살짝 빠져나가는 게 어때? 우리가 할 일은 더 이상 없는 것 같은데."

막상 밖으로 나오자 그는 잠시 주저하다가 깜짝 놀랄 말을 했다.

"옆방을 구경했으면 좋겠군."

문이 잠겨 있지 않아서 우리는 안으로 들어갔다. 방 두 개가 하나로 합쳐진 그 큰 방엔 현재 묵고 있는 사람이 없는 것 같았다. 먼지가 눈에 띌 정도로 쌓여 있는 것을 보고 내 예민한 친구는 특유의 찡그린 얼굴을 하더니, 창가에 놓인 탁자 가장자리에 손가락으로 사각 무늬를 그렸다.

"할 일이 남아 있으면 좋을 것을."

쓸쓸한 말투였다. 골똘히 창밖을 응시하는 그의 모습을 보니 깊은 생각에 잠긴 모양이었다.

"왜 그래요? 우린 뭐 하러 여기 들어온 거죠?"

내가 참지 못하고 물었다.

푸아로가 입을 열었다.

"트 부 드망드 파르동(용서하게), 몬 아미. 나는 이쪽 문이 정말로 잠겨 있는지 확인하고 싶었던 거야."

"그런데 잠겨 있던 거군요."

나는 이 방과 조금 전 나온 방을 연결하는 문을 쳐다보며 말했다.

푸아로가 머리를 끄덕였다. 그는 아직도 생각에 잠겨 있는 눈치였다.

"하지만 그게 무슨 상관이에요? 이 사건은 끝났어요. 가능한 많은 사건을 해결해 명성을 얻는 것은 저도 찬성입니다. 하지만 이번 일은 저 둔치 같은 경감에게조차 쉬운 사건이었다는 거죠."

푸아로가 머리를 흔들었다.

"사건은 끝나지 않았어, 헤이스팅스. 우리가 그 진주를 누가 훔쳤는지 발견해 내기 전까진 끝나지 않아."

"프랑스 하녀가 그랬잖아요!"

"어떻게 알지?"

"어떻게라니…… 그녀의 침대 매트리스에서 보석이 발견되었으니까요."

내가 더듬거리며 말했다.

"쯧쯧쯧! 그건 진주가 아니었어."

푸아로가 참지 못하고 혀를 찼다.

"뭐라고요?"

"모조품이야, 몬 아미."

그 말에 나는 숨을 들이마셨다. 푸아로는 조용히 미소 지었다.

"저 선량한 경감은 보석에 대해서는 아무것도 모르는 게 분명해.

그렇지만 곧 경찰서에서 난리가 나겠지!"

"가죠!"

내가 그의 팔을 잡아끌며 외쳤다.

"어디로?"

"당장 오팔센 부부에게 말해야지요."

"난 그렇게 생각지 않아."

"그래도 그 가엾은 부인이……."

"에 비엥(그래), 자네 표현대로 그 가엾은 부인으로서는 밤새 그 보석이 안전하게 잘 있다고 믿는 편이 훨씬 좋겠지."

"그러다가 도둑이 그걸 갖고 도망치면요?"

"친구, 언제나처럼 자네는 생각하기 전에 말부터 꺼내는군. 오팔센 부인이 오늘 저녁 그렇게나 조심스럽게 보석함에 넣고 자물쇠를 걸었던 진주가 가짜가 아니라는 걸 자네가 어떻게 아나? 그리고 진짜 도둑질은 훨씬 전에 일어났을지 모른다는 걸 말이야!"

"오!"

나는 놀라서 소리쳤다.

"그 말대로야. 다시 시작해야지."

푸아로가 얼굴을 빛내며 말했다.

그는 앞장서서 방을 나가다가 잠시 생각에 빠진 듯 걸음을 멈추었다. 그러고 복도 맨 끝으로 걸어가 객실 담당 하녀와 하인들이 거처하는 작은 방 앞에 멈춰 섰다. 아까 본 객실 담당 하녀가 거기서 조그만 법정을 개최하고서 조금 전 자기가 겪은 경험담을 흥미진진하게 듣고 있는 청중들에게 늘어놓고 있었다. 우리를 보고 그녀가 말을 중간에서 멈췄다. 푸아로는 평소대로 공손히 고개를 숙였다.

"방해해서 죄송합니다. 다름이 아니라, 오팔센 씨의 방문을 열어주시면 더없이 감사하겠습니다."

여자가 마지못해 일어나자, 우리는 그녀를 대동하고 다시 통로를 따라 걸어갔다. 오팔센 씨 방은 복도 맞은편 끝에 있었는데, 자기 부인의 방문과 마주 보는 방향이었다. 객실 담당 하녀가 가지고 있는 마스터키로 문을 열어서 우리는 안으로 들어갔다.

떠나려는 그녀를 푸아로가 멈춰 세웠다.

"잠시만요. 오팔센 씨의 물건 중에서 이와 같은 카드를 본 적이 없습니까?"

그는 새하얀 카드를 꺼냈는데, 약간 반짝거리는 것이 평범한 물건은 아닌 것 같았다.

하녀가 그것을 받아다가 면밀히 살펴보았다.

"아뇨, 선생님. 본 적이 없는 것 같네요. 게다가 신사분들의 방을 관리하는 건 하인들이니까요."

"그렇군요. 감사합니다."

푸아로는 카드를 도로 집어넣었다. 하녀가 떠난 후 푸아로는 잠시 생각에 잠긴 눈치였다. 그러더니 그가 재빨리 짧게 고개를 끄덕였다.

"벨을 울려 줘. 부탁하네, 헤이스팅스. 세 번 울리도록. 하인을 부르는 거야."

나는 궁금해 죽을 지경이었지만 시키는 대로 따랐다. 그동안 푸아로는 바닥에 쓰레기통을 엎고는 재빠르게 그 내용물을 조사했다.

잠시 뒤에 하인이 왔다. 그에게 푸아로는 똑같은 질문을 하고서 카드를 건네주었다. 하지만 돌아온 대답은 똑같았다. 오팔센 씨의 물건 중에서 그런 특이한 카드를 본 적은 없다는 것이었다. 푸아로는 그에게 감사의 말을 건네고 카드를 도로 건네받았다. 하인은 물러가며 다소 내키지 않는 눈치로 뒤집어진 쓰레기통을 바라보았다. 그는 종잇조각들을 다시 쓸어 모으느라 푸아로의 의미심장한 말을 엿들을 수 없었다.

"목걸이에 걸린 보험금이 엄청나다던데……."

"푸아로, 알겠어요!"

내가 큰 소리로 말하자, 그가 재빨리 말했다.

"알긴 뭘 알아, 이 친구야. 평소처럼 아무것도 모르면서! 믿어지지 않는 일이지. 그렇지만 그런 일도 있는 법이니까…… 이제 우리 아파트로 돌아가세."

우리는 말없이 그렇게 했다. 그런데 푸아로는 방에 도착한 후 잽싸게 옷을 갈아입는 것이 아닌가.

"오늘 밤 런던에 가야 해. 시급한 일이야."

"뭐라고요?"

"절박하다고. 대사건이야. 두뇌 속의 그걸 (아, 그 위대한 작은 회색의 뇌세포를!) 써야 해. 준비는 다 됐네. 확증을 찾으러 가는 거야. 기필코 찾아내겠어! 에르퀼 푸아로를 속일 순 없지!"

"그렇게 뻐기다가 큰코 다칠 날이 있을 겁니다."

나는 그의 잘난 체가 아니꼬워져서 쏘아붙였다.

"화내지 말게, 부탁이야, 몬 아미. 난 자네에게 의지하고 있네. 자네의 우정에 말이야."

"물론 그렇겠지요."

나는 순간적으로 심술을 부린 것이 부끄러워져 열심히 맞장구를 쳐 주었다.

"벗어 놓은 내 옷의 소매 부분을 좀 손질해 주겠나? 이것 보게, 하얀 가루가 묻어 있잖아. 자넨 분명히 아까 내가 화장대 서랍에 손가락을 문지르는 모습을 보았겠지?"

"아뇨, 못 봤는데요."

"친구, 내 행동을 잘 살피라고. 그러니까 난 손가락에 가루를 묻혀 왔는데, 흥분한 나머지 그걸 옷소매에 쓱 문지른 거야. 나는 올바른 방법이 아니면 절대로 행하지 않는 사람이라고."

"그런데 그 가루는 뭡니까?"

나는 푸아로의 방법론이니 하는 것엔 그다지 신경을 쓰지 않고 물었다.

"보르자 가문(르네상스 시대 이탈리아의 귀족 가문. 수수께끼의 독으로 정적들을 독살한 것으로 유명하다 — 옮긴이)의 독약은 물론 아니지."

푸아로가 눈동자를 빛내며 대답했다.

"자네의 상상력이 뭉실뭉실 피어오르는 게 보이는데? 이것의 이름은 '프렌치 초크'일세."

"프렌치 초크?"

"그래, 옷장 제작자가 서랍이 부드럽게 여닫히도록 바르는 물질
이야."

내가 웃었다.

"이 실없는 노인네 같으니! 난 또 뭐 대단한 건 줄로만 알았죠."

"오 르브아(잘 있게나), 내 친구. 나는 일이 바빠 떠나네!"

그의 등 뒤로 문이 닫혔다. 나는 미소와 한숨을 동시에 지어 가며
코트를 집고 옷솔에 손을 뻗었다.

II

다음 날 아침 푸아로에게서 아무런 소식이 없자 나는 밖으로 산
책을 나가거나 옛 친구를 만나 그들이 묵는 호텔에서 점심을 함께
하며 시간을 보냈다. 오후에는 드라이브를 나갔는데, 타이어에 펑크
가 나는 바람에 저녁 8시가 넘어서야 그랜드 메트로폴리탄 호텔로
돌아올 수 있었다.

내 눈에 처음으로 들어온 대상은 바로 푸아로였다. 그는 오팔센
부부 사이에 샌드위치처럼 끼어 있어 평소보다 훨씬 자그마해 보였
는데, 만족감이 넘치는지 환하게 빛나는 표정이었다.

그는 이렇게 외치며 튕겨 나오듯 다가왔다.

"몬 아미, 헤이스팅스! 날 안아 주게, 친구여. 모든 일이 놀랍도록

잘 풀렸어!"

다행히 그 포옹은 단지 흉내만 내는 것으로 그쳤다. 푸아로의 말을 액면 그대로 받아들여서는 안 되는 법이다.

"그 말은 그러니까……."

내가 입을 열었다.

"정말로 근사해요! 내가 얘기했잖아요, 에드, 이분만이 제 진주를 찾으실 수 있다고요!"

오팔센 부인이 통통한 얼굴 가득 미소를 띠며 말했다.

"그랬지, 여보. 그렇고말고. 당신이 옳았어."

내가 어쩔 줄 모르고 푸아로를 바라보자 그가 씩 웃으며 대꾸했다.

"영국식 표현대로라면, 제 친구 헤이스팅스는 '해변에서 쉬고' 있었죠. 앉게, 내가 모든 일이 행복하게 끝난 사정을 설명해 줌세."

"끝났다고요?"

"그렇네. 그들이 체포됐어."

"누가 체포됐는데요?"

"객실 담당 하녀와 하인 말이야, 파르블뢰(뻔하지)! 자넨 의심하지 않았나? 내가 프렌치 초크라는 힌트를 주었는데 말이야."

"옷장 제작에 쓰이는 물건이라고 했잖아요."

"그거야 물론 그렇지. 서랍이 부드럽게 여닫히도록 말이야. 하나 개중에는 서랍이 소리 없이 여닫히도록 이 물건을 쓰는 사람도 있다네. 누가 그랬을까? 당연히 객실 담당 하녀뿐이지. 수법이 워낙 교묘해서 나도 금방 눈치채지 못할 정도였어. 이 에르퀼 푸아로의 눈조차 피할 뻔했다는 거야.

어떻게 된 일인지 들어 보게. 남자 하인이 비어 있는 옆방에서 기다리고 있었다는 게 요점이야. 프랑스인 하녀가 방을 나갔어. 그러면 객실 담당 하녀가 번개처럼 잽싸게 서랍을 열고 보석함을 꺼내다가 자물쇠를 연 다음 옆방 하인에게 넘겨주는 거지. 하인은 준비해 놓은 복제 열쇠로 간단히 그걸 열고는 목걸이를 빼낸 후 자기 차례를 기다리는 거고. 그러다가 셸레스틴이 두 번째로 방을 나갔을 때…… 휘리릭! 번개같이 보석함을 다시 들여와 서랍에 다시 넣어두었던 거야.

부인이 도착하자 도난 사실이 발견되었지. 객실 담당 하녀는 노발대발하면서 당당히 몸수색을 요구한 후 결백함을 증명받고서 방을 나갔어. 그들이 사전에 준비한 가짜 목걸이는 그날 아침에 객실 담당 하녀가 셸레스틴의 침대에 숨겨 놓은 거고. 이게 바로 프로의 솜씨 아니겠나!"

"그런데 런던에는 왜 가셨던 거죠?"

"그 카드 기억나나?"

"예. 뭐가 뭔지 모르겠더군요. 아직도 뭐가 뭔지 모르겠고요. 난 꼭……."

나는 오팔센 부인을 바라보며 머뭇거렸다.

푸아로가 기운차게 웃었다.

"윈 블라그(속임수였네)! 객실 하인을 옭아매기 위한. 그건 표면이 특별하게 처리된 카드인데, 지문이 찍히도록 되어 있거든. 나는 곧장 런던 경시청으로 가서 우리의 오랜 친구 재프 경감을 만나 증거품을 보여 줬지. 내 예상대로 그건 최근 지명 수배된 2인조 유명 보석 절도범들의 지문으로 밝혀졌다네. 나는 재프와 함께 여기 와서 도둑들을 체포했고. 목걸이는 하인의 소지품 속에 있더군. 영리한 커플이긴 하지만 잘못된 방법론을 택했어. 헤이스팅스, 내가 자네한테 적어도 서른여섯 번은 얘기하질 않았나, 방법이 바로 서야……."

"최소한 3만 6000번은 말했을 겁니다!"

나는 그의 말을 끊었다.

"그나저나 그들의 '방법'이 어디에서 잘못되었다는 거죠?"

"몬 아미, 객실 담당 하녀나 하인으로 변장하는 건 좋은 계획이었어. 그러나 마땅히 해야 할 일을 게을리하면 안 되지. 그들은 빈방에 쌓인 먼지를 닦아 내지 않고 방치했네. 그래서 남자가 옆방으로 통하는 문 가까이에 있는 작은 탁자에 보석함을 내려놓았을 때, 거기엔 사각형의 먼지 자국이……."

"기억나요!"

"그 전까지는 그게 뭐였는지 알 수가 없었다네. 하지만 난 알아냈지!"

잠시 침묵이 감돌았다.

"그리고 전 진주를 되찾았고요."

오팔센 부인이 후렴을 넣듯이 말했다.

"뭐, 전 저녁이나 먹어야겠네요."

내가 이렇게 말하고 일어서자, 푸아로가 따라왔다.

"정말 큰 공을 세우셨군요."

내 칭찬에도 푸아로는 차분했다.

"파 드 투(천만에). 재프와 이 지역 경찰이 실적을 놓고 다투게 되 겠지. 그건 그렇고……. (그는 주머니를 두드렸다.) 여기 오괄센 부인 이 준 수표가 들어 있네. 그러니 어떤가, 친구? 이번 주말은 계획처 럼 쉬지 못했지 않나. 다음 주말에도 여기 다시 오는 게 어때? 이번 엔 내가 비용을 부담하지!"

납치된 총리

I

이제 그 전쟁도, 또 전쟁의 비밀도 모두 과거의 일이 된 만큼, 나는 국가가 위기에 처한 순간 내 친구 푸아로가 수행한 임무를 세상에 조심스럽게 알리고자 한다. 그 비밀은 한동안 철저히 지켜져 왔다. 언론에 단 한 줄의 기사도 실리지 않았음은 물론이다. 그러나 이제 그것을 굳이 비밀로 할 필요가 없어졌으므로, 나는 영국이 무서운 파멸을 면할 수 있게 된 것이 내 작고 별난 친구가 가진 놀라운 두뇌 덕분이라는 사실을 세상이 알아야 한다고 믿는다.

저녁 식사를 마친 어느 날 저녁이었다. 구체적인 날짜를 언급하지는 않겠다. 영국이 적국에게 '평화 회담'이라는 공허한 메아리를 되뇌고 있던 시기였다고 하는 것으로 충분할 것이다. 푸아로와 나는 그의 방에 앉아 있었다. 부상으로 징집에서 제외된 후 나는 대체 복

189

무를 하고 있었기 때문에, 저녁 식사 후 푸아로를 찾아가 그가 맡은 재미있는 사건을 놓고 이야기를 나누는 것이 습관이 되어 있었다.

그날 밤 나는 세간을 떠들썩하게 하고 있던 화제를 꺼냈다. 데이비드 머캐덤 영국 총리에 대한 암살 미수 사건이 그것이었다. 신문 기사도 엄중한 검열을 받았다. 탄환이 그의 볼을 스쳐 지나갔다는 것과 총리가 가까스로 목숨을 건졌다는 사실 외에는 아무것도 발표되지 않았다.

나는 이런 무도한 일이 발생한 것은 경찰이 근무를 태만히 했기 때문이라고 생각했다. 영국에 있는 독일 스파이들이라면 이런 시도쯤은 기꺼이 하고도 남는다는 건 알고 있었다. 소속 당으로부터 '싸움꾼 맥'이라는 별명을 얻고 있던 총리는 당시 만연했던 반전 조류에 맞서 의연하고도 정력적으로 정책을 펴 나갔다.

그는 영국의 총리 그 이상이었다. 그는 영국 그 자체였다. 그런 만큼 그 지위에서 그를 제거하면 대영제국에 치명적인 기능 마비를 초래할 것임은 자명한 사실이었다.

푸아로는 작은 스펀지로 열심히 회색 양복을 손보고 있었다. 에르퀼 푸아로에 비길 만한 멋쟁이는 세상에 없을 것이다. 깔끔함과 완벽함이 그의 신조였다. 벤젠 냄새를 풀풀 풍기는 그 모습을 보며 내 이야기에 주의를 기울이고 있다고는 결코 생각할 수 없었다.

"잠깐만 기다려 주게. 듣고 있잖나, 친구. 거의 끝났어. 기름 얼룩이…… 이거 큰일인걸. 지워야 하는데…… 옳지!"

그는 스펀지를 열심히 문질렀다.

나는 담뱃불을 붙이면서 미소를 지었다. 그러고는 일이 분 정도 기다렸다가 물었다.

"요즘 뭐 재미있는 사건이라도 있어요?"

"나는 요새 그 뭐라 해야 되나…… 아, '파출부'의 남편을 찾는 일을 도와주고 있네. 요령이 필요한 까다로운 사건이야. 하지만 나의 작은 생각으로는, 그 남자를 찾는다 하더라도 남편 쪽은 별로 기뻐하지 않을 걸세. 자네는 어떻게 생각하나? 개인적으로 난 그를 동정해. 아내를 버리고 도망치다니 꽤 현명한 일 아닌가."

나는 웃었다.

"드디어! 기름 얼룩이 겨우 지워졌어! 이제 무슨 말이든 들어 주겠네."

"최근의 머캐덤 총리 암살 미수 사건에 대해 당신 생각을 물었잖아요."

푸아로가 즉시 대답했다.

"앙팡틸라주(유치해)! 빤히 들여다보이는 천박한 짓이야! 머리가 있는 사람이라면 그렇게 할 리가 없지. 라이플총으로 저격? 그래서야 성공하겠나! 그런 건 구시대의 유물이야."

"그러나 이번에는 꽤나 아슬아슬했다던데요?"

내가 상기시켜 주었다.

푸아로는 참을성 없이 고개를 가로저었다. 그가 막 입을 열려는데 하숙집 여주인이 문을 열더니, 아래에 신사 두 명이 와 있다는 말을 전했다.

"이름도 밝히지 않으면서 아주 중대한 용건이라고만 말씀하시는데요."

"올라오라고 전해 주세요."

푸아로는 회색 바지를 조심스럽게 개며 말했다.

몇 분 후 두 방문객이 올라왔는데, 그중 한 명이 다른 누구도 아닌 하원 의장 에스테어 경인 것을 보고 내 심장은 정신없이 뛰었다. 한편 그와 동행한 버나드 다지 씨는 전시(戰時) 내각의 구성원으로, 총리와 아주 가까운 친구 사이라는 말을 들은 기억이 있었다.

"무슈 푸아로 되시오?"

에스테어 경이 미심쩍다는 듯이 물었다. 푸아로가 머리를 숙였다. 이 권력자는 나를 보고 주저하는 눈치였다.

"내 용건은 극비요."

"헤이스팅스 대위 앞이라면 무엇을 말씀하셔도 괜찮습니다."

푸아로는 나에게 그대로 있으라는 눈짓을 하면서 말을 이었다.

"이 사람이 모든 일에 뛰어난 재능을 가졌다고는 말씀드리지 않겠습니다. 그러나 그의 신중함만큼은 제가 보증합니다."

에스테어 경은 아직 주저하는 눈치였는데, 다지 씨가 갑자기 입을 열었다.

"자, 변죽만 울리는 일은 그 정도로 합시다. 조만간 무슨 일이 일어났는지 온 영국이 알게 될 테니까. 시간문제란 거죠."

푸아로는 정중하게 말했다.

"메슈(여러분), 앉으시지요. 각하, 큰 의자에 앉으시겠습니까?"

에스테어 경은 약간 흠칫했다.

"나를 알아보겠소?"

푸아로는 미소 지었다.

"물론이죠. 신문에 실린 사진 정도는 알아보니까요. 어떻게 각하를 모를 수가 있겠습니까?"

"무슈 푸아로, 나는 가장 긴급한 비상사태를 상담하러 왔소. 절대적으로 비밀을 지켜 주셔야 합니다."

"에르퀼 푸아로의 입은 이제 봉해졌습니다. 말씀드릴 것은 그것뿐입니다."

푸아로는 장담하듯이 말했다.

"총리에 관계된 일입니다. 아주 곤란한 지경이오."

"진퇴양난이죠!"

다지 씨도 말을 거들었다.

"그때의 부상이 심각한가 보죠?"

내가 물었다.

"무슨 부상 말이오?"

"탄환에 의한 부상 말입니다."

"아, 그거! 그건 이미 지나간 얘기입니다."

다지 씨는 비웃듯이 외쳤다.

에스테어 경이 말을 받았다.

"이 사람 말처럼 그건 이미 끝난 사건이오. 다행히도 실패했지. 두 번째 또한 마찬가지라고 말할 수 있다면 좋으련만."

"두 번째 시도가 있었단 말씀이십니까?"

"그렇소. 성격은 좀 다르지만. 무슈 푸아로, 총리가 사라졌습니다."

"뭐라고요?"

"납치당한 거요!"

"말도 안 돼!"

나는 어이가 없어서 목소리를 높였지만 푸아로가 매서운 눈초리를 해서 입을 다물고 있기로 했다.

"불행히도 일이 그렇게 됐소."

푸아로가 다지 씨를 바라보았다.

"방금 전에 시간문제라는 말씀을 하셨지요, 의원님? 그건 무슨 뜻입니까?"

두 사람이 마주 보더니 곧 에스테어 경이 대답했다.

"무슈 푸아로, 연합국 회담이 곧 있다는 건 알고 있겠지요?"

푸아로는 고개를 끄덕였다.

"당연한 이유로 그게 언제 어디서 개최되는지는 일체 기밀에 부쳐져 있소. 하지만 신문에 나오지 않는 그런 정보라도 외교관들 사이에서는 공공연히 알려져 있는 법이라오. 회담은 내일, 목요일 저녁 베르사유에서 열릴 예정이지요. 이제 상황의 심각성을 눈치채셨을 걸로 믿소. 숨김없이 말씀드리는데, 이 회담에는 반드시 총리가 참석해야 하오. 현재 국내에서 암약하고 있는 독일 스파이들의 평화주의 선전 활동이 매우 활발하지요. 이번 회담에서 총리의 강한 호소를 돌파구로 삼아야 하는 겁니다. 그의 부재는 매우 심각한 결과를 초래할 수 있소. 아마도 설익고 불안정한 평화라는 형태가 되겠지. 그를 대신할 사람은 없소. 그만이 영국을 대표할 수 있으니까."

푸아로의 얼굴은 극도로 심각해졌다.

"이 납치는 총리를 회담에 참석하지 못하게 하려는 시도라는 말씀이군요."

"물론이오. 그는 사실 그때 프랑스로 가던 중이었소."

"회담이 열리는 시각은……?"

"내일 밤 9시요."

푸아로는 주머니에서 아주 커다란 회중시계를 꺼냈다.

"지금이 9시 15분 전입니다."

"24시간 남았소."

다지 씨가 심각하게 말하자, 푸아로가 바로잡았다.

"그리고 15분이 있지요. 15분을 잊지 마십시오, 무슈. 유용하게 쓰일지도 모릅니다. 이제 자세한 사항을 알고 싶습니다. 납치가 일어난 장소는 영국이었습니까, 아니면 프랑스?"

"프랑스에서였소. 머캐덤 총리는 오늘 아침 프랑스로 건너갔지요. 오늘 밤은 군 총사령관의 손님 자격으로 그곳에 묵었다가 내일 파리로 갈 예정이었소. 구축함을 타고 영불 해협을 건넜고. 불로뉴(프랑스 북서쪽의 항구 도시 — 옮긴이)에서 군 사령부의 차로 사령관의 부관이 마중 나왔다죠."

"에 비엥(그래서요)?"

"그렇게 그들은 불로뉴를 출발했는데…… 목적지에 도착하질 않왔다오."

"뭐라고요?"

"무슈 푸아로, 그 차가 가짜였던 거요. 부관도 가짜였고. 진짜 차
는 옆길 한구석에서, 진짜 운전자와 부관은 꽁꽁 묶인 채로 발견되
었다지."

"그럼 그 가짜 차는?"

"지금까지 감감무소식이라오."

푸아로는 몸짓으로 초조한 감정을 드러냈다.

"믿을 수 없군요! 그렇게나 오래 수색을 피할 수 있다니!"

"우리 생각도 그렇소. 수색에 들어가기만 하면 바로 찾을 수 있을
걸로 보았는데 말이오. 프랑스의 해당 지역에 통제령을 내린 만큼
빠져나가기란 불가능하오. 프랑스 경찰, 그리고 우리의 런던 경시청
과 군대가 샅샅이 그곳을 뒤지고 있소. 하지만 당신 말마따나 믿을
수 없게도, 무엇 하나 발견되지 않은 거요!"

그때 노크 소리가 들리더니 젊은 장교 하나가 단단히 봉해진 봉
투를 가지고 들어와 에스테어 경에게 건네주었다.

"분부하신 대로 가져왔습니다. 방금 전에 프랑스에서 도착한 것
입니다."

하원 의장은 허겁지겁 봉투를 뜯고 내용물을 보더니 탄성을 내질
렀다. 장교는 물러갔다.

"드디어 정보가 입수되었군요! 방금 전에 해독된 암호 전문인데, 그
가짜 차가 발견되었다고 하오! 비서 대니얼스가 그 안에 클로로포름

에 마취당한 채로 묶여 있었답니다. 그는 뒤에서 누군가 입과 코를 막은 것과 그자를 뿌리치려고 몸부림쳤던 것밖에는 아무것도 기억나는 게 없다는 거요. 경찰도 그가 진실을 말하고 있다고 보는 것 같소."

"그리고 그 밖에 발견된 것은요?"

"없소."

"총리의 시신은 없었답니까? 그렇다면 희망이 있습니다. 하지만 이상하군요. 아침에는 암살을 노리더니, 이번에는 산 채로 잡아 두기 위해 고생을 자청하다니요."

다지가 고개를 가로저었다.

"한 가지는 확실합니다. 놈들은 총리를 회담에 못 나가게 하기 위해선 뭐든지 하리란 것."

"그게 사람이 저지른 일인 이상, 총리는 회담에 참석하게 될 것입니다. 너무 늦은 게 아니라고 신께서 말씀하시는군요. 자, 여러분. 처음부터 일어난 모든 일에 대한 설명을 부탁드립니다. 저격 사건까지 포함해서요."

"어젯밤 총리는 비서 한 명, 즉 대니얼스 대위를 데리고……."

"프랑스에 수행한 사람과 동일 인물이겠죠?"

"그렇소. 그렇게 그들은 윈저 궁으로 가서 폐하를 알현했다오. 그리고 오늘 아침 일찍 런던으로 향했는데 도중에 암살 기도가 있었던 겁니다."

"잠시 실례하겠습니다. 그 대니얼스 대위란 사람은 어떤 인물입니까? 기록을 갖고 계시나요?"

에스테어 경은 미소 지었다.

"그걸 물으리라 생각했소. 그렇게 자세히 알고 있진 않아요. 명문가 출신은 아니지만 영국 육군으로 복무했다고 하오. 매우 유능한 비서로서 특히 어학에 뛰어납니다. 7개 국어를 한다는 말이 있으니. 총리가 그를 프랑스로 데려가기로 한 것도 그 이유에서겠지요."

"영국에 친척은 있습니까?"

"고모가 두 사람. 햄스테드에 사는 에버라드 부인과 애스콧 근처에 있는 대니얼스 양이오."

"애스콧? 그곳은 윈저 궁 근처가 아닙니까?"

"그 점은 우리도 꼼꼼히 조사했소. 그러나 별로 걸리는 게 없더군."

"그러면 대니얼스 대위는 깨끗하다고 생각하시는 거로군요?"

에스테어 경은 약간은 빈정거리는 듯한 어조로 대답했다.

"아니, 무슈 푸아로. 요즘은 나도 사람을 함부로 신뢰하는 일을 자제하려 한다오."

"트레 비엥(좋습니다). 잘 알았습니다, 각하. 총리에 대한 경호는 철저했다는 걸요."

에스테어 경은 고개를 끄덕였다.

"그렇소. 총리의 차 바로 뒤에는 사복형사들이 탄 승용차가 뒤따르고 있었지요. 머캐덤 씨는 그런 사정을 전혀 몰랐다오. 그는 매우 대담한 사람이라 혹 그 사실을 알게 되면 멋대로 형사들을 쫓아 버릴 테니까. 하기야 그런다고 해도 경찰은 나름대로 경호를 하겠지만 말이오. 총리의 운전사인 오머피도 범죄 수사과 형사요."

"오머피? 이름을 보니 아일랜드인이군요?"

"그렇소. 아일랜드인이오."

"아일랜드의 어디 출신입니까?"

"아마 클레어일 거요."

"티엥(이런)! 아, 계속하십시오, 각하."

"총리는 런던을 향해 출발했소. 차 문을 잠근 채로 그와 대니얼스 대위가 타고 있었지. 평소처럼 호위 차량이 뒤를 따르고 있었는데, 무슨 일인지 총리의 차가 주도로를 벗어나더니……."

"커브가 있는 지점에서 말이죠?"

푸아로가 끼어들었다.

"맞아요. 그런데 어떻게 알았소?"

"오, 세 에비드멍(그야 뻔하니까요)! 계속하십시오!"

에스테어 경은 계속했다.

"무슨 이유에서인지 총리의 차가 주도로를 벗어났소. 경관들이 탄 차는 뒤에서 그걸 아직 발견 못 한 채로 길을 달리고 있었고. 그리고 인적이 드문 길의 약간 후미진 곳에서 복면을 쓴 괴한들이 나타나 총리의 차를 둘러싼 거요. 운전사는……."

"바로 그 용감한 오머피겠군!"

푸아로가 생각에 잠긴 채로 중얼거렸다.

"운전사는 순간 깜짝 놀라 급브레이크를 밟았고, 총리는 창으로 머리를 내밀었소. 순간 총성이 울린 거요. 이어서 또 한 발. 처음 한 발은 총리의 볼을 스쳤는데, 두 번째는 다행히 엉뚱한 방향이었던 모양이오. 이쯤 되니 운전사도 위험을 느끼고서 곧바로 차의 속력을 올려 현장을 벗어났지요."

"가까스로 탈출했군요."

내가 부르르 몸을 떨며 말했다.

"머캐덤 씨는 그걸 가볍게 긁힌 정도라고 하면서 자기의 작은 부상으로 소란을 피우지 말라는 뜻을 보였소. 곧 인근의 병원에서 붕대를 감고 간단한 치료를 받았지요. 물론 그의 신분은 비밀로 하고. 그런 후 예정대로 도버행 특별 열차가 기다리는 채링크로스 역으로 직행했다오. 걱정하는 경찰들에게 대니얼스 대위가 간단히 사정을 설명하고 둘은 지체 없이 프랑스로 떠났소. 도버항에서 그들은 구축함으로 갈아탔는데, 그다음엔 이미 말했다시피 불로뉴에서 영국 국기를 단 가짜 차가 대기하고 있었던 것이오."

"그것으로 끝입니까?"

"그렇소."

"빠뜨리신 사항은 없겠죠?"

"음, 한 가지 마음에 걸리는 일이 있긴 하오."

"무엇이죠?"

"채링크로스 역에서 일행을 내려 준 총리의 자동차가 그의 집으로 돌아오지 않았다는 점이오. 경찰은 초조하게 오머피를 찾아 나섰는데, 글쎄, 차가 독일 스파이들의 접선 장소로 알려진 소호의 작은 레스토랑 앞에서 발견되었지 뭐요."

"운전사는요?"

"운전사는 어디에도 없었소. 그도 행방불명이오."

"그러면 사라진 사람이 두 명이군요. 프랑스에서 총리가, 런던에서는 오머피가."

푸아로는 생각에 잠긴 채 말했다. 그동안에도 그의 눈은 절망의 몸짓을 하는 에스테어 경을 날카로운 눈으로 살피고 있었다.

"이건 말할 수 있소, 무슈 푸아로. 누군가 어제 오머피를 배신자라고 했다면 난 말도 안 된다며 비웃었을 거라는 거요."

"그럼, 오늘은요?"

"오늘은 어찌 생각해야 할지 모르겠군요."

푸아로는 무겁게 고개를 끄덕였다. 그러고는 한 번 더 시계를 꺼내어 보았다.

"제가 카르트 블랑슈(백지 위임장)를 받았다는 것은 알겠습니다. 제겐 어디에든 갈 수 있고, 어떤 행동이든 취할 수 있는 권한이 필요합니다. 가능한 일이겠죠?"

"여부가 있겠소. 한 시간 후에 경시청에서 추가로 파견된 요원을 태운 도버행 특별 열차가 도착할 거요. 헌병과 형사가 각 한 명씩인데, 당신의 수족처럼 부려도 좋소. 만족하시오?"

"물론입니다. 떠나시기 전에 한 가지 더 물어보고 싶은 것이 있습니다. 어째서 절 찾아오게 되신 거지요? 이 넓은 런던에서, 이름 없이 잘 알려지지도 않은 저를 말입니다."

"당신 조국의 대단히 훌륭한 어떤 분의 특별한 추천이 있었기 때문이오."

"코멍(뭐라고요)? 도지사로 있는 제 친구가 혹시……?"

에스테어 경은 고개를 가로저었다.

"도지사보다 더 높은 분이오. 그분 말이 곧 벨기에의 법이었던 때가 있었지요. 곧 다시 그렇게 될 거고! 영국은 그리 믿고 있소."

푸아로는 재빨리 손을 들어 극적인 경례 자세를 취했다.

"황송할 뿐입니다! 폐하께서는 아직도 그 일을 기억해 주시는군요. 여러분, 이 에르퀼 푸아로는 충심으로 전력을 다할 것을 약속드립니다. 신의 가호 아래 사건은 반드시 해결될 것입니다. 하지만 현재 보이는 것은 깜깜한 어둠뿐, 아무것도 보이지가 않으니……."

고관들이 방에서 나가고 문이 닫히자, 나는 더 기다리지 못하고 물었다.

"자, 푸아로. 어떻게 생각해요?"

푸아로는 재빠른 동작으로 작은 여행 가방에 소지품을 넣다가 걱정스러운 듯이 고개를 흔들었다.

"뭘 생각해야 할지 도통 모르겠어. 이놈의 머리가 통 돌아가질 않네."

"한데 당신 말처럼 총 한 방이면 해결될 텐데 굳이 납치한 이유는 뭘까요?"

나는 혼잣말하듯 물었다.

"잠깐만, 몬 아미. 그렇게 말할 것만은 아니야. 의심할 필요 없이 그들은 처음부터 납치를 노렸던 거네."

"하지만 왜요?"

"불확실한 상태를 조성하는 게 더 효과가 좋거든. 그게 첫 번째 이유일세. 총리가 죽었다면 그건 정말 끔찍한 불행이긴 해도 곧 상황을 수습할 대책을 세울 수 있지 않겠나. 하지만 지금은 그냥 모든 게 마비될 수밖에. 총리가 다시 돌아올 것인지 아닌지, 죽었는지 살았는지 아무도 모를뿐더러, 그게 확실해질 때까지는 아무 행동도 할 수가 없거든. 이런 '불확실한 상태가 낳는 공황'이 레 보시(독일 놈)들이 노리는 바일 거야. 그리고 총리를 어딘가에 숨겨 둠으로써 양측과의 협상에서 유리한 고지를 점령하게 된다는 이점이 있지. 독일 정부는 지갑 인심이 그리 후한 편이 아니지만 이번 같은 경우에선 상당한 돈을 풀었을걸. 그리고 세 번째, 살인죄로 교수형 당할 위험을 피할 수 있다는 것. 분명히 그들은 애초부터 납치를 노렸을 거야."

"만일 그렇다면 그 전에 저격을 시도한 것은요?"

푸아로는 답답한 듯이 어깨를 으쓱했다.

"아, 그게 이해 안 가는 점이야! 도통 모르겠다니까. 바보같이! 녀석들은 빈틈없는 계획을 준비했어! 훌륭할 정도로! 영화같이 극적인, 도무지 현실적이지 않은 소동을 벌여 단숨에 상황을 장악했지. 런던에서 30킬로미터도 안 되는 곳에서 복면을 쓴 괴한 일당이라니, 원!"

"그 두 가지가 서로 전혀 관련 없는 별개의 사건일지도 몰라요."

"오, 아니야. 우연의 일치라고 하기엔 너무 가까워. 그렇다면……내통자는 누구일까? 배신자가 있다는 건 명확해. 첫 사건에서는 말이야. 그렇다면 누구지? 대니얼스? 아니면 오머피? 둘 중 하나가 틀림없네. 그렇지 않다면 왜 차가 주도로에서 이탈했겠는가? 총리가 자신의 암살을 연출했다고는 생각할 수 없으니! 오머피가 차를 그리로 몰았을까, 그렇지 않으면 대니얼스가 그렇게 명령했을까?"

"오머피 짓이 틀림없어요."

"그렇지, 대니얼스가 그렇게 말했다면 총리도 들었을 테고, 그 이유를 물었을 테니까. 이 사건에는 '왜'가 너무 많아. 그것도 서로 모순된. 만약 오머피가 결백하다면 그는 왜 주도로를 벗어났는가? 그가 배신자라면 왜 총이 단 두 발 발사되었을 때 서둘러 차를 출발시켰는가? 그 덕에 총리가 목숨을 건지지 않았는가? 그리고 다시, 그가 결백하다면 도대체 왜 채링크로스를 떠나서 독일 스파이들의 아지트로 차를 몰았는가?"

"만만치 않군요."

"원칙을 세우고 그 아래서 사건을 바라보세. 이 두 남자에게 유리한 사실과 불리한 사실이 무엇이지? 우선 오머피. 불리한 사실은 그가 클레어 출생의 아일랜드인이라는 점, 수상쩍게 실종되었다는 점일세. 반면 유리한 점으로는 그가 총리의 목숨을 구하기 위해 신속하게 차를 출발시켰다는 점이 있네. 또한 경시청 소속이라는 그의 신분과 유능한 형사라는 주위의 평가가 존재하지.

이제 대니얼스 차례군. 그에게 불리한 사실은 그다지 없어. 단지 태생이 분명치 않다는 점과 영국인치고 너무 많은 외국어를 할 줄 안다는 것뿐이야! (이해해 주게, 몬 아미. 자네들 영국인들의 외국어 실력은 딱할 정도이지 않나.) 유리한 사실로는 재갈을 물리고 결박당한 채였다는 발견 당시의 모습이 있지. 또 클로로포름을 마셨다고도 하고. 이쯤 되면 그는 사건과 무관한 것처럼 보인단 말이야."

"혐의를 피하기 위해서 스스로 재갈을 물고 몸을 묶었을지도 모르잖습니까."

푸아로는 고개를 저었다.

"프랑스 경찰은 그런 것에 속아 넘어갈 정도로 멍청하지 않아. 게다가 목적을 달성하여 총리를 성공적으로 납치한 이상 그렇게까지 그를 구속할 필요는 없었지. 하기야 패거리가 있어 그를 마취시키고 밧줄로 묶었을 수도 있지만 그게 무슨 큰 의미가 있는지 잘 모르겠군. 이제 놈들에게 그는 이용 가치가 없는 데다, 총리의 생사와 안위가 밝혀질 때까지 엄중한 감시하에 놓일 게 뻔하거든."

"수사에 혼선을 주려고 그런 것은 아닐까요?"

"그렇지도 않아. 그는 그저 코와 입에 무언가가 닿았다는 사실 외엔 아무것도 기억나는 게 없다고 했어. 수사에 혼선을 주려는 의도는 안 보이지. 내겐 아주 진실하게 들렸네."

"그럼 그렇다 치고, 이제 역으로 가야 하지 않을까요? 프랑스에선 좀 더 쓸 만한 단서를 찾을 수 있을 거예요."

나는 시계에 눈을 돌리며 말했다.

"그럴지도, 몬 아미. 회의적이긴 하지만 말이야. 나는 그렇게 줍고 한정된 지역에서 총리가 발견되지 않고 있다는 것이 지금도 믿어지지 않는다네. 그를 숨겨 두는 고생은 이만저만이 아닐 테니까. 2개국의 군대와 경찰이 찾아내지 못했는데 내가 무슨 일을 할 수 있겠나?"

채링크로스 역에 가니 다지 씨를 만날 수 있었다.

"이쪽이 경시청의 반스 형사이고, 이쪽은 노먼 소령입니다. 당신의 손발이 되어 줄 사람이죠. 행운을 빕니다. 쉽지 않은 일이긴 하지만 난 희망을 버리지 않았다오. 이제 떠날 시간이군요."

그렇게 의원은 급한 발걸음으로 사라졌다.

우리들은 노먼 소령과 잡담을 했다. 그 와중에 플랫폼에 모여 있는 몇 사람 중에서 키가 큰 금발의 남자에게 말을 붙이고 있는 족제비 같은 얼굴의 작은 남자가 눈에 띄었다. 그는 푸아로와 오래 알고 지낸 사이인 재프 경감으로, 런던 경시청의 경찰 중에서도 가장 유능한 사람 중 하나였다. 그가 이쪽으로 다가와 푸아로에게 기운차게 말을 걸었다.

"자네도 이 사건을 맡았다고 들었네. 까다로운 사건이지. 멋지게 저지르고 튀었더군. 하지만 그리 오래 숨어 있진 못할 거야. 우리가 프랑스 전체를 이 잡듯이 수색하고 있고, 프랑스 친구들도 마찬가지니까. 솔직히 시간문제라는 생각이 드네."

"그렇죠. 총리가 아직 살아 계시다면."

키가 큰 형사가 우울한 목소리로 말했다. 재프의 얼굴에 그늘이 졌다.

"흠…… 하지만 왠지 난 그분이 살아 있을 것 같은 느낌이 든단 말이야."

푸아로가 고개를 끄덕였다.

"그렇고말고. 나도 그렇게 생각한다네. 살아 있을 거야. 다만 시간에 맞출 수 있느냐가 문제지. 그들이 한없이 숨어 있진 못할 거라는 것엔 나도 동감이야."

기적이 울리자 우리 모두는 풀먼식 열차(침대 설비가 있는 특별 차량 — 옮긴이)에 올라탔다. 곧 느릿하게 덜컹거리며 기차는 역을 벗어났다.

그것은 묘한 여행이었다. 경시청 형사들은 한곳에 자리잡았다. 북프랑스의 지도가 펼쳐지고, 여러 손가락들이 도로와 마을의 선을 열심히 더듬었다. 사람들은 제각각 자신만의 이론을 내놓았다. 푸아로는 평소와는 달리 잠자코 앉은 채로 앞만 바라보고 있었다. 그의 표정은 마치 당황한 어린아이 같았다. 나는 노먼과 이야기를 나누었는데, 곧 그가 매우 재미있는 친구라는 걸 알게 되었다.

도버에 도착한 후에 푸아로가 취한 행동은 나를 참으로 즐겁게 해 주었다. 그 자그마한 남자는 배에 올라타자마자 내 팔을 필사적으로 붙들었다. 바람이 아주 세차게 불고 있었다.

"몽 디외(세상에)! 아주 죽겠구먼!"

그가 중얼거렸다.

"용기를 내요, 푸아로. 잘될 겁니다. 총리를 찾아낼 수 있다고요. 분명해요."

나는 큰 소리로 말했다.

"이봐, 몬 아미, 자넨 뭔가 착각하고 있어. 날 미치게 하는 건 이 고약한 바다라고! 망할 뱃멀미…… 정말 미칠 지경일세!"

"아!"

나는 짐짓 의외라는 눈치로 말했다.

엔진의 진동이 전달되어 올 때마다 푸아로는 신음 소리를 내며 그대로 눈을 감았다.

"노먼 소령이 북프랑스의 지도를 갖고 있던데요. 검토 안 해 봐도 돼요?"

푸아로는 진저리를 치며 고개를 저었다.

"됐네, 됐어! 친구, 날 좀 내버려 두게. 생각을 하려면 위장과 뇌가 조화를 이루어야 하는 법이야. 라브르기에란 사람이 개발한 아주 훌륭한 요법을 써 볼까…… 숨을 들이마시고…… 내쉬고…… 천천히. 그러고선 머리를 왼쪽에서 오른쪽으로 돌리면서 한 호흡마다 여섯을 세는 거지."

나는 열심히 체조를 하는 그를 남겨 두고 갑판으로 올라왔다.

그 후 배가 천천히 불로뉴항에 들어설 무렵, 푸아로는 멀쩡하게 웃으며 나타나 라브르기에 요법이 신통하리만큼 잘 들었다며 자랑했다.

재프의 집게손가락은 여전히 지도 위에서 범인의 예상 루트를 그리고 있었다.

"턱없는 소리! 차는 불로뉴에서 떠났어. 그리고 여기서 방향을 틀었고. 나는 놈들이 총리를 다른 차로 옮겨 태운 것으로 생각하는데, 어떤가?"

"음, 전 항구 설을 지지하렵니다. 십중팔구 녀석들이 그를 배에 숨겨서 이동한 것으로 믿어요."

키 큰 형사의 말에 재프는 머리를 흔들었다.

"너무 위험 부담이 커. 항구란 항구엔 전부 비상이 걸렸는걸."

우리들이 육지에 상륙했을 때 점차 날이 새기 시작했다. 노먼 소령이 푸아로의 팔을 두드리며 말했다.

"선생, 군 차량이 대기 중입니다."

"고맙소, 무슈. 하지만 저는 잠시 더 불로뉴에 있고 싶군요."

"뭐라고요?"

"사양하겠다는 거요. 부두 옆에 있는 저 호텔에 묵겠소."

그는 그렇게 말하며 호텔로 들어가 프런트에 가서 얘기를 하더니 방 하나를 얻었다. 우리 세 사람은 뭐가 뭔지 모르는 채로 그의 뒤를 따랐다.

푸아로가 힐긋 우리들을 돌아보았다.

"명탐정이 취할 행동으로는 보이지 않는다는 표정이군요. 여러분의 생각은 잘 알겠습니다. 훌륭한 탐정이라면 에너지가 넘쳐야 한다, 이리 뛰고 저리 뛰며 돌격해야 한다는 의견이겠지. 먼지투성이 길바닥에 찰싹 붙어서 확대경으로 타이어 자국을 들여다보거나, 떨어진 담배꽁초나 성냥개비를 모으면서 말이죠, 그렇게 생각하는 거지요?"

그의 도전적인 눈길이 우리를 향했다.

"하지만 저, 이 에르퀼 푸아로는 다릅니다! 진짜 단서는 바로 여기 있지요!"

그는 이마를 두드리며 말을 이었다.

"알겠습니까? 사실 런던을 떠나올 것까진 없었는데. 거기 제 방에 평온히 앉아 있는 것만으로도 충분했을 것을. 중요한 것은 모두 작은 회색의 뇌세포 속에 있는 법입니다. 은밀하고도 조용히 그것들은 활동을 시작할 것이고, 그러다 갑자기 저는 지도를 찾아 한 지점에 탁 손가락을 올리게 되는 겁니다. 그리고 말하겠죠. '총리는 이곳에 있어!' 그 말대로일 것이고! 원칙과 논리의 인도를 따른다면 해결하지 못할 사건이 없지요. 이렇게 미친 듯이 프랑스로 쳐들어온 건 분명 실수였습니다. 애들 숨바꼭질과 다를 게 뭐요. 하지만 이제 모든 게 늦어 버렸으니 제가 할 수 있는 일을 할밖에요. 머리로 하는 일 말입니다. 그러니 부디 조용히, 친구들. 이렇게 간청합니다."

그렇게 장장 다섯 시간 동안 그는 고양이처럼 눈썹만 깜빡거리며 꼼짝없이 앉아 있었다. 그의 녹색 눈동자는 반짝반짝 빛나며 조금씩 그 빛을 더해 가고 있었다. 경시청의 반스 형사는 노골적으로 경멸의 빛을 띠었고, 노먼 소령은 지루함과 초조함이 반씩 섞인 기색이었다. 나 역시 진저리 나도록 느리게 가는 시간을 참아 내야 했다.

마침내 나는 자리에서 일어나 가능한 소리 없이 창가로 다가섰다. 주위를 둘러싼 상황이 마치 희극처럼 느껴지고 있었다. 내심 내 친구가 걱정되었다. 만약 그가 실패하더라도 좀 덜 우스꽝스러운 방식이 되게 하고 싶었던 것이다. 나는 연기를 내뿜으며 들어오고 있는 정기선을 창문 밖으로 멍하니 바라보았다.

갑자기 바로 곁에서 푸아로의 목소리가 들려 나는 깜짝 놀랐다.

"메 자미(나의 친구들), 출발합시다!"

나는 얼른 돌아보았다. 푸아로의 모습은 완전히 뒤바뀌어 있었다.

눈은 흥분으로 반짝반짝 빛나고 가슴은 한껏 부풀어 있었다.

"그동안 저는 멍청이였습니다, 친구들! 하지만 이제 빛이 보이는 군요."

노먼 소령이 황급히 문 쪽으로 다가갔다.

"차를 불러야죠?"

"그럴 필요까진 없습니다. 차를 타지 않을 테니까. 고맙게도 바람이 가라앉았구먼."

"선생, 걸어가자는 얘깁니까?"

"아니, 젊은 친구. 저는 베드로가 아니잖습니까. 바다는 배로 건너는 편이 낫지요."

"바다를 건너요?"

"그렇소. 원칙대로 일하자면 처음으로 돌아가지 않으면 안 되지요. 그런데 이 사건이 일어난 것은 영국이니, 영국으로 돌아가야 한다는 뜻입니다."

II

3시 정각에 우리들은 다시 한번 채링크로스 역의 플랫폼에 섰다. 푸아로는 우리가 떠드는 말에는 귀 한 번 기울이지 않았다. 다만 출발점에서 다시 시작하는 것이 시간 낭비가 아니라 취할 수 있는 유일한 해법이라는 말만 연신 되풀이할 뿐이었다. 길을 떠나면서 그가 낮은 목소리로 노먼에게 뭔가를 속삭이자, 노먼이 도버항에서 전보를 한 통 치는 모습이 보였다.

노먼이 갖고 있는 특별 통행증 덕분에 우리들은 어느 곳이든 최단 시간에 주파할 수 있었다. 런던에서는 사복 경찰 몇 명이 탄 대형 경찰차가 기다리고 있었는데, 그중 한 사람이 푸아로에게 타자로 친 종이쪽지를 건네주었다. 내가 궁금한 듯이 들여다보자 그가 설명했다.

"런던 서부에서 일정 반경 내에 있는 병원 명단이야. 도버에서 전보로 요청해 두었지."

우리들은 쏜살같이 런던 시내를 달려 배스로(路)에 도착했다. 이어 해머스미스, 치스윅, 브랜트퍼드를 계속해서 지나쳤다. 이제 나는 우리의 목적지가 어디인지 알 수 있을 것 같았다. 윈저를 지나 애스콧이 다가오고 있었다. 나는 가슴이 마구 뛰었다. 애스콧은 대니얼스의 고모가 사는 곳이다. 그러면 우리들이 쫓고 있는것은 오머피가 아니라 대니얼스라는 말이 된다.

차는 민첩하게 달려 어떤 근사한 별장의 대문에 멈춰 섰다. 푸아로가 차에서 뛰어내려 벨을 눌렀다. 그의 얼굴에 왠지 당혹스러운 기색이 지나가는 것 같았다. 분명 뭔가 불만스러운 점이 있는 모양이었다. 누군가가 마중 나왔고 그가 안으로 들어갔다. 몇 분 정도 후에 푸아로가 다시 나와서 머리를 신경질적으로 한 번 흔드는가 싶더니 지체 없이 차에 올랐다.

나는 희망의 불씨가 꺼져 가는 심정이었다. 벌써 4시가 지난 시각이었다. 설령 대니얼스를 체포할 수 있는 증거를 발견했다 하더라도 경찰이 프랑스에서 총리가 감금된 정확한 장소를 알아내지 못하면 무슨 소용이 있겠는가?

런던으로 돌아가는 길에는 들를 곳이 많았다. 우리는 주도로를 여러 번 벗어나 작은 건물 앞에 멈춰 섰는데, 한눈에 지방 소병원임을 알아볼 수 있는 그런 곳들이었다. 푸아로는 병원을 방문할 때마다 몇 분 되지도 않아 다시 뛰어나오곤 했는데, 그럴수록 그의 얼굴빛이 점점 좋아지는 것이 의문이었다.

그가 노먼에게 뭐라 속삭이자 노먼이 대답했다.

"예, 왼쪽으로 돌면 다리 옆에서 모두가 기다리고 있습니다."

땅거미가 지는 시각이었다. 차가 옆길로 돌자 길가에서 기다리는 또 다른 차 한 대가 보였다. 사복형사 두 사람이 타고 있었다. 푸아로는 차에서 내려 그들과 이야기를 했고, 곧 우리는 북쪽으로 차를 달렸다. 조금 전 본 차도 우리 뒤를 바짝 따랐다.

차는 잠시 동안 계속 달렸는데, 행선지는 런던의 북쪽 교외임이 분명해 보였다. 마침내 우리들은 길에서 조금 물러난 키 큰 건물의 정문까지 차를 몰아 갔다.

노먼과 나는 차에 남아 있었다. 푸아로와 형사 한 명이 입구로 다가가 벨을 누르자, 단정한 차림의 하녀가 문을 열었다.

형사가 말했다.

"경찰입니다. 집을 조사해도 되겠습니까?"

여자가 낮은 비명을 지르자 그녀 뒤쪽에서 중세풍의 키가 큰 미인이 나타났다.

"문 닫아, 이디스. 분명히 도둑일 거야."

그러나 푸아로는 잽싸게 문 틈에 한쪽 발을 밀어 넣는 동시에 휘파람을 불었다. 즉시 나머지 형사들이 집 안으로 달려들어 문을 닫았다.

노먼과 나는 아무것도 할 수 없는 우리들의 무력함을 한탄하며 5분 정도를 더 기다렸다. 드디어 문이 다시 열렸고, 형사들이 나왔다. 여자가 한 명, 남자가 두 명인 3인조를 체포해 나오는 모습이었다. 여자와 남자 한 명은 뒤쪽 차에 탔고, 한 명은 푸아로가 직접 우리 차에 태웠다.

"친구, 나는 저쪽 일행과 함께 가지 않으면 안 되거든. 이 신사분을 잘 돌봐 주게나. 이 사람이 누군지 알아보겠나? 모르겠다고? 에비엥(그럼), 알려 주지. 무슈 오머피라네!"

오머피! 내가 입을 떡 벌리고 그를 쳐다본 것과 동시에 차는 출발했다. 수갑을 채우진 않았지만 도망칠 사람으로는 보이지 않았다. 그는 얼떨떨한 표정으로 앞만 보고 앉아 있었다. 어쨌든 노먼과 나 두 사람이라면 그를 제압하기엔 충분할 터였다.

놀랍게도 차는 여전히 북쪽으로 달리고 있었다. 그렇다면 런던으로 가는 게 아니다! 나는 크게 당황했다. 갑자기 속도가 낮아지기에 둘러보니 우리는 헨던 비행장 근처에 와 있었다. 나는 즉시 푸아로의 의도를 알 수 있었다. 그는 비행기를 타고 프랑스로 가려는 것이다.

야심찬 계획이긴 했지만 현명하진 않다는 생각이 들었다. 전보를 치는 쪽이 훨씬 빠를 것이다. 우리에겐 1분 1초가 중요하다. 푸아로가 총리를 자기 손으로 구출하는 공을 다른 이에게 양보하는 일이 있더라도 전보 쪽이 옳은 판단이었다.

차가 멈추자 노먼 소령이 뛰어나가 저쪽 차의 사복 경찰과 자리를 바꾸었다. 노먼은 푸아로와 잠시 이야기하는 것 같더니 즉시 어디론가 가 버렸다.

나 또한 뛰어나가 푸아로의 팔을 붙잡았다.

"축하해요, 친구! 범인들이 총리가 붙잡혀 있는 장소를 실토했나요? 하지만 보세요, 지금은 당장 프랑스로 전보를 쳐야 할 때라고요. 직접 가기엔 시간이 너무 많이 걸려요."

푸아로는 잠깐 동안 아주 흥미롭다는 듯이 나를 쳐다보았다.

"안됐지만 친구, 세상에는 전보로 보낼 수 없는 것도 있는 법이라네."

III

마침 그 순간 노먼 소령이 공군 군복을 입은 젊은 장교를 데리고 돌아왔다.

"이쪽은 라이얼 대위입니다. 프랑스까지 선생들을 태워 줄 겁니다. 바로 출발할 수 있다고 합니다."

"따뜻하게 옷을 껴입으십시오. 괜찮으시다면 제 코트를 빌려 드리겠습니다."

젊은 조종사가 말했다.

푸아로가 자기의 커다란 시계를 들여다보더니 혼잣말로 중얼거렸다.

"그래, 시간이 있어. 딱 맞출 수 있다고."

그러고는 눈을 들어 젊은 장교에게 정중히 고개 숙여 인사했다.

"고맙습니다, 무슈. 다만 이번 승객은 제가 아닙니다. 여기 계신 신사분이지."

그렇게 말하며 약간 옆으로 비켜서자 어둠 속에서 한 사람이 나타났다. 그 사람은 아까 붙잡아 뒷차에 태워 데려왔던 남자 범인이었는데, 그의 얼굴에 빛이 비추어진 순간 나는 눈이 튀어나올 정도로 놀랐다.

그는 다름 아닌 총리였던 것이다!

IV

푸아로, 노먼과 함께 셋이서 런던으로 돌아오는 차 안에서 내가 더는 참지 못하고 소리쳤다.

"제발 부탁이니 설명 좀 해 주십쇼. 도대체 녀석들이 어떻게 총리를 영국으로 숨겨 데려왔던 겁니까?"

푸아로는 태연하게 말했다.

"데려오고 말고 할 필요는 어디에도 없었지. 총리는 영국을 떠난 적이 없었어. 그는 윈저에서 런던으로 돌아오는 도중에 납치된 것이네."

"뭐라고요?"

"명쾌하게 설명해 주지. 총리가 차에 있었어. 비서는 옆에 앉았고. 그때 갑자기 총리 얼굴에 클로로포름을 적신 헝겊이 덮여……"

"그러니까 누가요?"

"그 똑똑한 외국어 천재 대니얼스 대위지. 총리가 의식을 잃은 것을 보고 대니얼스는 곧바로 전성관(분리된 두 방을 연결하여 음성을 전하여 주는 관. 여기서는 운전석과 뒷좌석이 막힌 자동차에 설치된 경우 ― 옮긴이)을 통해 운전사 오머피에게 오른쪽으로 차를 돌리라고 했지. 그러자 오머피는 조금의 의심 없이 지시를 따른 거야.

그렇게 해서 인적 드문 길에 접어들었을 때 꼭 고장 난 것 같은 큰 차가 서 있었어. 그 차의 운전사는 오머피에게 멈추라는 손짓을 했지. 오머피가 속도를 줄이자 그 남자도 다가왔고. 그때 대니얼스는 창문에 기대어 염화에틸이나 클로로포름 같은 약을 써서, 조금 전과 똑같은 방법으로 오머피 역시 마취시킨 거야. 몇 초 만에 의식을 잃은 두 명은 끌려 나와 다른 차에 옮겨지고, 그 뒤에 총리 전용 차에는 두 사람의 대역이 올라탄 거야."

"말도 안 돼!"

"파 드 투(천만에)! 자네는 뮤직 홀 등지에서 유명인을 똑같이 흉내 내는 쇼를 본 적이 없나? 공인을 모방하는 일만큼 쉬운 일도 없어. 그리고 런던의 필부 존 스미스보다는 영국의 총리 쪽이 흉내 내기 훨씬 쉽지. 오머피의 대역은 사람들이 별 눈길을 주지 않는 것을 틈타 모습을 감췄을 거네. 채링크로스 역을 떠나 자기네 패거리의 집합소가 있다는 소호로 곧장 향했을 거야. 들어갈 때는 오머피지만 나올 때는 전혀 다른 사람이 되는 거지. 오머피는 사라졌네. 진짜 오머피에게 혐의를 뒤집어씌우기에 적당한 흔적을 남기고."

"하지만 그 가짜 총리를 두 눈으로 직접 봤다는 사람이 수없이 많아요!"

"총리를 개인적으로 알고 있는 사람이나 친한 동료는 빼고 말이지. 또한 사람들의 접근을 대니얼스가 되도록 막아 주었어. 더구나 총리의 얼굴은 붕대로 칭칭 감겨 있었다는데, 행동이 평상시와 좀 달랐더라도 암살 시도를 겪은 후의 쇼크 때문이라고 둘러댈 수 있지 않겠나. 거기에 더해 머캐덤 총리는 목이 약해서 중요한 연설을 하기 전에는 목소리를 가능하면 보호하는 습관이 있다네. 프랑스에 도착할 때까지만 들키지 않으면 되니 얼마나 쉬운 일인가?

그 후 불가사의하고 불가능한 일이 일어났지. 총리가 없어진 거야! 영국 경찰들은 허겁지겁 프랑스로 건너왔지만, 아무도 앞서 일어난 총격 사건을 자세히 파헤쳐 보려 하지 않았어. 한편 납치 사건이 프랑스에서 일어났다는 착각을 확실히 심어 주고자 대니얼스는 스스로를 그럴싸하게 꽁꽁 묶어 클로로포름을 마시는 일을 택한 거야."

"그럼 총리 대역을 맡은 녀석은요?"

"변장을 뜯어 버리면 그것으로 끝이지. 그 녀석이나 가짜 운전사가 용의자로 체포되는 일이 있을지는 모르지만, 그 녀석들이 꾸민 연극을 눈치챌 사람은 아무도 없을 거야. 증거 불충분으로 석방되는 것이 고작이겠지."

"진짜 총리는 어떻게 되었죠?"

"총리와 오머피는 곧장 햄스테드, 즉 대니얼스의 고모니 뭐니 했던 에버러드 부인 집으로 끌려갔네. 그녀의 진짜 이름은 베르타 에벤탈, 경찰이 전부터 찾아 헤매던 독일 스파이지. 내가 경찰에게 귀중한 선물을 한 셈이 되었군. 대니얼스를 넘긴 건 말할 것도 없고! 하하, 꽤나 영리한 계획이었지만 에르퀼 푸아로의 두뇌를 뛰어넘을 순 없다는 걸 알아야지!"

나는 이 순간 푸아로가 자아도취에 빠질 자격이 충분하다고 생각했다.

"사건을 의심하기 시작한 것은 언제부터죠?"

"올바른 접근법을 적용하고 나서부터지. 가만히 앉아 뇌세포를 움직이기 시작했을 때 말이야! 나는 저격 사건이 아무래도 석연치 않았어. 하지만 그 사건의 결과로 총리가 얼굴에 붕대를 감고 프랑스로 갔다는 것을 듣고 나서 가닥이 잡히기 시작했네. 그리고 윈저와 런던 사이에 있는 병원을 몽땅 뒤져서 그날 아침 안면 치료를 받은 사람 중에 내가 설명하는 인상에 해당하는 사람이 하나도 없다는 것을 알았을 때 확신한 거고. 나 정도 되는 사람에게 그다음부터는 어린애 장난이었다네."

다음 날 아침 푸아로는 막 도착한 전보를 내게 보여 주었다. 전보에는 발신지나 서명이 일절 나와 있지 않았다.

　내용은 다음과 같았다.

　　시간에 맞췄음.

　그날 석간에는 일제히 연합국 회담에 관한 기사가 실렸다. 신문
들은 좌중을 가슴 깊이 감동시켰던 데이비드 머캐덤 총리의 명연설
과 그가 받은 뜨거운 박수갈채를 대서특필하고 있었다.

대번하임 씨의 실종

    푸아로와 나는 우리의 오랜 친구인 경시청의 재프 경감을 기다리고 있었다. 차를 마시기로 한 약속이었던 만큼 우리가 탁자 옆에 미리 둘러앉은 때였다. 늘 그렇듯 하숙집 여주인이 '차려 놓기'보다는 '던져 둔' 컵과 접시 들을 푸아로는 탁자에 조심조심 가지런하게 늘어놓았다. 이어 그는 금속제 찻주전자를 입김을 불어 가면서 실크 손수건으로 닦기 시작했다. 물이 끓는 주전자 옆 작은 냄비에는 진하고 달콤한 초콜렛이 담겨 있었는데, 이게 바로 푸아로가 '영국제 독약'이라고 부르며 사랑해 마지않는 기호품이었다.

    아래쪽에서 쾅쾅 문 두드리는 소리가 들려오더니 몇 분 후 재프가 기세등등하게 들어왔다.

    "많이 늦은 건 아니지? 실은 대번하임 사건을 담당하고 있는 밀러와 얘기 좀 하느라고."

그가 인사를 하며 한 말이었다.

나는 귀를 쫑긋했다. 최근 사흘 동안 신문은 온통 대번하임 씨의 수수께끼 같은 실종 사건 기사로 도배되어 있었기 때문이다. 그는 은행가이자 재무 전문가, 그리고 '대번하임 앤드 새먼' 투자은행의 중견 파트너로 유명한 사람이었다. 토요일에 자기 집에서 걸어서 산책을 나간 이후 소식이 없다고 한다. 나는 재프로부터 뭔가 재미있는 이야기를 들을 수 있기를 기대했다.

"요즘 같은 세상에서 누가 '실종'된다는 게 과연 있을 수 있는 일일까요?"

내 말에 푸아로는 버터 바른 빵이 담긴 접시를 5밀리미터쯤 옆으로 밀더니 물었다.

"확실히 말하게, 친구. 자네는 어떤 '실종'을 말하는 건가?"

"그렇다면 실종에도 구분이나 종류가 있다는 말인가요?"

나는 웃으면서 말했다.

재프도 미소를 지었다. 푸아로는 우리 두 사람을 보고 얼굴을 찌푸렸다.

"그야 있고말고! 세 종류로 나뉘지. 그 첫째는 가장 흔한 경우로, 스스로 모습을 감춘 것. 두 번째는 자주 악용되는 '기억상실증'의 경우일세. 대체로 꾀병이지만 개중에 진짜도 있긴 해. 세 번째, 살인에 이은 성공적인 시체 유기 케이스야. 상대를 죽여 버리고서 어떻게 해서든 그 시체를 처리한 경우네. 자네는 그 사건이 이 세 범주를 벗어난다고 보나?"

"아니, 실종으로 끝나는 경우란 대체로 드물다는 거죠. 기억을 잃는 경우에는 다른 사람들 쪽에서 알아볼 테니까요. 대번하임 씨처럼 유명 인사일 경우엔 더욱. 그리고 시체를 감쪽같이 없앤다는 것은 어려운 일 아닙니까. 아무리 인적 드문 곳에 숨기거나 트렁크에 넣거나 해도 빠르건 늦건 시체란 발견되기 마련이니까요. 실종 사건이 살인 사건으로 바뀌는 겁니다.

마찬가지로 아무도 몰래 국외로 도피하고 싶어 하는 범죄자들 역시 오늘날의 무선 전신 시대에는 별 도리가 없지 않을까요? 출입국의 검문을 통과할 수 없고, 그 전에 항구나 역도 철저히 감시되겠고요. 국내에서 숨어 지낸다 해도 신문을 읽은 사람들이 인상이나 체격 등을 대번에 알아볼 테죠. 결국 범인은 문명에 맞서야 하는 겁니다."

푸아로가 말했다.

"몬 아미, 지금 자네는 한 가지 오류를 범하고 있어. 다른 사람을 없애거나, 비유적으로 자기 자신을 죽이려고 마음먹은 그 사람이 보기 드물게 영리한 자일 경우는 생각지 않는 건가? 두뇌에 '원칙'이 서 있는 경우 말이야. 녀석은 목적을 이루기 위해 세세한 부분까지 온갖 잔꾀와 재능을 총동원해 계산해 나올 텐데도? 나는 그런 자들이라면 경찰쯤은 간단히 속여 넘기리라 보네."

"자네는 빼고 말이지? 자넬 속일 수 있다니 말이나 되는 소린가, 무슈 푸아로."

재프가 내게 윙크를 하며 익살맞게 말했다.

푸아로는 겸손한 체하려 했지만 잘되지 않았다.

"나라고 예외일 수 있겠나? 안 될 게 뭐야? 하긴 내가 과학적 정확성과 수학적 정밀성을 지닌 접근법을 사용하는 건 사실이지. 안타깝게도 요즘 수사관들에게선 찾아보기 힘든 장점이네만."

씩 웃는 재프의 입꼬리가 더욱 길어졌다.

"모르지. 이 사건의 담당인 밀러는 대단히 똑똑한 친구거든. 발자국 하나, 담뱃재 한 톨까지 놓치지 않을 것을 내가 보증함세. 그는 눈썰미가 좋아서 빠뜨리는 게 없어."

"몬 아미, 그런 눈쯤은 런던의 참새들도 다 갖고 있다고. 하지만 나는 아무래도 그런 조그만 갈색 새에게 대변하임 사건의 해결을 맡기고 싶진 않구먼."

"이봐, 푸아로. 자넨 물적 증거들의 가치를 무시하는 건가?"

"천만의 말씀. 그런 것들도 각자 나름대로 가치가 있기는 하지. 단지 그런 것들을 필요 이상으로 중시하는 것이 위험하다는 걸세. 물적 증거들이라는 것은 대개 중요치 않아. 정말 중요한 것은 한두 개뿐이네. 바로 두뇌와 작은 회색의 뇌세포."

푸아로는 톡톡 자기 이마를 두드리며 말을 이었다.

"……우리가 의지해야 할 것들이지. 인간의 감각은 부정확하기 마련이야. 머릿속에서 진실을 쫓아야 한다고. 밖이 아니라."

"무슈 푸아로, 하지만 당신도 설마 의자에 들어앉아 사건을 해결할 수 있다고 주장하진 못하겠지?"

"아니, 바로 그럴 수 있다는 거네. 관련 정보만 제공된다면 말이지. 나는 컨설팅 전문, 즉 '자문' 탐정을 지향하고 있거든."

재프는 무릎을 쳤다.

"그러지 못하기만 해 보게. 일주일 내에 자네가 대번하임을 찾아낸다면…… 아니, 어디로 가면 그를 찾을 수 있는지 알려 주기만 한다면 내가 5파운드 내지. 그의 생사에 관계 없이 말이야."

푸아로는 잠시 생각하는 눈치더니 이렇게 말했다.

"에 비엥(기꺼이), 몬 아미. 받아들이겠네. 당신네 영국인들이 사족을 못 쓰는 르 스포르(스포츠) 같은데? 자, 이제 관련 정보를 들려주게."

"지난 토요일, 대번하임 씨는 평소와 다름없이 빅토리아 역에서 12시 40분발 기차를 잡아타고 칭사이드로 갔다네. 거기엔 시더스 별장이라는 호화로운 저택이 있지. 점심 식사를 마치고 정원을 거닐며 정원사에게 몇 가지 지시를 내렸다지. 모두 그의 모습이 매우 자연스러웠고 보통 때와 다름없었다고 말했어. 차를 마신 후엔 잠시 아내의 방에 얼굴을 내밀고서 산책 겸해서 마을로 편지를 부치러 갔다 오겠다는 말을 남겼다고 하네. 그리고 로웬이라는 남자가 찾아올 테니 자기보다 일찍 도착할 경우엔 그를 서재에서 기다리게 하라는 말을 덧붙였다는 거야. 그 뒤 현관문을 나서서 진입로를 느긋이 돌아 나가 대문을 통과했지. 그리고…… 다시는 나타나지 않았어. 말 그대로 증발해 버렸다네."

"좋아…… 아주 좋아……. 흠, 아주 재미있는 작은 문제로군. 계속하게, 친구."

푸아로가 중얼거렸다.

"그 후 15분 정도 지나 짙고 까만 콧수염을 기른 키 크고 거무스름한 남자가 현관문 벨을 울렸다지. 대번하임 씨와 약속이 있다는 말을 하면서. 자기 이름을 로웬이라고 밝힌 그 남자는 대번하임 씨 지시대로 서재로 안내되었네. 그리고 거의 한 시간이 흘렀지만 대번하임 씨는 돌아오지 않았어. 결국 로웬 씨는 벨을 눌러서 런던에 돌아갈 열차 시간이 되어 더 기다릴 수 없다는 말을 했다네. 대번하임 부인은 남편이 손님이 올 것을 알면서도 왜 돌아오지 않는지를 몰라 대신 사과했지. 로웬 씨는 아쉬워하며 돌아갔고.

그렇게, 모두가 알고 있듯이 대번하임 씨는 돌아오지 않았네. 일요일 아침에 경찰에 신고가 들어왔지만 도통 수사의 가닥을 잡을 수 없었어. 문자 그대로 공기 중으로 증발해 버린 걸로밖에는 생각되지 않는 거야. 우체국에도 오지 않았다 하고, 그렇다고 마을 거리를 걸어가는 모습이 목격된 것도 아니고. 그가 열차를 탄 적이 없다는 사실도 역무원들에 의해 확인되었네. 그의 자동차는 차고에 그대로 있었지만, 다른 차를 불러 탔을 가능성이 높으니 우린 이에 대한 정보를 제공하는 사람에게 막대한 사례를 하겠다고 알렸어. 곧 그를 태운 사람이 이 소식을 듣고 나타날 걸세. 하긴 그가 8킬로미터쯤 떨어진 엔필드의 경마장으로 갔다면 인파에 묻혀 눈에 띄지 않았을지도 모르지. 하지만 신문에 그의 사진과 인상착의가 자세히 실렸는데도 그에 관한 제보가 들어온 게 없어. 뭐, 영국 전역에서 수많은 편지가 날아온 건 사실이지만, 건질 만한 내용은 하나도 없었다는 이야기네.

그런데 월요일 아침이 되어 더욱 충격적인 일을 발견한 걸세. 대번하임 씨네 서재의 커튼 뒤쪽에 있는 금고가 부서져 있었던 거야. 창문은 안쪽에서 단단히 잠겨 있었기 때문에 강도의 침입이라고 생각하기는 좀 어려웠지만, 집 내부에 공범이 있다면 얘기가 다르니까 말이지. 아무튼 그 발견이 있기까지 일요일이 끼어 있었다는 점, 그리고 집 안도 꽤 혼잡했다는 점으로 미뤄 보아 실제 범행은 토요일에 이루어졌으나 월요일까지 발견되지 않은 채 있던 게 아닌가 생각하네."

푸아로는 심드렁하게 말했다.

"프레시제멍(그럴듯하네). 그래, 그래서 세 포브흐(가련한) 무슈 로웬을 체포했나?"

재프는 빙긋이 웃었다.

"아직. 하지만 엄중히 감시하고 있지."

푸아로는 고개를 끄덕였다.

"금고에서 도난당한 물건은 뭔가? 그건 알고 있나?"

"은행의 파트너와 대번하임 부인을 불러 같이 조사해 보았다네. 분명 상당액의 무기명 채권과 지폐 뭉치가 들어 있던 건 맞는 것 같아. 상당한 재산을 챙겨 간 듯한 모습이었거든. 또 보석류도 어느 정도 있었고 말일세. 대번하임 부인의 보석은 전부 그 금고에 들어 있었다고 하네. 최근 몇 년간 대번하임 씨는 보석을 사 모으는 습관이 생겨 부인에게 매달 진귀한 보석을 선물해 바쳤다는군."

푸아로는 생각에 잠겨서 말했다.

"다 하면 정말 짭짤한 액수가 되겠는걸. 자, 그럼 로웬 쪽은 어떤
가? 그날 저녁 대번하임과 만나기로 한 용건이 뭐였다고 하나?"

"글쎄, 그게 두 사람은 그리 친한 사이가 아닌 모양인걸. 로웬은
상대적으로 아주 영세한 투자자일세. 한두 번 대번하임의 코를 납
작하게 할 정도의 실적을 올린 적이 있다곤 하지만. 그래도 두 사람
사이에 개인적인 안면은 거의, 어쩌면 전혀 없었던 것 같네. 그날 약
속에서 의논하려고 했던 내용은 남미의 모 주식에 관한 거라고 하
더군."

"그러면 대번하임은 남미에 흥미를 갖고 있었단 말인가?"

"그런 것 같네. 대번하임의 부인이 언젠가 말하길, 그는 작년 가을
내내 부에노스아이레스에 있었다고도 했으니까."

"가정생활에 불화는 없었는가? 부부 관계는 원만했고?"

"그의 가정생활은 더없이 평화롭고 평범하다고 해야지. 대번하임
부인은 순박함이 과해 좀 미련한 여성인 것 같던데. 그러니 다툼이
일어날 일이 없었을 거야."

"그럼 그쪽으로는 가능성이 없다 치고…… 그에게 적은 없었는가?"

"금융상의 라이벌이라면 꽤 많겠지. 사실 그보다 능력에서 뒤진
사람들이라면 호의를 가질 수가 없지 않겠나. 하지만 그를 어떻게
하고 싶어 할 정도의 적은 없었네. 그리고 만일 그를 죽였다면 시체
가 발견되었을 거 아닌가?"

"맞아. 헤이스팅스가 말했듯이 시체란 건 정말 악착같을 정도로
발견되고자 하는 성질이 있거든."

"그건 그렇고, 정원사 한 사람이 집 옆에서 장미 정원 쪽으로 돌아가는 사람의 그림자를 보았다는 말이 있네. 서재에서 정원 쪽으로는 긴 프랑스식 창문이 나 있어서 드나드는 게 가능하지. 대번하임 씨도 곧잘 그런 식으로 드나들었다고 하고. 다만 그 정원사는 꽤 떨어진 곳에서 오이 울타리를 만들고 있던 만큼, 그 그림자가 과연 주인의 모습이었는지는 확신할 수 없다고 말하고 있어. 또 그게 몇 시쯤이었는지도 잘 모르겠다고 하네. 정원사가 일을 마친 게 6시이기 때문에, 그 이전이라고 예상할 뿐이지."

"그래, 대번하임 씨가 외출한 시간은?"

"5시 반쯤."

"장미 정원 건너편에는 무엇이 있지?"

"호수가 있네."

"보트 선착장도 있는가?"

"맞아. 작은 배가 몇 대 있던데. 자네 지금 자살을 생각하고 있는 건가, 푸아로? 그러지 않아도 밀러가 내일 호수 바닥을 뒤질 참이야. 밀러는 그런 사람이라네!"

푸아로는 희미하게 웃음 짓더니 내 쪽을 돌아보았다.

"헤이스팅스, 미안하지만 《데일리 메가폰》을 갖다 주겠나. 내 기억이 맞는다면 그 신문에 실린 사진이 제일 선명했던 것 같은데."

나는 일어서서 신문을 갖다 주었다. 푸아로는 사진을 유심히 들여다보았다.

"흐음! 곱슬머리를 길게 길렀구먼. 수북한 콧수염, 턱수염은 뾰족

해. 눈썹도 무성하고. 눈동자는 검은색인가?"

푸아로가 중얼거렸다.

"그렇지."

"머리와 수염이 희끗희끗해지기 시작한 것 같은데?"

경감은 고개를 끄덕였다.

"아니, 푸아로, 그런 걸 시시콜콜 말해 무슨 소용인가? 불 보듯 뻔하잖나?"

"그 반대야. 아주 모호하지."

그러자 재프는 피식 웃고 말았다. 하지만 푸아로는 침착하게 말했다.

"바로 그것이 해결의 불씨가 될 것 같다는 말일세."

"응?"

"내게는 말일세, 사건이 애매모호하다는 것은 오히려 좋은 징조란 말이야. 불 보듯 뻔하다면, 에 비엥(그래), 오히려 그걸 믿어선 안돼! 누군가가 일부러 그렇게 만들어 둔 것이거든."

재프는 딱하다는 듯이 고개를 가로저었다.

"뭐, 누구나 생각은 자유니까. 하지만 자기 앞에 놓인 상황을 명확히 볼 수 있는 쪽이 좋은 것 아니겠나."

푸아로가 중얼거렸다.

"난 보지 않아. 나는 눈을 감지. 그리고 생각하는 걸세."

재프는 한숨을 쉬었다.

"어휴, 일주일 내내 늘어지게 생각하게나."

"그럼, 자네는 새로운 정보가 생기면 나에게 알려 줄 수 있겠나? 예를 들어, 눈을 번뜩이며 불철주야 수사에 매달리는 밀러 경감이 뭔가 알아내면 말이야."

"물론이네. 그게 약속이었으니까."

나는 재프를 입구까지 배웅했다.

"저 친구 지금 후회하고 있는 거야! 그렇지 않습니까? 내가 이기는 건 정해졌군!"

그가 문 앞에서 한 말이었다.

난 미소를 지을 수밖에 없었다. 방으로 돌아왔을 때도 내가 여전히 웃고 있었나 보다.

푸아로가 즉시 외쳤다.

"에 비엥(저런)! 자네는 이 파파 푸아로를 바보 취급 하는 거지?"

그러고는 손가락을 빙글빙글 돌리며 말을 이었다.

"나의 회색 뇌세포를 믿지 못한다는 겐가? 어허, 믿음을 가지게! 이 작은 문제를 함께 연구해 보세. 아직 자료가 불충분하기는 하지만, 한두 가지 흥미롭게 눈여겨볼 점이 있어."

"호수를 말하는 거죠?"

나는 의미심장하게 말했다.

"그리고 그보다 한층 중요한 것이 보트 선착장일세."

나는 옆눈으로 푸아로를 보았다. 그는 의중을 짐작 못 할 묘한 미소를 띠고 있었다. 나는 그가 그럴 때면 무슨 질문을 해도 소용없다는 것을 잘 알고 있었다.

다음 날 저녁때까지는 아무런 소식이 없었지만, 9시경에 재프가 찾아왔다. 그는 뭔가를 말하고 싶어 못 견디겠다는 표정을 하고 있었다.

푸아로가 말했다.

"에 비엥(그래), 친구. 만사 잘되어 가나? 다만 호수에서 대번하임 씨의 시체를 찾아냈다는 말은 하지 말게. 그래 봐야 안 믿을 테니까."

"발견된 건 따로 있다네. 그의 옷 말이야. 그가 입었던 옷 그대로. 이걸 어떻게 받아들이겠나?"

"집에서 옷이 없어진 것이 아니라 말이지?"

"그럼, 그 점은 하인이 장담하고 있다네. 나머지 그의 옷들은 온전히 그대로 있어. 게다가 또 한 가지, 우리가 로웬을 체포했다네. 침실 창문 단속을 맡고 있는 하녀 말이 6시 15분경에 로웬이 정원을 통해 서재 쪽으로 오는 광경을 보았다는 거야. 그때는 그가 집을 나서기 약 10분 전에 해당하는 시간이지."

"로웬은 그것에 대해 어떻게 말하고 있나?"

"처음엔 서재에서 한 발짝도 나간 일이 없다고 부정하더군. 하지만 하녀가 증언했다며 추궁하니, 글쎄 희귀한 장미를 보러 프랑스식 창문으로 잠시 나갔다 들어왔던 걸 깜빡했다고 둘러대지 뭔가. 그런 걸 믿으라고! 그리고 그에게 불리한 새로운 증거가 나왔네. 대번하임 씨는 늘 오른손 새끼손가락에 다이아몬드가 박힌 묵직한 금반지를 끼곤 했는데, 토요일 밤 런던에서 빌리 켈렛이라는 남자가 그 반지를 담보로 잡히고 돈을 빌린 거야. 그는 이미 경찰이 눈여겨

보던 인물인데, 작년 가을에 어느 노신사의 시계를 날치기해서 3개월 정도 감옥 신세를 진 적이 있거든. 그는 그 반지를 들고 다섯 군데나 전당포를 돈 뒤에 겨우 한 곳에서 저당을 잡힐 수 있었지. 그러고는 거나하게 술에 취해 경관에게 행패를 부리는 바람에 체포당한 걸세.

나는 밀러와 함께 보가(街)의 구치소로 가서 빌리 켈렛을 만나 보았네. 벌써 정신이 멀쩡히 돌아와 있던데. 그래서 살인죄를 적용할 거라는 둥 엄포를 놓으려니, 놈이 털어놓는 이야기가 아주 걸작이지 뭔가.

녀석은 토요일에 엔필드 경마장에 있었어. 하지만 목적은 도박이 아닌 소매치기였지. 어쨌든 그날은 운이 나빴는지 허탕인 바람에 칭사이드로 가는 길을 터덜터덜 걸어왔다나. 그렇게 마을로 오다 잠깐 앉아 쉬려는데 잠시 후 어떤 남자의 모습이 눈에 띄었던 걸세. 녀석 표현대로라면 '커다란 콧수염에 안색이 거뭇거뭇한, 돈깨나 있을 것 같은 도시 신사'였다는 거야.

켈렛 자신의 모습은 돌무더기에 가려 남자에겐 보이지 않았지. 신사는 그의 바로 옆까지 오더니, 재빨리 길 양옆을 살피고 사람이 없다는 것을 확인했다고 하네. 그 후 주머니에서 작은 물건을 꺼내어 울타리 너머로 집어던지고는 역 쪽으로 가 버렸다는 거야. 한데 그 남자가 던져 버린 물건이 바닥에 떨어지며 툭 하는 소리가 나길래 숨어 있던 이 인간이 궁금증을 느꼈다지? 그래서 그걸 주워 들어 열어 보니까, 반지가 있지 뭐겠나!

이것이 켈렛의 이야기네. 로웬은 당연히 부인하고 있고, 켈렛 같은 작자는 도통 믿어선 안 될 부류이긴 해. 차라리 놈이 길에서 대번하임을 만나 그를 죽이고 반지를 훔쳤다는 게 더 설득력이 있을 것도 같군."

푸아로는 고개를 가로저었다.

"그럴 가능성은 희박해, 몬 아미. 그에겐 시체를 처리할 수단이 없었지 않나. 지금쯤이면 벌써 발견되었어야지. 두 번째로, 당당하게 전당포로 들고 간 것을 보면 살인강도의 행동이라고는 보이지 않거든. 세 번째로, 좀도둑은 살인자가 되기 힘들다네. 네 번째, 그는 토요일부터 유치장에 있었다면서? 그런 그가 죄를 뒤집어씌우고자 로웬의 인상을 정확히 말했다는 것은 너무 큰 비약이야."

재프는 고개를 끄덕였다.

"자네 말이 틀렸다고는 하지 않겠네. 하지만 그렇더라도 배심원들에게 전과자 나부랭이의 증언을 믿게 할 수야 있나. 내가 이상하게 생각하는 건 어째서 로웬이 반지를 좀 더 철저히 처리하지 않았나 하는 점이야."

푸아로는 어깨를 으쓱했다.

"그렇군, 예컨대 저택 근처에서 발견되었다면 대번하임이 떨어뜨린 거라고 우길 수도 있을 테니까."

"하지만 로웬이 범인이라면 시체에서 반지를 빼낸 이유가 뭘까요?"

내가 끼어들자 재프 경감이 답했다.

"다 이유가 있을 겁니다. 그 호수 건너편에 산 쪽으로 나가는 작은 문이 있다는 걸 알고 있습니까? 그리고 거기서 걸어서 3분도 채 안 되는 곳에 뭐가 있을 것 같습니까? 석회 굽는 가마가 있더군."

"세상에! 가마로 시체를 태울 순 있지만 반지 같은 금속은 녹일 수 없다는 말을 하시는 겁니까?"

"그렇습니다."

"그것으로 모든 게 설명되는 것 같군요. 정말 끔찍한 범죄입니다!"

생각이 일치한 우리 두 사람은 뒤를 돌아 푸아로를 보았다. 그는 정신을 집중시키는 듯 양미간을 찌푸리며 생각에 잠겨 있었다. 드디어 그의 예리한 두뇌가 활동을 시작한 모양이었다. 과연 무슨 말이 나올까? 우리들의 궁금증은 그리 오래 지속되지 않았다. 그는 한숨을 한 번 쉬고 나더니 팽팽한 긴장을 풀었다.

푸아로가 재프에게 물었다.

"대번하임 부부가 함께 침실을 사용했는지 알고 있나?"

너무나 예상 밖의 질문이었기 때문에, 잠시 동안 우리들은 눈이 휘둥그레져서 잠자코 있었다. 재프가 갑자기 웃음을 터뜨렸다.

"아니, 푸아로, 무언가 깜짝 놀랄 만한 것을 이야기할 것이라고는 생각하고 있었지만…… 그런 걸 내가 어찌 알겠는가."

"알려고만 한다면 알 수 있겠지?"

푸아로는 묘하게 끈질겼다.

"뭐, 어려울 거 없겠지. 정 알고 싶다면 말이네."

"메르시(고맙네), 몬 아미. 그걸 확인해 준다면 정말 고맙겠어."

재프는 잠시 동안 푸아로를 바라보며 혀를 차는 모습이었다. 푸아로는 이미 우리들의 존재 따위는 잊고 있는 것 같았다. 경감은 나에게 슬픈 듯 고개를 흔들어 보이고는 이렇게 중얼거리면서 조용히 방을 나갔다.

"안됐군! 너무 골똘히 생각하다 머리가 이상해져 버린 게 틀림없어!"

푸아로가 변함없이 멍하니 깊은 생각에 잠겨 있는 것 같아, 나는 기분 전환 겸 종이 쪽지를 들고 메모를 하기 시작했다. 그러던 중 푸아로가 부르는 소리가 들려 번쩍 정신이 들었다. 그는 이제 생각에서 깨어나 생기 넘치는 얼굴을 하고 있었다.

"크 페트부 라(자네 거기서 뭐 하나), 몬 아미?"

"이번 사건에서 중요하다고 생각되는 점을 끄적거려 보고 있었죠."

"자네도 이젠 '방법'을 아는 사람이 되어 가는군, 드디어!"

푸아로가 만족한 듯이 말했다.

나는 내심 우쭐한 속마음을 얼른 숨겼다.

"읽어 볼까요?"

"부탁하네."

나는 헛기침을 했다.

"1번, 모든 증거는 로웬이 금고를 열었다는 것을 가리키고 있다.

2번, 그는 대번하임에게 앙심을 품고 있었다.

3번, 그는 최초의 진술에서 서재를 나간 적이 없다고 거짓말을 했다.

4번, 빌리 켈렛의 이야기가 사실이라면 의심할 여지 없이 로웬이 범인이다."

나는 말을 멈추고 물었다. 제대로 짚은 것이 틀림없다는 생각을 하면서.

"어때요?"

푸아로는 점잖게 머리를 흔들면서 연민이 가득 담긴 눈초리로 나를 보았다.

"몬 포브흐 아미(내 불쌍한 친구)! 자네에겐 재능이 없으니 어쩔 수 없긴 하지! 자넨 아주 중요한 사실을 놓치고 있네. 게다가 논리적으로 맞지 않아."

"어째서요?"

"자네가 말한 네 가지 포인트를 살펴보세. 1번에서 로웬은 금고를 열 기회가 자기에게 있을지 없을지 알 도리가 없었어. 사업상 면담을 하러 간 거니까. 대번하임이 편지를 부치기 위해 집을 비웠으며, 그로 인해 서재에서 혼자 있게 되리라는 사실을 미리 알 수 없었지 않나!"

"우연히 찾아온 기회를 덥석 문 거겠죠."

나는 항의했다.

"그러면 장비는? 평범한 신사는 만일을 대비하여 빈집털이용 장비를 갖고 다니지는 않네! 그리고 펜나이프로는 금고를 부술 수 없지, 비엥 앙탕뒤(당연히)!"

"음, 2번은 어떻습니까?"

"자네는 로웬이 대번하임에게 앙심을 품고 있었다고 했지. 자네는 업계에서 그가 대번하임을 한두 번 앞지르는 실적을 올렸다는 말에서 이같이 생각한 걸 거야. 다만 그런 경쟁은 남에 대한 원한보다는 자신의 이익 추구가 우선 아니겠나. 또, 보통 자신이 누른 적이 있는 상대에게 앙심을 품지는 않아. 오히려 그 반대의 경우가 그렇지. 앙심을 품을 사람이 있다면 대번하임 쪽이 아닐까?"

"하지만 당신도 로웬이 서재를 한 발자국도 나가지 않았다고 거짓말한 것은 부인할 수 없겠죠?"

"물론. 하지만 그건 단순히 겁을 먹었기 때문일 수도 있어. 기억하게, 실종자의 옷가지가 바로 얼마 전에 호수에서 발견되었다는 걸 말이야. 당연히 진실을 말하는 쪽이 훨씬 현명했을 테지만."

"그럼 4번은?"

"그건 자네가 말한 대로일세. 켈렛의 이야기가 진실이라면, 로웬은 틀림없이 범인이야. 그래서 이 사건이 아주 재미있게 된 것이지."

"그러면 나도 하나 정도는 제대로 맞힌 셈이군요?"

"그럴지도. 그러나 자넨 가장 중요한 점을 두 가지나 완전히 빠뜨리고 말았어. 사건 전체를 꿰뚫는 가장 중요한 열쇠들을 말이야."

"그럼 부탁할게요. 그게 뭡니까?"

"하나, 대번하임이 최근 몇 년간 정신없이 보석을 사 모으고 있었다는 점. 둘, 그가 지난가을에 부에노스아이레스로 여행을 갔다는 점이야."

"푸아로, 농담하는 거예요?"

"난 진지하네, 더할 나위 없이. 그건 그렇고, 재프가 부디 내 사소한 부탁을 잊지 않았다면 좋으련만."

당시엔 농담처럼 지나친 것 같았지만, 그래도 경감은 푸아로의

부탁을 잊지 않은 모양이었다. 다음 날 11시 정각, 푸아로 앞으로
전보 한 통이 도착했다. 그가 요청한 대로 나는 전보를 열어 소리
내어 읽었다.

　　남편과 부인은 지난겨울부터 각방을 썼음.

　푸아로가 외쳤다.
　"아하! 그런데 지금은 6월 중순이란 말이야! 만사 해결이군!"
　나는 그를 멍하니 쳐다보았다.
　"자네 '대번하임 앤드 새먼' 은행에 돈 넣어 둔 것 있나, 몬 아미?"
　"없어요. 왜요?"
　나는 의아해하며 물었다.
　"예금이 있으면 인출하도록 권하려고…… 너무 늦기 전에 말이야."
　"도대체 무슨 소리예요?"
　"며칠 안에…… 아니, 더 빠를 수도 있겠지. 큰 소동이 일어날 걸
세. 아무래도 재프에게 감사의 답장을 보내야겠군. 자네, 미안하지
만 연필과 전보 용지 좀 준비해 주지 않으려나? '문제의 은행에 예
금한 것이 있으면 당장 꺼낼 것.' 부알라(어때)! 우리 착한 재프가
당황하는 모습이 눈에 선하군. 눈을 크게, 아주 크게 뜨면서! 전혀
어찌 된 영문인지 모를 거야. 내일이나 모레가 되기까지는 말이야."
　나는 반신반의했지만, 이튿날이 되자 푸아로의 놀라운 안목에 찬
사를 보내지 않을 수 없었다. 모든 신문이 대문짝만 한 기사로 대번

하임 은행의 충격적인 도산을 보도하고 있었던 것이다. 그 은행의 재정 상태가 폭로되고 나자 그 유명한 은행가 실종 사건도 다른 양상을 띠게 되었다.

우리들이 한참 아침 식사를 하고 있는데 문이 세차게 열리더니 재프가 뛰어들었다. 왼손에는 신문을, 오른손에는 푸아로의 전보를 쥐고 있었는데, 그는 그 전보를 푸아로 앞에 놓인 식탁에 거칠게 던졌다.

"어떻게 알았나, 푸아로? 도대체 어떻게 해서 알았느냐고?"

푸아로는 그에게 온화한 미소를 보냈다.

"아, 몬 아미. 자네의 전보에서 확신을 얻었지! 처음부터 난 그 금고털이가 좀 미심쩍다고 생각해 왔거든. 현금, 무기명 채권…… 모든 게 딱 알맞게 준비가 돼 있었네! ……그런데 누구를 위해? 그래, 고매하신 무슈 대번하임은 '1번이 최우선(여기서 1번은 '자기 자신'을 가리키며, 남들보다 자신을 중시하는 태도나 행동을 가리킴 — 옮긴이)'이라는 자네 영국인들 속담에 딱 어울리는 사람이었네! 다른 누구가 아닌 그 자신을 위해 준비된 것이 확실해 보였어! 그래서 최근에 열심히 보석을 사 모은 게 아니겠나. 얼마나 간단한지! 필시 공금을 유용해서 보석으로 바꾸고, 모조 보석으로 다시 한번 바꿔치기한 다음, 진짜는 어딘가의 가명 금고에 감췄을 테지. 그리고 평생 걱정 없을 만큼 만족스러운 양이 모였을 때 남들 눈을 피해 도피할 생각이었던 거야. 그렇게 드디어 준비가 끝났네. 그는 로웬(괘씸하게도 자기 같은 재계의 거물에게 한두 번 물을 먹였던)과 약속을 잡았어. 그 후 금고에 구멍을 뚫고, 손님을 서재에서 기다리게 하라고 지시한 다음 집을 나서는 걸세. 그렇다면 그가 간 곳은 어디일까?"

푸아로는 말을 멈추고 손을 뻗어 삶은 달걀을 또 하나 집어 들었다. 그러고는 얼굴을 찌푸리며 중얼거렸다.

"암탉이 낳는 달걀의 크기가 제각각이라는 건 정말 짜증스러운 일이야! 아침 식탁에서 시각적 균형을 깨뜨리잖나? 가게 주인들이 크기대로 달걀을 구분해 팔기만 했어도!"

재프가 초조하게 말했다.

"달걀에선 신경 끄세. 자기들이 낳고 싶으면 네모난 달걀이라도 낳지 않겠나? 우리 손님이 시더스 별장을 나와 어디로 갔는지를 말해 달란 말이야, 알고 있다면 말이지!"

"에 비엥(좋네), 그는 은신처로 간 걸세. 그 무슈 대번하임이 말이야. 그의 회색 뇌세포는 일부 계산하지 못한 것이 있기는 하지만, 그래도 일급인 건 사실이네!"

"어디에 숨어 있는지 알고 있다는 건가?"

"알고말고! 참으로 기발하더군!"

"아이고 하느님, 그럼 가르쳐 달라고!"

푸아로는 느긋하게 깨진 달걀 껍질을 접시에 긁어모아 달걀용 컵에 담았다. 그러더니 모양이 온전한 빈 달걀 껍질을 그 위에 거꾸로 덮어씌웠다. 이 사소한 작업이 깔끔하게 끝나자 그는 빙긋이 웃더니 우릴 향해 돌아앉았다.

"이보게, 자네들은 현명한 사람들일세. 내가 고민했던 문제들을 자네들도 스스로에게 물어보게. '내가 그 남자였다면 어디에 숨었을까?' 헤이스팅스, 어떤가?"

"글쎄요, 나라면 도망치지는 않을 겁니다. 그대로 런던에 있겠죠. 도시 중심부에서 지하철이나 버스를 타고 돌아다닐 겁니다. 들킬 가능성은 극히 희박할 거예요. 군중 속에 있는 쪽이 안전하니까."

푸아로는 묻는 듯한 눈치로 재프를 보았다.

"나는 반대일세. 당장 내빼는 거지. 그것만이 살길이야. 미리 준비할 시간은 충분하지 않았나. 요트를 대기시켜 놓고 소란스러워지기 전에 세상에서 제일 외딴 장소로 뜨는 거야."

우리 둘은 푸아로를 바라보았다.

"어떤가?"

잠시 동안 그는 잠자코 있었다. 그사이에 아주 묘한 미소가 언뜻 그의 얼굴에 비쳤다.

"친구들, 내가 만약 경찰에게서 도망치고 싶다면 어디 숨을지 알고 싶나? 바로 감옥일세!"

"뭐라고?"

"자네는 무슈 대번하임을 감옥에 잡아넣으려고 수색 중이겠지. 그러니 그가 이미 거기에 들어가 있다고는 꿈에도 생각 못 했을걸?"

"무슨 소리인가?"

"자넨 대번하임 부인이 그리 머리가 좋아 보이지 않는다고 했네. 하지만 그런 그녀라도 보가에 데려가서 그 빌리 켈렛이라는 남자와 대면시키면 바로 상대를 알아볼 거야. 아무리 수염을 깎고, 머리 모양을 바꾸고, 무성한 눈썹을 정리했더라도 말일세. 세상 나머지 사람들은 다 속을지라도 아내만은 자기 남편을 알아보는 법이니까."

"빌리 켈렛이라니? 하지만 그는 경찰에 이미 알려진 전과자라고!"

"대번하임은 똑똑한 자라고 말하지 않았나. 그는 훨씬 전부터 알리바이를 준비해 왔다네. 우선 그는 지난가을 부에노스아이레스에 간 적이 없어. 빌리 켈렛이라는 인물로 가장해 징역 3개월짜리 범죄를 저질렀던 거야. 때가 왔을 때 경찰이 미심쩍게 여기지 않도록 말일세. 명심하게, 어마어마한 재산이 달려 있다는 걸. 철저할 필요가 있었지. 다만……."

"다만?"

"에 비엥(그래), 그는 그 후 한동안 계속 가짜 수염이나 가발을 쓰고 자기의 예전 모습대로 살지 않으면 안 되었는데, 그런 변장을 한 채로 잠을 자는 건 쉽지 않은 일일 거란 말이야……. 자다가 들킬 염려도 있고 말이야! 그러니 아내와 같은 침실에서 자는 위험을 무릅쓸 수는 없었겠지. 자네는 지난 반년간, 아니면 적어도 부에노스아이레스에서 돌아와서부터 그가 부인과 각방을 썼다는 정보를 내게 알려 주었네. 그래서 나는 확신을 갖게 된 걸세! 모든 것이 딱 들어맞네. 주인이 집 옆쪽으로 돌아가는 것을 본 것 같다던 정원사의 말은 사실 그대로였던 거야. 대번하임은 보트 선착장으로 가서 하인들 몰래 숨겨 두었던 '부랑자 복장'으로 갈아입었어. 그러고서 자기의 원래 옷은 호수에 집어던졌지. 그렇게 계속해서 계획을 밀고 나가 태연히 반지를 저당 잡히고는 경관을 폭행한 끝에 보가의 피

난처에 입성할 수 있었던 걸세. 그 누구도, 꿈에도 예상치 못했던 그 곳, 감옥으로 말이야!"

"말도 안 되네!"

재프가 중얼거렸다.

"대번하임 부인에게 물어보게."

푸아로는 빙긋 웃었다.

다음 날 푸아로의 음식 접시 옆에 등기 우편물이 놓였다. 열어 보니 그 안에 5파운드 지폐가 들어 있는 것을 볼 수 있었다. 내 친구는 눈썹을 찌푸렸다.

"오, 사크레(세상에)! 이걸 어쩌지? 미안한 짓을 했구먼! 세 포브흐(불쌍한) 재프! 아, 좋은 생각이 났어! 우리 셋이 함께 조촐한 저녁 자리를 갖는 게 어떤가? 그렇다면 좀 마음이 편해지겠지. 너무나 간단한 사건이었는데, 도리어 부끄럽군. 이 에르퀼 푸아로는 약자를 괴롭히지 않아, 밀 토네르(이런, 이런)⋯⋯! 몬 아미, 어디 안 좋나? 왜 그리 배를 잡고 웃는 건가?"

이탈리아 귀족의 모험

푸아로와 나는 격의 없이 지내는 공통의 친구나 지인이 많다. 우리 이웃에 살면서 의료업에 종사하는 호커 선생도 그중 한 사람이다. 가끔씩 저녁에 찾아와 푸아로와 잡담을 나누곤 하는 그는 푸아로의 재능에 대한 열렬한 숭배자이기도 했다. 의사는 본래 솔직하고 순박한 성격인지라 자신에게 없는 능력을 가진 푸아로가 몹시도 존경스러운 듯했다.

6월 초였던 그날 밤에도 그는 8시 30분경에 찾아와 비소를 사용한 범죄가 늘어나고 있다는 불편한 화제를 재미있게 떠들었다. 그 후 15분 정도가 지났을 무렵, 우리 옆 방문이 벌컥 열리더니, 어떤 혼비백산한 여자가 정신없이 안으로 뛰어들었다.

"오, 선생님, 누가 선생님을 찾아요! 정말 끔찍한 목소리였어요. 간 떨어지는 줄 알았다니까요. 진짜로요."

나는 눈앞의 방문객이 호커 선생네의 가정부 라이더 양이라는 것을 알아보았다. 의사는 몇 골목 떨어진 음침한 옛집에서 독신으로 살고 있었다. 항상 침착하던 라이더 양이 지금은 반쯤 미친 듯한 모습이었다.

"끔찍한 목소리라니? 누구인데? 무슨 문제라던가?"

"전화였어요, 선생님. 전화를 받으니까 어떤 목소리가 이렇게 말하는 거예요. '도와줘요…… 선생님, 도와줘요. 놈들한테 당했어요!'라고 말이죠. 그러고는 점점 목소리가 멀어져 가더라고요.

저는 '누구세요?'라고 물었죠. 그러자 속삭이는 듯한 대답이 겨우 겨우 들려오는 거예요. '포스카틴.' 아마 맞을 거예요. 또 '리전트 코트'라는 말도 하던데요."

의사는 깜짝 놀라 외쳤다.

"포스카티니 백작이야! 리전트 코트의 아파트에 사는…… 당장 가 봐야겠군. 대체 무슨 일일까?"

"선생의 환자입니까?"

푸아로가 물었다.

"몇 주 전에 몸 상태가 안 좋다고 하여 간단한 검진을 한 적이 있습니다. 이탈리아인이지만 영어를 완벽하게 할 줄 알죠. 그럼 좋은 밤 되십시오, 무슈 푸아로. 만약……."

그는 머뭇거렸다.

푸아로는 빙긋이 웃으면서 말했다.

"생각하시는 뜻을 알 것 같네요. 동행으로 삼아 주신다면 기쁘겠습니다. 헤이스팅스, 내려가서 택시를 잡아 주지 않겠나?"

택시란 건 정말 급할 때는 좀처럼 잡히지 않는 성질이 있지만, 어떻게 겨우 한 대를 잡을 수 있었다. 우리들은 곧바로 리전트 코트 쪽으로 차를 달렸고, 이내 세인트존스우드 로(路)를 지나 세워진 그 최신식 아파트에 도착했다.

홀에는 아무도 없었다. 의사는 초조하게 엘리베이터 벨을 눌렀고, 엘리베이터가 내려오자 제복을 입은 안내원에게 조급하게 말했다.

"포스카티니 백작이 사는 11호실로. 뭔가 사고가 난 것 같소."

안내원이 눈이 휘둥그레져서 그를 바라보았다.

"금시초문인데요. 포스카티니 백작님의 하인 그레이브스 씨가 30분 정도 전에 밖으로 나갈 때 마주쳤지만 아무 말도 없었는걸요."

"그러면 방에는 백작 혼자만 계시단 말인가?"

"아니요, 신사 두 분과 저녁을 함께 하고 계시다던데요."

"어떤 모습이었습니까?"

나는 다그치듯이 물었다.

이것은 모두 11호실이 있는 3층을 향해 올라가는 엘리베이터 안에서의 이야기였다.

"제가 직접 본 것은 아니라 잘 모르겠지만, 외국인이었다고 합니다."

안내원이 쇠문을 열어 주자 우리들은 복도로 나왔다. 11호실은 바로 맞은편에 있었다. 의사가 벨을 눌렀지만 대답은 커녕 아무 소리조차 들리지 않았다. 의사는 계속 벨을 눌렀다. 벨이 방 안에서 시끄럽게 울리는 게 들리는데도 누군가 있다는 낌새는 느껴지지 않았다.

"점점 심각한데."

의사가 중얼거렸다. 그러고는 엘리베이터 안내원을 돌아보았다.

"이 문의 마스터키는 없소?"

"밑의 수위실에 있습니다."

"그럼 갖고 오시오. 또 가능하다면 경찰에도 신고하고. 알겠소?"

푸아로 또한 찬성의 표시로 고개를 끄덕였다.

안내원은 곧바로 되돌아왔는데, 지배인도 함께였다.

"말씀 좀 묻겠습니다, 선생님. 도대체 무슨 일입니까?"

"포스카티니 백작으로부터 누군가에게 살해당할 것 같다는 전화를 받았습니다. 한시도 지체할 수 없는 상황이오. ……이미 너무 늦은 게 아니라면!"

지배인은 그대로 아무 말 없이 열쇠를 돌렸고, 우리들은 방으로 들어갔다.

처음에 들어간 곳은 작은 사각형의 거실이었는데, 오른쪽 문이 반쯤 열려 있는 것이 보였다. 지배인은 그쪽을 턱으로 가리켰다.

"식당입니다."

호커 선생이 먼저 달려 나갔고 우리는 그 뒤를 따랐다. 방에 들어가자 갑자기 목이 확 막히는 듯했다. 한가운데에 있는 원탁에는 먹다 남은 음식 접시가 놓여 있었고, 의자 세 개가 뒤로 넘어가 있는 것이 마치 앉아 있던 사람이 방금 일어선 것 같은 인상을 주었다. 난로 오른쪽 구석에는 커다란 책상이 있었는데, 거기에 한 사람, 아니 사람이었던 물체가 앉아 있었다. 오른손으로 여전히 전화기를 붙잡은 채 쓰러져 있는 모습으로 보아 뒤통수에 가해진 강렬한 충격이 사인으로 생각되었다. 흉기를 찾으려는 노력은 필요치 않았다. 대리석 조각상을 황급히 제자리로 돌려놓은 듯한 모습이었는데, 조각상 아래쪽이 온통 피로 물들어 있었던 것이다.

의사의 검안은 1분도 걸리지 않았다.

"절명했군요. 즉사했음이 거의 확실합니다. 용케도 전화를 걸었군. 경찰이 올 때까지 시체에 손을 대지 않는 편이 좋겠어요."

지배인의 제안대로 방방을 뒤졌지만, 역시 예상한 그대로였다. 어디에도 살인자들은 그림자조차 없었다.

우리들은 다시 식당으로 되돌아왔다. 푸아로가 보이지 않아 둘러보니 그는 방 한가운데에 놓인 탁자를 열심히 조사하고 있었다. 나는 그의 곁으로 갔다. 그건 잘 닦인 마호가니 원탁으로, 한가운데는 장미 접시로 장식되고 레이스 달린 하얀 식탁보가 반짝이는 탁자 표면에 덮여 있었다. 과일이 한 접시 나와 있었지만, 세 개의 디저트용 개인 접시엔 과일을 담은 흔적이 없었다. 커피가 남아 있는 커피 잔이 세 개 있었는데, 둘은 블랙, 하나는 밀크 커피였다. 또한 세 명이 마신 것인지 중앙 접시 옆 디캔터(포도주를 담는 유리병 — 옮긴이)에 포트와인이 반쯤 차 있었다. 그중 한 명은 시가를, 나머지 둘은 필터 담배를 피운 듯했다. 탁자에 거북 등껍질과 은으로 장식된 상자가 있었는데, 거기에 앞서 본 두 가지 담배가 담겨 있었다.

나는 이 모든 물건들을 유심히 뜯어보았지만, 번뜩이는 영감 같은 건 하나도 떠오르지 않았다는 유감스러운 사실을 인정할 수밖에 없었다. 나는 푸아로가 무엇에 저리 몰두해 있는지가 궁금해서 물어보았다.

푸아로가 대답했다.

"몬 아미, 자네는 중요한 걸 빠뜨리고 있어. 나는 눈에 보이지 않는 것을 찾고 있는 거야."

"그게 뭔데요?"

"실수. 아주 작은 것이라도…… 살인자가 저지른 실수 말이지."

그는 재빨리 옆에 딸린 좁은 부엌으로 가서 안을 들여다보더니, 이내 고개를 가로저었다.

"무슈, 부탁합니다. 이 아파트에서 식사를 제공해 주는 방식을 알고 싶습니다."

푸아로의 물음에 지배인은 벽에 붙은 작은 여닫이문 쪽으로 걸어가며 말했다.

"이게 식사용 엘리베이터입니다. 빌딩 최상층의 주방으로 연결되어 있지요. 이 전화로 주문을 하면 식사가 한 그릇씩 엘리베이터로 내려옵니다. 사용한 식기류도 이것으로 올려 보내지요. 번거로운 부엌일을 하지 않아도 되고, 또 늘상 귀찮게 밖에 나가 식사를 해야 하는 불편함을 덜어 주는 겁니다."

푸아로는 고개를 끄덕였다.

"그러면 오늘 저녁에 사용한 식기류는 위쪽 주방에 있겠군요. 거기에 가 보아도 괜찮겠습니까?"

"오, 원하신다면 물론이지요. 엘리베이터 안내원 로버트가 안내해 드릴 겁니다. 하지만 뭐 쓸모 있는 게 있을지는 모르겠네요. 거기에서는 접시만 해도 수백 개인 데다 지금쯤은 온통 뒤섞였을 것 같거든요."

그러나 푸아로는 고집을 꺾지 않았고 우리는 다 같이 주방으로 가서 11호실에서 주문을 받았다는 남자를 만나 보았다.

그가 설명했다.

"알라 카르트(일품 요리 — 옮긴이) 메뉴에서 주문한 것들이었습니다. 3인분이었죠. 줄리엔 수프(잘게 썬 야채를 넣은 멀건 수프 — 옮긴이), 노르망디 넙치, 등심살 요리에 쌀을 넣은 수플레입니다. 언제였냐고요? 8시 정각이었을 겁니다. 아뇨, 접시들은 벌써 다 세척했을걸요. 안타깝네요. 지문을 채취하시려는 거죠?"

"꼭 그렇지는 않습니다. 포스카티니 백작의 입맛이 어땠는지가 궁금한 거예요. 모든 요리를 깨끗이 비웠던가요?"

푸아로는 수수께끼 같은 미소를 띠고 말했다.

"예. 하지만 각 접시당 얼마만큼씩 먹었는지까지는 잘 모르겠습니다. 앞접시엔 모두 음식이 담긴 흔적이 있었고, 음식이 담겨 있던 큰 쟁반은 비었던데요. 아, 쌀 수플레만이 특이하게 꽤 많이 남아 있었지요."

"아!"

푸아로는 꽤나 만족한 얼굴이었다.

다시 백작의 방으로 내려가는 도중에 그가 작은 소리로 말했다.

"이번엔 '방법'이 뭔지 좀 아는 상대를 만난 것 같아."

"살인자 말이에요, 아니면 포스카티니 백작 말이에요?"

"백작은 정리정돈을 아주 좋아하는 신사였던 게 틀림없어. 도움을 요청하고 위험이 코앞에 닥친 것을 알린 뒤에도 조심스럽게 수화기를 제자리에 돌려놓았을 정도니까 말이야."

나는 그를 멍하니 바라보았다. 지금 그가 한 말이나 방금까지 벌인 조사 활동을 보니 무언가 내 머릿속에 떠오르는 것이 있었다.

나는 작은 소리로 말했다.

"독살이 아닌가 생각하는 거군요? 둔기로 머리를 가격한 것은 속임수였어요."

푸아로는 그저 미소 지을 뿐이었다.

백작의 방으로 돌아와 보니 지역 경찰의 경감이 형사를 둘 데리고 도착해 있었다. 경감은 우리들이 온 것을 보고 접근을 막으려 했지만, 푸아로가 경시청에 있는 친구 재프 경감의 이름을 언급하며 설명한 끝에 남아 있는 것을 허락받을 수 있었다. 그런데, 그 후 5분도 지나지 않아 온통 슬픔과 경악으로 뒤덮인 듯한 중년 남자가 뛰어들었다. 만약 쫓겨나서 놓쳤다면 아까울 만한 장면이었다.

그 남자가 바로 세상을 떠난 포스카티니 백작의 하인 겸 집사를 맡고 있는 그레이브스였다. 곧 그는 너무나도 충격적인 이야기를 털어놓았다.

전날 아침, 신사 두 사람이 그의 주인을 찾아왔다고 한다. 모두 이탈리아인이었다고 하며 그중 나이 든 쪽은 40세 정도에 아스카니오라는 이름이었고, 젊은 쪽은 24세 정도에 잘 차려입은 옷차림이었다.

포스카티니 백작은 그들의 방문을 미리 알고 있었던 것 같았으며, 곧 사소한 심부름을 시켜 그레이브스를 내보냈다고 했다. 그는 거기까지 이야기하고 잠시 입을 다물고 머뭇거리더니, 세 사람이 나누는 대화가 무엇일지 궁금해서 곧바로 밖으로 나가는 대신 최대한 시간을 끌며 상황을 보았다는 사실을 털어놓았다. 그들은 아주 나지막한 목소리로 말을 나누었기 때문에 알아듣기가 쉽지는 않았지만, 금전에 관계된 이야기, 그것도 협박이 오가는 대화라는 것을 눈치챌 수 있었다. 외견상으로도 결코 온화한 분위기는 아니었다. 마지막에 백작이 약간 언성을 높였기 때문에, 그레이브스는 다음과 같은 말만은 확실하게 들을 수 있었다.

"난 더 이상 왈가왈부할 시간이 없소. 내일 밤 8시에 식사를 같이 하면서 다시 토론해 봅시다."

엿듣는 것을 들킬까 봐 그는 심부름을 위해 발길을 서둘렀다. 그 두 명은 오늘 8시에 딱 맞추어 찾아왔다. 식사 중에 세 사람이 주고받은 이야기는 정치나 날씨, 문화 등에 대한 것뿐이었다고 했다. 그레이브스가 포트와인을 탁자에 놓고 커피를 내오자 주인은 그에게 오늘 밤은 아파트를 떠나 쉬라고 말했다.

"손님이 오면 항상 그렇소?"

경감이 끼어들어서 물었다.

"아니요, 그렇지 않습니다. 그래서 더욱 심상치 않은 대화가 오간 걸로 예상합니다."

이것으로 그레이브스의 이야기는 끝났다. 그는 8시 30분경 외출했다가 친구와 함께 에지웨어로(路)의 메트로폴리탄 공연장에 갔다고 했다.

두 사람이 돌아간 모습은 아무도 보지 못했지만, 범행 시각은 8시 47분인 것으로 명쾌하게 추정되었다. 책상에 놓여 있었던 소형 탁상 시계가 포스카티니의 팔에 의해 마루로 떨어지면서 고장나 있었는데, 멈춘 시각이 라이더 양이 전화를 받은 시각과 일치했기 때문이었다.

경찰의가 조사를 마쳤으므로 시신은 긴 의자에 누워 있었다. 나는 그때 처음으로 시신의 얼굴을 보았다. 안색은 올리브색으로 변해 있었으며 긴 코와 짙고 검은 수염, 그리고 새빨간 입술 밖으로 비어져 나온 하얀 이. 그다지 기분 좋은 얼굴은 아니었다.

경감은 수첩을 닫고서 말했다.

"흠, 간단한 사건인 것 같군. 문제는 그 아스카니오라는 이탈리아 인을 체포하는 거야. 설마 그의 주소가 피해자의 수첩에 적혀 있지는 않을까?"

그런데 아까 푸아로가 말했듯이 포스카티니는 아주 꼼꼼한 남자였다. 작고 정확한 글씨로 깔끔하게 '파올로 아스카니오. 그로스브너 호텔'이라고 적혀 있는 것이 발견되었던 것이다.

경감은 황급히 전화를 걸고서는, 싱글벙글거리면서 되돌아왔다.

"마침 시간이 딱 맞았군요. 우리가 찾는 훌륭한 신사는 막 유럽으로 향하는 정기선에 오르려던 참이었습니다. 자, 여러분, 이제 여기서 우리가 할 일은 다 끝난 것 같군요. 끔찍한 사건이었지만, 아주 단순했습니다. 모르긴 몰라도 이탈리아식 복수극이란 게 이런 거 아닐까요."

우리는 해산하여 가벼운 마음으로 계단을 내려왔다. 호커 선생은 몹시 흥분해 있었다.

"마치 소설 도입부 같지 않나요? 네? 정말 흥분되는 경험이었습니다. 책에서 이런 걸 읽었다면 아마 안 믿었을 거예요."

푸아로는 말없이 깊은 생각에 잠겨 있는 것 같았다. 그날 밤엔 그 후로도 거의 입을 열지 않았다.

"명탐정께선 뭐라고 말씀하시겠습니까, 네? 이번에는 당신의 회색 뇌세포를 사용할 겨를도 없었군요."

호커 선생은 푸아로의 등을 두드렸다.

"그렇게 생각합니까?"

"그럼 더 뭐가 남은 게 있겠습니까?"

"글쎄요, 예를 들면 창문이 있죠."

"창문? 하지만 그건 잠겨 있었는데요. 아무도 그곳을 통해 드나들 수는 없습니다. 창문은 특히 신경 써서 살펴보았거든요."

"그러면 당신은 왜 창문에 신경을 쓴 거죠?"

의사가 잠시 당황한 눈치여서 푸아로는 얼른 덧붙였다.

"제가 말하는 것은 커튼입니다. 커튼을 쳐 놓지 않았어요. 그건 좀 이상하죠. 그리고 커피도 있었습니다. 아주 진한 블랙 커피가요."

"그래서, 그게 왜요?"

"아주 진했다고요."

푸아로가 다시 한번 되풀이했다.

"동시에 쌀을 넣은 수플레엔 거의 손을 안 댔다는 것을 떠올려 봅시다. 그로써 우리는…… 무엇을 알 수 있을까요?"

"밑도 끝도 없는 소리를 하시는군요. 지금 농담하시는 겁니까?"

의사는 웃었다.

"저는 농담을 하지 않습니다. 여기 있는 헤이스팅스는 제가 더없이 진지하다는 것을 알 겁니다."

나는 결국 자수할 수밖에 없었다.

"나도 당신이 무슨 말을 하는 건지 잘 모르겠는데요. 설마 그 하인을 의심하고 있는 것은 아니겠죠? 그가 악당들과 짜고서 커피에 약을 넣었을지도 모른다고요. 하지만 그의 알리바이는 벌써 경찰이 조사하지 않았을까요?"

"물론이지, 친구. 그러나 내가 관심 있는 것은 아스카니오의 알리바이야."

"그에게 알리바이가 있다고 생각하는 겁니까?"

"그게 좀 성가신 문제지. 그러나 그 점도 이제 곧 알게 될 것이라고 생각하네."

그 후의 일은《데일리 뉴스몽거》에 자세히 실렸다.

아스카니오는 체포되어 포스카티니 백작 살해범으로 기소당했다. 경찰에 체포되자 그는 자신이 백작과는 일면식도 없고, 사건이 발생한 날 밤이나 그 전날 아침에도 리전트 코트 근처에는 전혀 간 적이 없노라고 주장했다. 한편 젊은 남자 쪽은 도무지 행방을 알 수가 없었다. 아스카니오는 살인이 일어나기 이틀 전에 혼자 대륙에서 건너와 죽 그 호텔에 묵고 있었다지만, 두 번째 남자의 흔적은 어디서도 발견되지 않았다.

하지만 아스카니오는 재판에 회부되지 않았다. 재판 수속 중에 이탈리아 대사가 자진 출두하여 아스카니오는 사건 당일 밤 8시부터 9시 사이까지 자신과 함께 대사관에 있었다고 증언했기 때문이다. 아스카니오는 석방되었다. 자연히 사람들은 이 범죄에 정치적인 배후가 있어서 의도적으로 은폐되고 있다며 수군거렸다.

푸아로는 특히 이러한 점에 큰 관심을 보였다. 그러던 어느 날 아침, 푸아로가 느닷없이 11시에 손님이 찾아올 텐데, 그가 다름 아닌 아스카니오라고 말하는 바람에 나는 깜짝 놀랐다.

"상담할 것이 있다고 하던가요?"

"두 투(천만에), 헤이스팅스, 상담하고자 하는 쪽은 바로 나일세."

"무슨 일로요?"

"리전트 코트의 살인 사건이지."

"그가 저질렀다는 증거를 잡으려고요?"

"한 사람을 같은 죄목으로 두 번이나 재판에 넘길 순 없다네, 헤이스팅스. 상식을 좀 가지라고. 아, 그 친구가 왔나 보군."

잠시 후 아스카니오가 안내를 받아 들어왔다. 그는 마른 체격의 작은 남자였는데, 뭔가에 쫓기는 듯이 소심하고 불안한 눈초리를 갖고 있었다. 그는 꼿꼿이 선 채로 우리들을 수상하다는 듯이 뜯어보았다.

"무슈 푸아로가 어느 분이죠?"

푸아로는 가볍게 자신의 가슴을 두드렸다.

"앉으십시오, 시뇨르. 제 편지는 받으셨겠지요? 전 이번 사건을 철저하게 규명하기로 결심을 굳혔습니다. 귀하께서 조금만 도와주신다면 말씀이죠.

이제 묻겠습니다. 당신은 친구분과 함께 9일 화요일 아침 포스카티니 백작을 찾아가서……."

이탈리아인은 발끈한 몸짓을 해 보였다.

"그런 일은 없었습니다. 법정에서도 맹세했듯이……."

"프레시제멩(그랬지요). 하지만 전 당신이 거짓말을 한 것 같다는 '작은 생각'이 들어서요."

"위협하는 겁니까? 하! 난 당신에게 거리낄 게 없습니다. 난 무죄 방면되었던 말이오."

"맞습니다. 저 또한 바보는 아닙니다. 살인죄는 교수형이라며 당신을 위협하려는 것도 아닙니다. 다만 전 명예를 얻고 싶을 뿐입니다. 명예……! 이 단어를 당신은 싫어할지도 모르겠군요. 당신이 싫어할 거란 생각이 들었어요. 당신도 알다시피 제 작은 생각들은 늘 매우 요긴한 것들이지요.

자, 시뇨르. 당신에게 취할 수 있는 최선은 솔직해지는 겁니다. 누구의 지령을 받고 영국에 왔는지 따위는 묻지 않겠습니다. 다만 당신이 포스카티니 백작을 만나려는 특수한 목적을 띠고 왔다는 것 정도는 안다고 해 두겠습니다."

"그 녀석은 백작이 아닙니다."

이탈리아인은 신음하는 듯한 목소리로 말했다.

"그의 이름이 『귀족 연감』에 실려 있지 않다는 사실은 이미 눈치 챘어요. 그런 것엔 신경 쓰지 마십시오. 공갈 협박으로 먹고 사는 작자들은 백작이라는 직함을 종종 이용하지요."

"솔직해지는 게 낫겠군요. 꽤 자세히 알고 계신 것 같으니."

"제 회색 뇌세포를 약간 활용했을 뿐입니다. 자, 아스카니오 씨, 당신은 화요일 아침 그 피해자를 찾아간 일이 있습니다. 맞습니까?"

"그렇소. 그러나 다음 날 밤엔 절대 가지 않았습니다. 그럴 필요가 없었기 때문이죠. 죄다 얘기하겠소. 이탈리아의 중요 인물에 관한 어떤 정보가 그 악당의 손에 들어간 겁니다. 놈은 해당 서류와의 교환 조건으로 막대한 돈을 요구했습니다. 나는 그 문제를 처리하기 위해 영국으로 건너온 거고요. 그리고 그날 아침 약속대로 그를 찾아갔습니다. 대사관의 젊은 서기관 한 명과 동행했죠. 백작은 예상보다는 말이 통하는 사람이었지만, 그렇다고 해도 내가 지불한 금액은 실로 막대한 것이었습니다."

"실례지만, 지불 방법은요?"

"이탈리아 지폐 소액권으로 지불했습니다. 현장에서 직접 건네주었지요. 그리고 그는 문제의 서류를 넘겨주었고요. 그 후로는 그를 본 적이 없습니다."

"어째서 체포되었을 때 그 사실을 말하지 않았습니까?"

"나는 미묘한 신분이기 때문에 그 남자와는 전혀 관계없는 사람으로 알려질 필요가 있습니다."

"그러면 그날 밤 일은 어떻게 된 걸까요?"

"누군가 의도적으로 내 흉내를 낸 것으로밖에는 생각할 수 없습니다. 아파트에는 돈이 전혀 남아 있지 않았다고 들었는데요."

푸아로는 상대방의 얼굴을 바라보며 머리를 흔들더니 중얼거렸다.

"이상한데……. 작은 회색 뇌세포는 누구에게나 있는데, 그 사용 방법을 알고 있는 사람은 거의 없단 말이야. 좋은 시간이었습니다, 시뇨르 아스카니오. 저는 당신의 이야기를 믿습니다. 거의가 제 예상대로였지만, 일단 확인할 필요가 있어서 말이죠."

정중하게 손님을 보내고 난 뒤, 푸아로는 되돌아와서 싱글벙글 웃으면서 나에게 말했다.

"이 사건에 대한 무슈 르 카피텐(대위) 헤이스팅스의 의견을 들어 보면 어떨까?"

"글쎄요. 나는 아스카니오의 이야기가 맞다고 생각합니다. 누군가가 그의 흉내를 낸 거지요."

"제발…… 제발 자비로우신 하느님이 자네에게 내려준 그 두뇌를 사용할 수는 없겠나? 그날 밤 내가 아파트를 나서며 한 말을 생각해 보게. 창문의 커튼이 쳐져 있지 않다고 하지 않았나? 지금은 6월이야. 8시에도 밖은 훤하지. 8시 반은 넘어야 밖이 어두워진단 말이야. 사 부 디 켈크 쇼즈(무슨 말인지 알겠나)? 음, 자네가 이 추론 과정을 따라오려 무진 애를 쓰고 있는 게 느껴지는군. 언젠가는 따라올 수 있을 거야. 계속하겠네. 커피는 전에 말했듯이 진한 블랙이었어. 그런데 포스카티니 백작의 이는 새하얗단 말이야. 커피는 이를 물들이지. 그 점에서 우린 포스카티니 백작이 커피는 입에도 대지 않는다고 추측할 수 있네. 하지만 컵에는 세 잔 모두 커피가 남아 있었어. 누가, 왜 포스카티니 백작이 마시지 않은 것을 꼭 마신 것처럼 보이려 했을까?"

나는 그야말로 어리둥절해서 고개를 흔들었다.

"힘내게. 도와줄 테니. 아스카니오와 그의 친구, 혹은 그 두 명으로 변장한 2인조가 아파트로 찾아왔다는 증거는 어디에 있지? 그들이 들어오는 건 아무도 보지 못했어. 나가는 것도. 그저 한 사람, 그리고 말할 줄 모르는 여러 물건들의 증언만이 있을 뿐이라네."

"그 말은……?"

"나이프나 포크, 접시, 그리고 요리가 담겨 있던 쟁반. 아, 그래도 정말 영리한 생각이었어! 그레이브스는 도둑에다 악당이기까지 하지만 정말 방법이란 걸 아는 친구야! 그는 그날 아침에 주인의 대화에서 극히 일부를 훔쳐 들은 것만으로 아스카니오가 자신의 결백함을 방어할 수 없는 입장에 놓인다는 것을 간파해 냈네. 다음 날 밤 8시경 그는 주인에게 전화로 누가 찾는다는 말을 했을 거야. 그리고 포스카티니가 앉아서 전화기에 손을 뻗었을 때, 그레이브스는 대리석 조각상으로 그의 머리를 내려친 걸세. 그리고 재빨리 식사를 주문했지. ……3인분을 말이야! 식사가 왔고, 그는 테이블, 접시, 나이프, 포크 등을 배치했어. 하지만 음식은 스스로 먹어 치워야 했겠지. 머리뿐만 아니라 위장도 아주 탁월한 놈이라고 할까! 하지만 스테이크를 세 개나 먹은 후에 쌀 수플레까지 해치우는 건 아무리 그라도 무리였겠지. 녀석은 시가 한 대와 필터 담배 두 대를 피운 흔적을 남기는 꼼꼼함도 보여 주었네. 야, 정말 탄복스러울 정도로 치밀하지 않나! 그러고는 바늘을 8시 47분으로 맞춘 시계를 내동댕이쳐 시간을 멈추게 했고. 놈이 빠뜨린 일이라고는 커튼을 치는 걸 잊은 일뿐이야. 정말로 저녁 약속이 있었다면 밖이 어두워지고서 바로 커튼을 쳤겠지? 그런 후에 방을 나와서 손님이 올 예정이라고 엘리베이터 안내원에게 이야기해 둔 거야. 그러고는 공중전화로 달려가서 8시 47분에 딱 맞춰 주인을 흉내 낸 목소리로 다 죽어 가는 듯 구조 요청 전화를 걸었다네. 그의 계획이 어찌나 그럴듯했는지, 아무도 그 전화가 정말 아파트 11호실에서 걸려온 것인지 조사할 생각조차 못 한 거지."

"에르퀼 푸아로를 제외하고 말이죠?"

내가 빈정거리듯이 말하자 내 친구는 웃으며 말했다.

"아니, 에르퀼 푸아로조차도 그랬어. 이제부터 조사해 볼 참이거든. 내 추리를 자네에게 먼저 이야기해 두는 거야. 뭐 자네도 확인하게 되겠지만, 내 생각이 맞지 않겠나. 그리고 재프에게도 저 존경스러운 그레이브스를 놓치지 않도록 미리 힌트를 조금 나눠 주었고 말이야. 그동안 돈을 얼마나 썼을지가 궁금한걸."

언제나처럼 푸아로가 옳았다. 정말 약 오르게도 말이다!

사라진 유언장 사건

I

　바이올렛 마시 양이 들고 온 문제는 우리의 틀에 박힌 생활에 기분 좋은 변화를 가져다주었다. 푸아로는 당차고 쾌활하게 약속을 청하는 이 숙녀의 편지를 받고는 다음 날 11시 정각에 기다리겠다는 답장을 써 보냈다.

　그녀는 시간을 정확히 지켰다. 키가 큰 미인으로, 수수하지만 깔끔한 복장에 매우 사무적인 태도를 지니고 있었다. 능히 혼자 힘으로 세상을 헤쳐 나갈 듯한 젊은 여성이었다. 나는 소위 '신식 여성'의 열렬한 예찬론자는 아니기 때문에, 그녀의 아름다운 외모에도 불구하고 별 호감을 갖지 못했다.

　그녀는 의자에 앉으면서 입을 열었다.

　"제 용건은 좀 특이한 거랍니다, 무슈 푸아로. 그러니 처음부터 차근차근 전부를 말씀드리는 게 좋을 것 같아요."

"편하신 대로요, 마드무아젤."

"저는 고아입니다. 아버지는 데번셔의 소규모 농가 출신이고요. 농장은 늘 살림이 어려웠고 두 형제 중 앤드루 큰아버지는 호주로 이민을 갔어요. 그런데 거기서 땅 투자로 크게 성공했다죠. 동생 쪽인 제 아버지 로저는 농사에 뜻이 없었죠. 그래서 공부를 좀 한 후에 작은 공장의 직원으로 취직했고, 당신보다는 좀 나은 집안의 딸과 결혼했습니다. 어머니는 가난한 예술가의 딸이었대요. 아버지는 제가 여섯 살 때 돌아가셨고, 열네 살 되던 해엔 어머니마저 돌아가셨습니다. 제가 의지할 사람이라고는 앤드루 큰아버지뿐이었는데, 마침 큰아버지가 얼마 전에 호주에서 돌아와 고향에 '크랩트리 장원'이라는 저택을 샀거든요. 정말 감사하게도 동생의 고아 자식인 저를 맡아 친자식처럼 귀여워해 주었답니다.

'크랩트리 장원'이라고 하면 이름은 그럴듯하지만 단순히 오래된 시골집일 뿐이에요. 농사꾼의 핏줄을 이어받은 때문인지 큰아버지는 현대 농업의 여러 신기술에 깊은 흥미를 가지고 있었습니다. 하지만 제게 베풀어 준 친절과는 달리 여자들의 교육에 대해서는 몹시도 보수적이고 전근대적인 생각을 가진 분이었죠. 그분 자신은 거의 교육을 받지 못했지만, 영리함을 타고나셨던 것 때문인지 큰아버지는 '책을 통한 지식'에는 별 가치를 두지 않았습니다. 특히 여자가 교육을 받는 것을 반대했고요. 여자들은 그저 집에 도움이 될 수 있도록 집안일을 배우거나, 소젖 짜는 일이나 익혀야 한다는 게 그분의 지론이었습니다.

저 또한 그렇게 키우고자 한다는 사실을 알았을 땐 몹시 실망했고, 또 화도 났지요. 전 즉각 반발했습니다. 제가 머리는 썩 좋지만 집안일엔 암담할 정도로 소질이 없다는 걸 잘 알았거든요. 큰아버지와 전 그 일로 자주 심한 말다툼을 했습니다. 우리는 서로를 무척이나 아꼈지만 고집도 똑같이 셌지요. 그동안엔 제가 운 좋게도 장학금을 받고 있었기 때문에 어느 정도 저를 내버려 둔 것도 사실이고요. 하지만 마침내 제가 케임브리지의 거튼 칼리지에 가고자 결심했을 때 갈등은 터지고 말았답니다. 저는 어머니가 남긴 돈을 다소 가지고 있는 데다 신이 내려 주신 재능을 최대한 살리고자 마음먹은 상태였어요.

큰아버지와 저는 마지막으로 긴 말다툼을 했습니다. 그분은 솔직한 심경을 밝혔어요. 다른 친척도 없는 만큼 저를 유일한 재산 상속자로 삼을 생각이라고요. 앞에서 이야기했듯이, 그분은 상당한 부자이죠. 그러나 제가 이렇게 '최근 일부의 비뚤어진 여자들이나 하는 생각'을 계속 고집한다면 한 푼도 없을 거라고 하더군요. 전 끝까지 예의 바르게 행동했지만, 결심은 바꾸지 않았습니다. 큰아버지에 대한 애정은 일생 동안 변하지 않겠지만, 역시 제가 생각하고 있는 대로 살아갈 수밖에 없다고 말씀드렸지요. 그런 식으로 우리는 헤어졌습니다.

'얘야, 너는 네 머리에 꽤나 자신이 있나 보구나. 나는 책상머리 지식은 전혀 배운 바가 없지만, 언젠가 너와 나의 지혜를 겨루어 보

겠다. 그때 어떻게 될지 보자꾸나.'

이것이 큰아버지의 마지막 말씀이었어요.

그게 9년 전 일입니다. 저는 그 후에도 가끔씩 주말이면 큰아버지 댁을 찾아가곤 했습니다. 큰아버지의 생각은 여전히 변함없었지만, 우리 두 사람의 분위기는 늘 우호적이었지요. 그분은 제가 대학에 입학하건 졸업하건 그런 것에는 전혀 관심을 보이지 않았습니다. 그러다 최근 3년 전부터 건강이 나빠지더니, 마침내 지난달에 돌아가시고 말았죠.

그렇다면 이제 제가 찾아온 진짜 용건을 말씀드리겠습니다. 큰아버지는 매우 특이한 유언장을 남기고 돌아가셨어요. 그 내용에 따르면 크랩트리 장원과 가재도구는 당신의 사후 1년 동안은 제 소유로 해도 좋다고 되어 있더군요. 그런데 거기엔 '그사이에 똑똑한 내 조카딸은 자신의 뛰어난 머리를 증명해 보일 것이다.'라는 조항이 붙어 있습니다. 그 기간이 지나면 '당신의 머리가 저보다 좋은 것으로 판명된 것'이기 때문에 집을 포함한 큰아버지의 막대한 재산은 여러 자선 단체에 기부될 것이라고 쓰여 있었고요."

"그건 좀 심하군요, 마드무아젤. 마시 씨의 혈육은 당신뿐이라면서요."

"그렇게는 생각지 않습니다. 앤드루 큰아버지는 이렇게 될 것을 정식으로 경고했어요. 그럼에도 전 제 갈 길을 갔고요. 그가 바라는 대로 따르질 않았으니 큰아버지는 당신의 재산을 마음대로 처분할 권리가 있는 거지요."

"유언장은 변호사가 작성한 겁니까?"

"아뇨. 인쇄된 유언장 양식에 쓴 것인데, 그 저택에 살면서 큰아버지의 시중을 들어 주던 부부가 증인으로 서명했습니다."

"그런 유언장이라면 무효화할 수 있을지도 모르겠군요."

"그런 일은 생각도 하고 싶지 않아요."

"당신은 그 유언장을 큰아버지의 도전으로 보고 있군요?"

"제 생각이 바로 그렇습니다."

푸아로는 생각에 잠겨 말했다.

"확실히 그런 해석이 가능하겠군요. 그 오래된 저택의 어딘가에 당신 큰아버지가 지폐 다발, 혹은 두 번째 유언장을 감춰 놓은 게 분명합니다. 그러고는 1년의 시간을 주어 당신의 머리를 시험해 보려는 거겠죠."

"맞아요, 무슈 푸아로. 그래서 저보다 훨씬 머리가 좋을 것이 분명한 선생님을 찾아온 거고요."

"아핫, 듣기 좋은 말씀을 해 주시는군요. 제 회색의 뇌세포로 도와드리겠습니다. 직접 찾아보신 적은 없나요?"

"한번 대충 찾아본 것이 다예요. 큰아버지의 비상한 머리를 누구보다도 잘 알았던 만큼, 이번 일이 쉽지 않으리라는 예상은 하고 있습니다."

"그 유언장이나 사본을 가지고 있습니까?"

마시 양은 탁자에 서류를 얹어 놓았다. 푸아로는 고개를 끄덕이면서 그것을 쓱 훑어보았다.

"3년 전에 작성되었군요. 날짜는 3월 25일…… 시간까지 나와 있고요. 오전 11시라…… 이건 아주 의미심장한데요. 이로써 조사할 범위가 상당히 좁아졌습니다. 우리가 찾아야 하는 것은 새로운 유언장인 게 틀림없어요. 단 30분이라도 이것보다 나중에 작성된 유언장이 있다면 이건 무효가 됩니다. 에 비엥(과연) 마드무아젤, 당신이 들고 온 문제는 흥미롭고 기발한 것 같군요. 당신을 도와 이 문제를 풀 게 된다면 세상에 그보다 큰 기쁨이 없을 것 같습니다. 당신 큰아버지가 머리 좋은 사람이란 건 확실하지만, 그의 회색 뇌세포는 이 에르퀼 푸아로에 비할 바는 아니니까요!"

(나는 푸아로의 끝없는 자만심에 혀를 찰 수밖에 없었다!)

"다행히 지금은 별다른 사건도 없으니, 당장 오늘 밤에라도 헤이스팅스와 함께 크랩트리 장원으로 떠나겠습니다. 큰아버지의 시중을 들었다는 부부는 아직 그곳에 있겠지요?"

"예. 베이커 부부라고 하죠."

II

밤늦게 그곳에 도착한 우리는 그다음 날 아침부터 본격적인 보물찾기에 착수했다. 베이커 부부는 마시 양에게서 전보를 받아서인지 우리를 기다리고 있었다. 둘 다 유쾌한 인상의 호인이었는데, 남편은 햇볕에 탄 얼굴에 깊은 주름이 졌고, 아내 쪽은 체구가 넉넉한 것이 데번셔 특유의 편안한 분위기를 가지고 있었다.

기차 여행과 역에서 자동차로 12킬로미터나 계속 달려온 피로 때문에 우리는 로스트 치킨과 애플파이, 데번셔 크림 등이 올라온 저녁 식사를 해치우자마자 잠자리에 들었다. 이튿날 아침 우리는 진수성찬이었던 아침 식사를 끝낸 후, 죽은 마시 씨의 서재 겸 거실이었던 작은 방에 앉았다. 접이식의 뚜껑이 달린 책상이 벽에 붙어 있었는데, 서랍 속은 잘 정리된 각종 서류들로 가득했다. 그리고 커다란 가죽 안락의자가 있어, 옛 주인이 그곳에 앉아 편히 쉬는 모습이 연상되었다. 또한 반대편 벽에는 사라사(복잡하고 화려한 무늬를 물들인 천 — 옮긴이) 커버를 씌운 크고 긴 의자가 반대쪽 벽 앞에 놓여 있었고, 깊고 낮은 창가 의자에도 빛바랜 구식 무늬 사라사 커버가 덮여 있었다.

푸아로가 작은 담배에 불을 붙이면서 말했다.

"에 비엥(그러니), 몬 아미. 작전 계획을 잘 세워야 해. 난 이미 대강의 집 구조를 조사했지만, 아무래도 해결의 실마리는 이 방에 있을 것 같거든. 저 책상 안 서류는 특히 자세하게 살펴볼 필요가 있어. 당연히 그 안에 유언장이 있으리라는 기대는 안 하지만, 대수롭지 않아 보이는 서류에 목표물이 숨겨진 장소를 가리키는 단서가 숨어 있을지도 모르니까. 다만 지금은 정보가 너무 적어. 미안하지만 벨을 좀 울려 주겠나?"

나는 그의 말을 따랐다. 응답이 오기를 기다리는 동안 푸아로는 방 안을 왔다 갔다 하면서 만족스러운 듯이 말했다.

"이 마시 씨는 '방법'을 아는 사람이야. 이 서류들의 정리 상태를 보게. 얼마나 깔끔해? 각 서랍의 열쇠에는 상아색 라벨을 붙여 놓았군. 벽 쪽 도자기 장식장의 열쇠도 마찬가지고. 저기 도자기들을 배열한 순서도 흠잡을 데 없어. 내 마음이 다 개운해질 정도네! 아무것도 눈에 거슬리는 게……."

눈이 책상 열쇠에 멈춘 순간, 그는 갑작스럽게 말을 멈추고 말았다. 그 열쇠에는 더러운 작은 봉투가 붙어 있었다. 푸아로는 얼굴을 찡그리며, 열쇠를 자물쇠 구멍에서 빼냈다. 그 봉투에는 '접이식 책상 열쇠'라고 휘갈긴 글씨가 쓰여 있었는데, 다른 열쇠 라벨에 적힌 단정한 필적과는 전혀 다른 모습이었다.

얼굴을 찡그리며 푸아로가 말했다.

"이건 웬 돌연변이인가. 마시 씨의 성격은 알다가도 모르겠군. 아니면 다른 누가 집에 있었다는 말인가? 그럴 사람은 마시 양밖에 없는데, 난 그녀 역시 정리 정돈을 좋아할 것으로 예상했거든."

벨 소리를 들은 베이커 씨가 찾아왔다.

"몇 가지 여쭤볼 게 있는데, 부인도 함께 오시겠습니까?"

베이커 씨는 다시 나가 몇 분 후에 부인을 데리고 되돌아왔다. 부인은 양손을 앞치마에 닦으면서 얼굴에 미소를 가득 띠고 있었다.

푸아로가 간단히 용건을 말하자, 부부는 금방 동정적인 표정이 되었다.

"저희는 바이올렛 양이 자기 몫을 잃는 걸 원치 않습니다. 병원 같은 곳에 몽땅 줘 버린다는 건 너무 지나쳐요."

베이커 부인의 말이었다.

푸아로는 질문을 시작했다. 과연 베이커 부부는 과거 유언장에 서명한 일을 잘 기억하고 있었다. 베이커 씨는 유언장 양식 용지 두 장을 사러 가까운 마을에 다녀온 것이 자신이라고 밝혔다.

"두 장이라고요?"

푸아로가 날카롭게 물었다.

"예, 선생님. 잘못 써서 한 장을 버렸을 때를 대비한 것으로 생각했지요. 그리고 정말 그렇게 됐고요. 하나를 망치셨다는 말씀입니다. 우리가 유언장에 서명을……."

"그게 몇 시쯤이었습니까?"

베이커 씨는 머리를 긁적거렸고, 부인이 대신 대답했다.

"왜, 제가 코코아에 우유를 더 넣은 게 11시였으니까……. 당신, 기억 안 나요? 부엌에 다시 갔을 땐 벌써 완전히 넘쳐흘러서……."

"그런 다음에는요?"

"이후로 아마 한 시간 정도 지난 때였을 거예요. 우린 다시 불려 들어갔지요. 주인님이 '실수를 해서 하나를 찢어 버렸네. 미안하지만 다시 서명을 해 주게.'라고 말씀하셨더랬죠. 분부대로 했고요. 그러더니 주인님은 우리 둘 각각에게 약간의 돈을 주셨답니다. '유언장에 당신들 몫은 없어. 대신 내가 살아 있는 동안 매년 이렇게 쏠쏠히 챙겨 줌세.'라고 하시면서요. 실제로 해마다 그렇게 해 주셨지요."

푸아로는 생각에 잠겼다.

"두 번째 서명을 하고 나서 마시 씨가 무슨 일을 했습니까? 혹시 아십니까?"

"거래처의 계산서를 결제하기 위해 마을로 외출하셨습니다."

그쪽 방면으로의 조사는 그다지 희망적일 것 같지 않았다. 그는 방향을 바꾸어 이번엔 조금 전 살펴본 봉투가 달린 책상 열쇠를 꺼내 들었다.

"이게 마시 씨 필적인가요?"

내 상상이었는지는 모르지만, 베이커 씨가 대답하기까지 잠시 머뭇거린 것 같은 기분이 들었다.

"예, 선생님. 그렇습니다."

나는 속으로 생각했다.

'거짓말을 하고 있어. 하지만 어째서?'

"마시 씨가 이곳을 세놓은 일이 있소? 최근 3년간 외부인이 들어온 일은요?"

"없습니다."

"손님도 없었고요?"

"바이올렛 양뿐이었습니다."

"그 밖에는 어떤 사람도 이 방에 들어온 적이 없었다는 말입니까?"

"예, 선생님"

"짐, 당신 수리공들을 잊어버렸군요."

그의 아내가 끼어들었다.

"수리공? 어떤 수리공입니까?"

푸아로는 그녀 쪽을 돌아보았다.

부인의 말에 의하면, 2년 반 정도 전에 뭔가를 수리하러 기술자들이 들어온 적이 있다고 했다. 뭘 고쳤는지는 그녀도 잘은 모르고 그저 주인의 꼼꼼한 성미로 인한 변덕쯤으로 생각하고 있는 듯했다. 일꾼들은 서재에서도 한동안 작업을 했는데, 그동안에는 주인이 자신들을 방 안에 들어오지 못하게 했으므로 무슨 일이 벌어졌는지는 알 수 없다는 이야기였다. 설상가상으로 그들은 수리를 맡은 용역 사무소의 이름조차 알지 못했으며, 그게 플리머스에 있다는 것 정도만 알고 있을 뿐이었다.

베이커 부부가 방을 나가자 푸아로가 손을 비비면서 말했다.

"진전이 있었어, 헤이스팅스. 그는 두 번째 유언장을 만든 뒤, 플리머스의 수리공을 불러 그걸 숨길 적당한 장소를 만들게 한 게 틀림없어. 그렇다고 바닥이나 벽을 두드리면서 시간을 버리지는 말게. 플리머스로 가야 할 시간이니까."

약간 헤매기도 했지만 우리는 필요한 정보를 얻을 수가 있었다. 몇 군데를 뒤진 끝에 마시 씨 집에 수리공을 보낸 사무소를 찾을 수 있었다.

그곳 인부들은 모두 오랜 기간 근무해 왔기 때문에, 마시 씨의 의뢰를 받았다는 두 명을 찾아내는 건 쉬운 일이었다. 그들은 당시 일을 똑똑히 기억하고 있었다. 여러 사소한 작업이 있었는데, 그중엔 구식 벽난로의 벽돌을 한 장 빼내어 그 안에 빈 공간을 만든 다음, 밖에서 볼 때 티가 나지 않게 다시 구멍을 메우는 일도 있었다고 했다. 또한 끝에서 두 번째 벽돌을 누르면 전체가 들어 올려지는 장치도 만들었다며, 상당히 복잡한 일이었고 노인이 일하는 내내 아주 깐깐하게 굴어 고생했다는 평을 덧붙였다. 이런 이야기를 들려준 코건이라는 수리공은 키가 크고 야윈 체격에 회색 콧수염을 길렀는데, 머리가 꽤 좋아 보였다.

우리는 용기백배하여 크랩트리 장원으로 되돌아왔고, 곧 서재 문을 열고 새로 얻은 지식을 활용하는 일에 돌입했다. 벽돌은 전부 다 똑같아 보였지만, 인부가 가르쳐 준 위치의 돌을 밀어 보자 즉시 깊은 구멍이 모습을 드러내는 것이 아닌가.

푸아로는 힘차게 손을 집어넣었다. 그러나 득의만면하던 얼굴에 금방 낭패의 빛이 떠올랐다. 그의 손에 들린 것은 검게 그을린 뻣뻣한 종잇조각뿐이었다. 그것 외에는 구멍 속에 아무것도 없었다.

푸아로는 몹시 화가 나서 소리쳤다.

"사크레(빌어먹을)! 누가 우리보다 앞서 다녀갔군."

우리는 걱정스럽게 종잇조각을 들여다보았다. 분명 우리가 찾던 물건의 일부가 틀림없었다. 베이커 부부의 서명 일부는 남아 있었지만, 유언장의 내용 같은 것은 전혀 보이지 않았다.

푸아로는 풀썩 무릎을 꿇었다. 우리가 그렇게 낙담한 상태만 아니었어도 그 행동은 무척이나 희극적으로 비쳤을 것이다.

"이해할 수가 없어. 누가 유언장을 없앴을까? 무슨 목적으로?"

그는 신음했다.

"베이커 부부가 아닐까요?"

"푸르쿠아(어째서)? 어느 쪽 유언장에도 그들의 몫은 나와 있지 않았을 거야. 또 그들 입장에선 집이 병원에 넘어가기보다는 이대로 마시 양의 재산이 되는 쪽이 훨씬 낫지 않을까? 유언장을 없애서 이득을 보는 사람이 있다는 말인가? 병원 측이라면 그렇겠군. 하지만 개인이 아닌 단체가 범인이라고 보기는 힘들어."

"갑자기 그 노인이 마음이 변해서, 직접 태웠을지도 모르죠."

푸아로는 일어나서 그답게 꼼꼼히 무릎의 먼지를 털어 냈다.

"그럴지도 모르지. 좀 더 합리적인 의견을 내놓았구먼, 헤이스팅스. 자, 이젠 여기서 더 볼일이 없어. 인간의 힘으로 할 수 있는 것은 모두 해 보았네. 앤드루 마시와의 지혜 겨루기는 성공적이었지만, 조카딸 쪽은 그 성공의 덕을 못 보게 생겼군그래."

우리는 곧 역으로 차를 몰았다. 때마침 급행은 아니지만 런던행 열차를 잡아탈 수 있었다. 푸아로는 울적하고 실망스러운 얼굴이었고, 나 또한 피곤해서 구석에서 잠을 청하려는 참이었다. 그런데 기차가 막 톤턴 방면으로 출발하려는 그때, 갑자기 푸아로가 새된 소리로 외쳤다.

"비트(서둘러), 헤이스팅스! 일어나서 뛰어! 뛰어내리라고!"

정신을 차려 보니, 우리는 어느새 모자와 가방까지 내버려 둔 채 플랫폼에 서 있었다. 열차는 어둠 속으로 사라져 갔다. 나는 몹시 화를 냈지만 푸아로는 태연했다.

"나는 바보였어! 그것도 보통 바보보다 세 배는 더 멍청한! 작은 회색의 뇌세포 따위 이제 두 번 다시 자랑하지 않겠어!"

"거참 잘됐군요. 그나저나 도대체 어찌 된 일이에요?"

내가 툴툴거렸다.

언제나처럼, 생각에 잠겨 있는 동안 푸아로는 내게 눈길도 주지 않았다.

"거래처 계산서야……. 어쩌자고 그쪽에 도통 신경을 쓰지 못했지? 그래, 하지만 어디로? 어디냐고? 아무렴 어때, 이번엔 틀릴 리가 없어. 바로 돌아가세."

말은 쉽고 행동은 어려웠다. 간신히 완행열차를 잡아타고 엑세터까지 가서 차를 빌렸다. 그렇게 크랩트리 장원에 도착한 시간은 새벽녘이 다 되어서였다. 베이커 부부가 잠에서 깨어 어떤 표정을 지었는지는 굳이 말하지 않겠다. 푸아로는 그 누구도 신경 쓰지 않고 곧장 서재로 향했다.

"나는 세 갑절의 바보가 아니라 서른여섯 명분의 바보였다네, 친구."

참으로 황송한 말씀이었다.

"하지만 이제…… 보게!"

똑바로 책상으로 걸어간 그는 열쇠를 잡아 뽑더니, 열쇠에 달린 봉투를 떼어 냈다. 나는 멍청히 그 모습을 보고만 있었다. 저렇게 자그마한 봉투에 커다란 유언장 양식지를 넣는 것이 가능하기나 할까? 그는 매우 신중하게 봉투 끝을 잘라 열고 그것을 평평하게 펼쳤다. 그러고는 불을 켜서 아무것도 쓰여 있지 않은 봉투 안쪽 면에 불을 쬐었다. 몇 분의 시간이 흐르고 희미한 글씨가 나타나기 시작했다.

"보라고, 몬 아미!"

승리감에 찬 목소리였다.

나는 보았다. 거기엔 희미한 글씨로 전 재산을 조카딸 바이올렛 마시에게 물려준다는 단 몇 줄의 문장만이 있을 뿐이었다. 표시된 날짜는 3월 25일 오후 12시 30분이었으며, 과자 가게 주인 앨버트 파이크와 제시 파이크 부부의 서명이 되어 있었다.

"그러나 이런 것에 법적인 효력이 있을까요?"

나는 숨을 몰아쉬었다.

"내가 아는 한, 사라지는 잉크로 유언장을 써서는 안 된다는 법률은 없어. 유언자의 의도도 명확해. 그리고 상속자는 유일한 친척이지. 그건 그렇고, 이렇게나 영리한 사람이었다니! 그는 찾는 사람이 밟게 될 모든 과정을 내다보고 있었던 거네. 나같이 무력한 바보가 취할 행동 모두를 말이야.

그는 유언장 용지를 두 장 준비해 하인들의 서명 또한 두 번 받았지. 그러고는 지저분한 봉투 안쪽에 사라지는 잉크로 쓴 또 하나의 유언장을 들고서 과자 가게로 떠난 걸세. 거기 부부에게는 적당히 구실을 달아서 서명을 받아 냈을 테고. 그 후에 봉투를 책상 열쇠에 매달아 놓고는 혼자서 킬킬거렸겠지? 만일 조카딸이 그의 계략을 꿰뚫어 보았다면, 그녀는 자신이 선택한 인생과 학업에 힘쓴 나날들을 인정받고, 그로써 큰아버지의 재산을 기쁘게 물려받을 수 있게 되는 거라네."

나는 느릿느릿 입을 열었다.

"하지만 그녀가 찾은 게 아니잖아요? 뭔가 좀 불공평한 기분이 드는군요. 진짜 승자는 그 노인이니까요."

"아닐세, 헤이스팅스! 헤매고 있는 것은 자네라고. 마시 양은 이 문제를 즉시 내 손에 맡김으로써 스스로 현명한 사람이라는 사실과 함께, 여성 고등 교육의 유익함을 증명했다네. 언제나 최고의 전문가를 고용한다, 그녀는 재산을 받을 자격을 충분히 증명한 거야."

나는 기가 막혔다. 정말로 어이가 없었다. 지하의 앤드루 마시 노인은 과연 어떤 기분일까!

〈끝〉

옮긴이 | 김윤정

이화여자대학교 영문학과를 졸업하고 국내외 기업의 광고 및 마케팅 부서에서 일했다. 현재 서울대학교 경영대학에 근무하며 번역 작업을 병행하는 중이다. 옮긴 책으로 『백주의 악마』, 『마술 살인』, 『잠자는 살인』, 『푸아로 사건집』 등이 있다.

애거서 크리스티 전집

푸아로 사건집

3판 1쇄 찍음 2023년 8월 21일
3판 1쇄 펴냄 2023년 8월 28일

지은이 | 애거서 크리스티
옮긴이 | 김윤정
발행인 | 박근섭
편집인 | 김준혁
펴낸곳 | 황금가지

출판등록 | 2009. 10. 8 (제2009-000273호)
주소 | 06027 서울 강남구 도산대로 1길 62 강남출판문화센터 5층
전화 | 영업부 515-2000 편집부 3446-8774 팩시밀리 515-2007
홈페이지 | www.goldenbough.co.kr

도서 파본 등의 이유로 반송이 필요할 경우에는 구매처에서 교환하시고
출판사 교환이 필요할 경우에는 아래 주소로 반송 사유를 적어 도서와 함께 보내주세요.
06027 서울 강남구 도산대로 1길 62 강남출판문화센터 6층 민음인 마케팅부

© ㈜민음인, 2023. Printed in Seoul, Korea
ISBN 978-89-8273-745-9 04840
ISBN 978-89-8273-700-8 04840 (set)

㈜민음인은 민음사 출판 그룹의 자회사입니다.
황금가지는 ㈜민음인의 픽션 전문 출간 브랜드입니다.